JN143880

笠間書院

武藤那賀子
Muto Nagako

うつほ物語論

物語文学と「書くこと」

万治三年版本（俊蔭巻三冊）著者架蔵　3丁ウラ
俊蔭、琴を弾く三人の人に会う。
「きよく涼しきはやしのせんだんの陰に虎の皮を敷て三人の人ならび居て琴を引あそぶ」

万治三年版本（俊蔭巻三冊）著者架蔵　53丁ウラ
仲忠、うつほに住む熊の親子に会う。
「いかめしきめ熊お熊子うみつれて住うつほなりけり」

うつほ物語論——物語文学と「書くこと」◆目次

はしがき　1
『うつほ物語』各巻紹介　3
登場人物系図　8

序章　書くことを意識した物語
一　『伊勢物語』　12
二　『大和物語』　15
三　『うつほ物語』　19
四　『源氏物語』　21
五　『うつほ物語』における物に文字を書くという行為の特異性　24

第一章　物に書きつく――『うつほ物語』における言語認識
一　物に文字を書く実忠　33
二　物に文字を書く仲忠　37
三　実忠と仲忠からの文字を書きつけた贈り物の比較　54
四　あて宮と仲忠の意思疏通　56

五　あて宮への求婚からいぬ宮の入内へ　59
六　『うつほ物語』における言語認識　62
資料　『うつほ物語』における文字が書かれたもの・文字と対になった贈り物一覧　69

第二章　紙に書きつく——人物関係を構築する文(ふみ)
一　文の遣り取りの有無の判断と人物関係の有無　88
二　隠蔽される文——物語を動かす可能性の提示　92
三　見られ代返される文——人物関係が再度成立する分岐点　94
四　見られる文——人物関係の確認　99
五　差出人と受取人の特定の重要性——関係の明確化　101
六　証明としての文——保険としての情報開示と「消息」　104
七　人物関係を可視化する文　107

第三章　「手本」の作成と〈手〉の相承
一　『うつほ物語』における「手本」　115
二　『うつほ物語』における〈手〉　119

三　俊蔭伝来の蔵から出てきた書物と仲忠の〈手〉　141
四　仲忠が作成する「手本四巻」　144
五　すれ違う仲忠と藤壺の思惑　147

第四章　書の継承――「うつほ」をはじめとした籠りの空間と継承者

一　蔵開　163
二　女一の宮の懐妊からいぬ宮の産養まで　165
三　籠る仲忠　174
四　朱雀帝への進講　176
五　書の系譜　181

第五章　清原家の家集進講

一　清原家の書物の進講における春宮　189
二　朱雀帝によって創られた清原家の書物公開の場　192
三　菅原道真の献家集と仲忠の家集進講　195
四　清原家の書物の進講と史実の進講　197

五　『日本紀』の進講と清原家の家集進講　203
六　家集進講――清涼殿にできた籠りの空間　205

第六章　琴を支える書――公開の場の論理

一　二つの書の公開と二つの琴の公開　214
二　時刻表現の偏り　219
三　香る様が描かれる香り　223
四　雪と声が作りだす空間と楼　229
五　琴を支える書　233

第七章　「清原」家の継承と『うつほ物語』のおわり

一　〈琴〉と書の系譜　239
二　〈手〉の系譜　243
三　三つの系譜と継承されていくものの行く末　248

補遺――近世・近代の『うつほ物語』の研究　257

初出一覧　273
あとがき　275
索引　左開

はしがき

『うつほ物語』は『源氏物語』より数十年前に成立したと考えられる、日本現存最古の長編物語である。作者は、源順だとも、女性だとも、あるいは、官位の低い男性だとも言われてきた。作者が不明なうえ、近世後期になるまで巻順も定かではなかった。これは、近世より前に本文が整えられず、重複・錯簡により、そのままでは意味の通らない本文しか残らなかったことによる。このため、平安時代成立の作品でありながら『うつほ物語』の現存最古の本文は江戸初期のものである。延宝五年（一六七七）に作られた板本の本文（流布本）は、現存する写本よりも古い可能性はあるが、その底本は不明である。しかし、近世の国学者たちにより巻順が正され、本文解釈も進んだ。近代から現代までに出版された『うつほ物語』の注釈書には以下のものがある。

鎌田正憲『校注国文叢書　宇津保物語』博文館、一九一五年
石川佐久太郎『校注日本文学大系　宇津保物語』国民図書、一九二七年
武笠三『有朋堂文庫　宇津保物語』有朋堂、一九二八年
宮田和一郎『日本古典全書　宇津保物語』朝日新聞社、一九五一〜一九五七年

河野多麻『日本古典文学大系　宇津保物語』岩波書店、一九五九～一九六二年
原田芳起『角川文庫　宇津保物語』角川書店、一九六九～一九七〇年
野口元大『校注古典叢書　うつほ物語』明治書院、一九六九～二〇〇〇年
室城秀之『うつほ物語　全』おうふう、一九九五年（『うつほ物語　全　改訂版』二〇〇一年）
中野幸一校注『新編日本古典文学全集　うつほ物語』小学館、一九九九～二〇〇二年

しかし、右に掲げた本は、そのほとんどが絶版本である。それでも、一九七〇年代までに、『うつほ物語』は現存する本文を整理し、物語の筋を確定させるという問題から物語の内容そのものを論じる段階へと移行した。

そのような中、『うつほ物語』は、先行研究では音楽物語として取り上げられることが多かった。たしかに俊蔭、俊蔭の娘、仲忠、いぬ宮と、物語を通して出てくるのは〈琴(きん)〉の一族である。しかし、『うつほ物語』は音楽物語であるということ以上に、「書くこと」を意識した物語である。そもそも、物語そのものが「書かれた」ものであり、音楽も「書かれた」音楽である。また、本論の最初に扱う、物に文字を書きつけるという行為が数多く出てくるのも本物語の特徴である。

では、音楽物語としてではなく、「書く」ことを意識した物語として捉えるとき、『うつほ物語』はどのような物語として現前するのか。本書では、『うつほ物語』を、「書かれたもの」から読み解いてゆく。

なお、以下に、『うつほ物語』の各巻を簡単に紹介しておく。巻名の前にある丸数字は、室城秀之『うつほ物語　全　改訂版』に従った巻順を示しているが、ここでの配置は、時系列にした。

『うつほ物語』各巻紹介

巻名	書／琴	時間経過（注1）	出来事
①俊蔭	書 琴	（七十五年程度）	俊蔭、交易船に乗るも難破し、辿り着いた異郷にて三十面の琴と奏法を入手する。 二十三年後の三十九歳の時に帰朝。一世の源氏との間に娘を設ける。 七面の琴を持って参内した際に、春宮（後の朱雀帝）の琴の師を命じられるが固辞し、自邸に籠って娘に琴を教える。娘が十五歳の時に妻を追うように他界。 若小君（兼雅）、八月に賀茂祭の帰りに俊蔭の娘と契るも、会えなくなる。 俊蔭娘、六月六日に仲忠出産。 仲忠、五歳の時に北山に杉の木のうつほを発見。俊蔭の娘とともに移り住む。 十二歳の時に、北山に来た兼雅が母子を発見。三条殿に引き取る。 十六歳で元服。十八歳で侍従に。 八月、兼雅邸での相撲還饗の際に、娘を禄にするという約束のもと、正頼に請われ、弾琴。
②藤原の君		（五十年程度）	正頼、二人の北の方との間に、男君十二人、女君十四人を設ける。長女は朱雀帝に入内して仁寿殿となった。九の君はその美しさから、求婚者が後を絶たなかった（あて宮求婚譚）。三奇人（上野（かんずけ）の宮、三春高基（みはるのたかもと）、滋野（しげのの）真菅（ますげ））の奸計。春宮もあて宮求婚者となる。
③忠こそ		（五十年弱）	右大臣橘千蔭、一世の源氏との間に一子忠こそを設ける。 忠こそ、五歳の時に母が遺言して他界。 千蔭、三十余歳の時に五十余歳の一条北の方に心ならずも通うが、すぐに足が遠のく。

			忠こそ、十四歳の時に一条北の方の度重なる奸計が原因で出家。忠こその出家に遅れて気づいた千蔭は他界。
⑤嵯峨の院		八月～翌一月	八月、仲忠、兼雅邸の相撲還饗（俊蔭巻末）の後、正頼邸に赴く。 あて宮求婚者たちによる求婚歌群。 十一月、正頼邸での御神楽。あて宮求婚者たちが集う。 十二月、十三日から御読経が始まり、下旬に仏名会が行なわれる。 正月二十七日、嵯峨院の后宮の六十の賀。
④春日詣（梅の花笠）		二月～三月	嵯峨帝譲位。朱雀帝即位。 二月二十日、正頼、一族を引き連れて春日詣へ。来合わせた忠こそ、あて宮求婚者になる。 兼雅、桂の里に邸宅を構える。
⑦吹上・上		二月～四月	紀伊国の吹上にいる神南備種松とその孫で嵯峨院の息子である源涼の噂を聞いた仲頼・行正・仲忠の吹上訪問。 帰京した三人、紀伊国から持ち帰ったものを都の人々に配る。
⑥祭の使		四月～七月	四月、賀茂の祭の奉幣の使として、源祐澄、良岑行正、式部卿の宮の右馬の君が正頼邸から出発。 あて宮求婚者たちによる求婚歌群。 五月五日、節句の様子と競馬（くらべうま）。 六月十七日、兼雅の桂邸で夏神楽が催される。 七月七日、正頼邸での七日の宴にて、藤原季英（藤英）、正頼に才を見出され、あて宮求婚者となる。

巻名		時期	内容
⑧吹上・下	書 琴	八月～十二月	八月二十日、嵯峨の院での花の宴。 九月五日、嵯峨院、吹上に御幸。阿闍梨となった忠こそと再会。 　仲忠、漢詩を嵯峨院に褒められる。涼とともに弾琴し、奇瑞を起こす。
⑨菊の宴		十一月～ 翌四月・九月	春宮の残菊の宴、嵯峨院の大后宮の六十の賀。（「嵯峨の院」巻重複箇所） あて宮求婚者たちの求婚の模様。 源実忠、妻子を捨て、息子真砂子君は父を恋うて没す。 　北の方と志賀で再会するも気付かず。
⑩あて宮		十月～翌々年	十月十五日、あて宮入内。求婚者たちそれぞれの反応。仲澄の死。 翌十月朔日、藤壺第一皇子誕生。産養（うぶやしない）の様子。 翌年、藤壺第二皇子誕生。
⑪内侍のかみ （初秋）	書 琴	夏～七月	正頼と兼雅の文比べ。 仁寿殿での相撲の節会と管弦の遊び。 仲忠、朱雀帝との碁の勝負に負け、母俊蔭の娘を朱雀帝のところへと連れてゆく。 朱雀帝、蛍の光で俊蔭の娘を見る。俊蔭の「私の后」と呼ぶ。
⑫沖つ白波 （田鶴の群鳥）		六月～八月	八月十五日、正頼、娘の婿君たちを連れて参内する。 八月二十八日、婿取りの儀式。仲忠は女一の宮と結婚。正頼邸（三条大宮、四町）の様子。
⑬蔵開・上	書 琴	十一月～翌十月	十一月、仲忠、俊蔭伝来の蔵を開く。 翌一月、女一の宮懐妊。 十月二十日、いぬ宮誕生と産養の様子。仲忠と俊蔭の娘の弾琴。仲忠、右大将に昇進。

⑭蔵開・中	書	十二月中旬	清涼殿の昼の御座での清原家の家集進講。 兼雅へ、妻妾たちからの文。 源涼の子どもの誕生と産養の様子。
⑮蔵開・下		十二月〜三月	兼雅、一条邸にいる嵯峨院の女三の宮を三条邸に迎え入れる。 一月二十五日、いぬ宮の百日（ももか）の祝い。 二月、兼雅の妻妾たち、それぞれの身の振り。
⑯国譲・上		二月〜四月	正頼邸内での殿移り。 太政大臣源季明、正頼に遺言して他界。 里邸の藤壺と春宮のすれ違い。 三月、梨壺、男皇子出産。産養の様子。 四月十六日、季明の四十九日の法要。 四月二十二日、大臣召により、藤原氏が優勢になる。
⑰国譲・中		四月〜七月	藤壺、実忠に小野を出るように説得。実正、実忠の妻子を訪ねる。 藤壺、第四皇子（藤壺にとっては第三子）出産。 女一の宮、懐妊して不調が続く。 仲忠、忠こそに石帯を返却。
⑱国譲・下		八月 翌一月〜三月	八月十一日、朱雀帝譲位。八月二十三日、新帝即位。 朱雀院の后の宮、藤原氏の男性を集め、梨壺皇子の立太子を実現させようとする。 仲忠・涼・藤英・行正・忠こそ、仲頼のいる水尾を訪ねる。 梨壺皇子立太子の噂が広がり、藤壺は参内せず、忠雅の北の方も夫の許に帰らない。

			正頼は、出家の準備をし、塗籠に閉じこもる。 立太子当日、あて宮の第一子が立坊した。
空白の二年			
⑲楼の上・上	琴	三月〜八月	仲忠、いぬ宮に琴を教えると決め、女一の宮にもその旨を伝える。 三条京極邸に楼を建設。
⑳楼の上・下	琴 書	八月〜翌八月	仲忠、一年かけていぬ宮に琴を教える。 七月七日、楼の上にて、俊蔭娘、仲忠、いぬ宮の親子三代で弾琴する。 八月十五日、嵯峨院と朱雀院が三条京極邸に御幸し、人々が集う中、秘琴披露が行なわれる。

（注1）「俊蔭」「藤原の君」「忠こそ」の三巻は、巻内で流れる時間が長く、また、明確には分からないものの三巻相互に重複する時間があるため、各巻内で過ぎる時間を括弧で示した。それ以外の巻は、巻内で語られる月や季節を示している。

登場人物系図

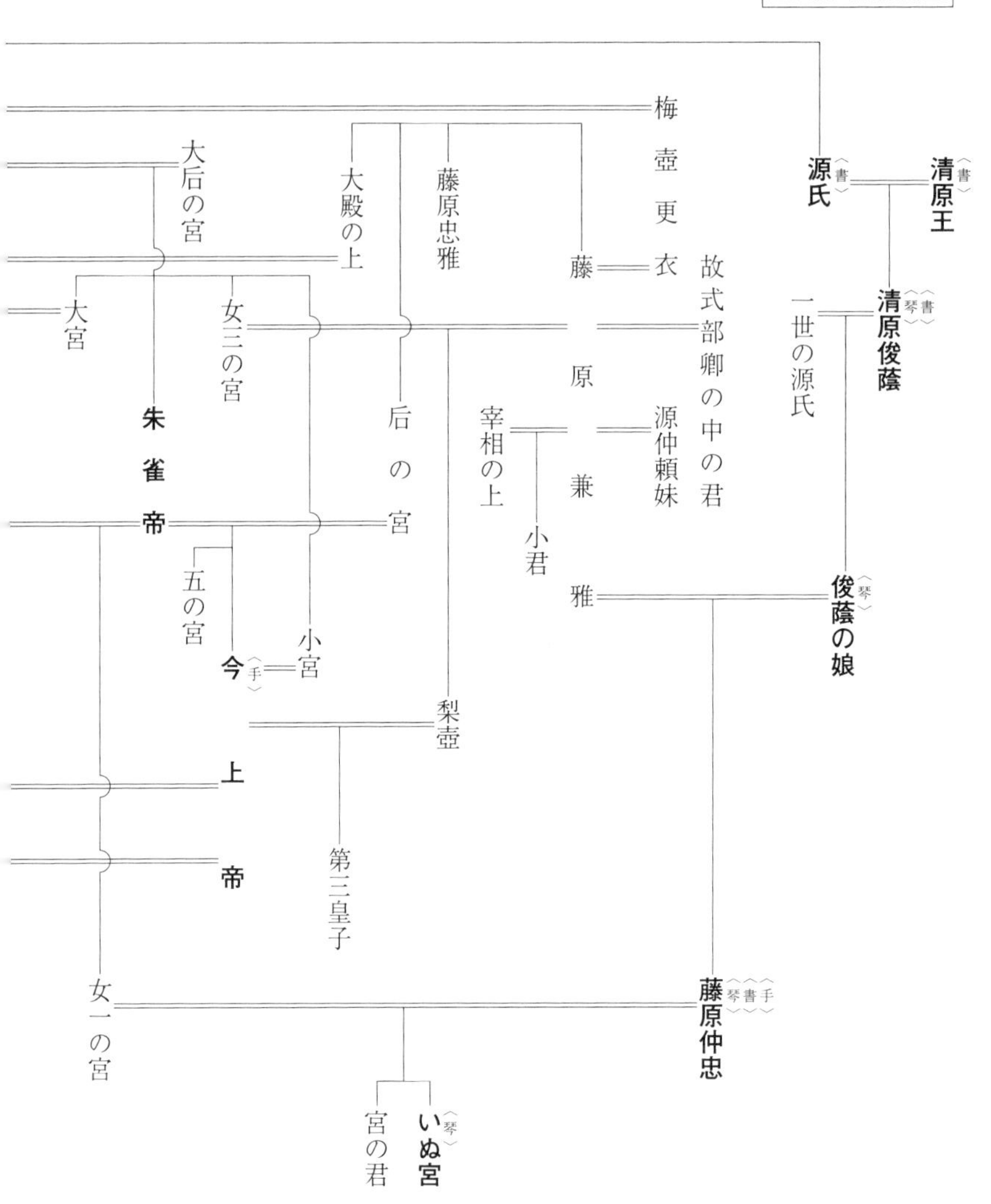

清原王〈書〉
源氏〈書〉
清原俊蔭〈書〉〈琴〉
一世の源氏
俊蔭の娘〈琴〉
故式部卿の中の君
梅壺更衣
藤原兼雅
源仲頼妹
宰相の上
小君
藤原忠雅
大殿の上
后の宮
梨壺
第三皇子
大后の宮
朱雀帝
女三の宮
大宮
五の宮
小宮
今上〈手〉
上
帝
女一の宮
藤原仲忠〈手〉〈書〉〈琴〉
いぬ宮〈琴〉
宮の君

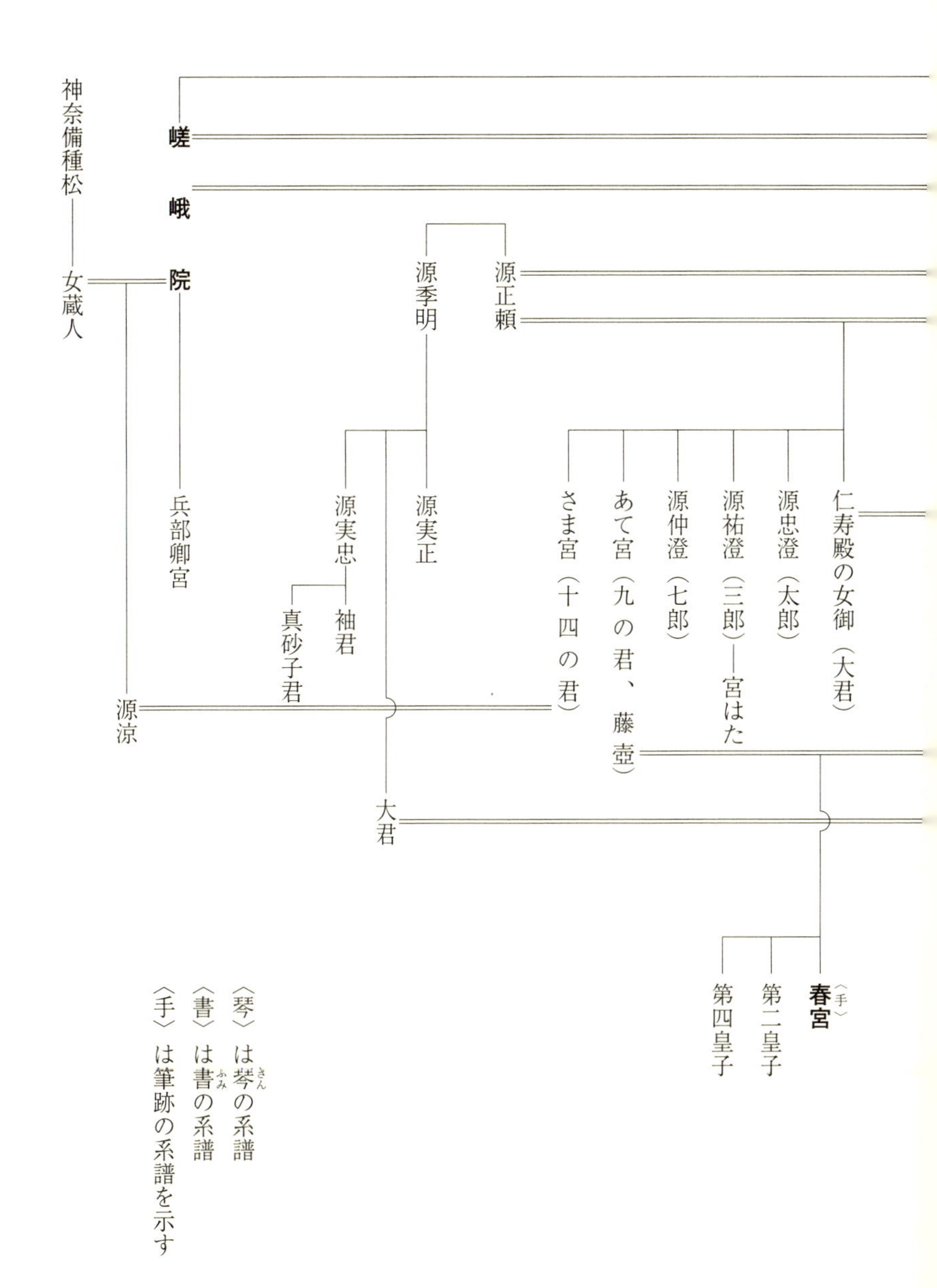

〈琴〉は琴（きん）の系譜
〈書〉は書（ふみ）の系譜
〈手〉は筆跡の系譜を示す

序章　書くことを意識した物語

物語において、紙ではなく物に文字、とくに和歌を書きつけることはままある。先行研究では、物に文字を書くことの意味を、個別作品を対象にしてしか述べていない(1)。本章では、『伊勢物語』から『源氏物語』までを物語史的に総覧することで、物に文字を書きつける行為の意義を考察する。

一 『伊勢物語』

『伊勢物語』における物に文字を書きつける場面を確認する。初段「初冠」では、男が春日の里で「なまめいたる女はらから」を見つけ、歌を贈る。

……男の、着たりける狩衣の裾をきりて、歌を書きてやる。その男、信夫摺の狩衣をなむ着たりける。
　春日野の若むらさきのすりごろもしのぶの乱れかぎりしられず

第二一段「おのが世々」では、女が家を出て行く際に、物に歌を書きつけている(2)。

むかし、男女、いとかしこく思ひかはして、こと心なかりけり。さるを、いかなることかありけむ、いささかなることにつけて、世の中を憂しと思ひて、いでていなむと思ひて、かかる歌をなむよみて、物に書きつけける。
　いでていなば心かるしといひやせむ世のありさまを人はしらねば
とよみ置きて、いでていにけり。

第二四段「梓弓」では、三年にわたって留守にした夫を待ちわびた女が他の男と新枕をしたところに、元の夫が来る。元夫は女が別の男と一緒にいることを知って女の許を去るが、女は元夫を追いかける。しかし、元夫に追いつかなかった女は、清水の端にある岩に親指の血で字を書きつけて息絶える。

……女いとかなしくて、しりにたちておひゆけど、えおひつかで、清水のある所にふしにけり。そこなりける岩に、およびの血して書きつけける。

あひ思はで離れぬる人をとどめかねわが身は今ぞ消えはてぬめる

と書きて、そこにいたづらになりにけり。

第六九段「狩の使」では、伊勢の斎宮と契った男が、翌日には斎宮に逢えずに宴会に出席していると、斎宮から和歌の上の句のみが書かれた「盃のさら」が贈られて来た。男は、同様に「盃のさら」に松明の燃え残りの炭で下の句を書いて返している。

夜ひと夜、酒飲みしければ、もはらあひごともえせで、明けば尾張の国へたちなむとすれば、男も人しれず血の涙を流せど、えあはず。夜やうやう明けなむとするほどに、女がたよりいだす盃のさらに、歌を書きていだしたり。取りて見れば、

かち人の渡れど濡れぬえにしあれば

と書きて末はなし。その盃のさらに続松の炭して、歌の末を書きつぐ。

またあふ坂の関はこえなむ

とて、明くれば尾張の国へこえにけり。

第九六段「天の逆手」では、男が女に言い寄っていたものの、女の兄が急に来て、女を連れ去ってしまう。この時、女は、紅葉したかえでに歌を書いている。

……さりければ、女の兄、にはかに迎へに来たり。さればこの女、かへでの初紅葉をひろはせて、歌をよみて、書きつけておこせたり。

秋かけていひしながらもあらなくに木の葉ふりしくえにこそありけれ

第一一四段「芹河行幸」では、光孝天皇が芹河に行幸した際に鷹飼として同行した男が、すり狩衣のたもとに和歌を書いている。

むかし、仁和の帝、芹河に行幸したまひける時、いまはさること、にげなく思ひけれど、もとつきにけることなれば、大鷹の鷹飼にてさぶらはせたまひける。すり狩衣のたもとに書きつけける。

おきなさび人なとがめそかりごろも今日ばかりとぞ鶴も鳴くなる

以上をみると、『伊勢物語』においては、男女の別れ、一度だけでその後の関係が描かれない男女の出会い、翁から帝への贈歌の際に、物に文字が書かれる。そして、これらからも明らかなように、和歌は一方通行で贈答になっていない。唯一、贈答歌が成立している第六十九段は、贈られた上の句に下の句を詠んで返してはいるものの、三十一字の和歌の贈答ではない。また文字が書きつけられたものに着目してみると、和歌を詠むためにわざわざ用意したものではなく、狩衣、物、岩、盃、楓と、その場にあったものに書きつけられていることに気付く。この二点に留意して、以降の物語についてもみてゆく。

二　『大和物語』

次に、『大和物語』について、物に文字を書きつける場面を確認する。初段「亭子の院」では、帝の譲位に際し、伊勢の御が弘徽殿の壁に歌を書く。そして、それに対し、帝は伊勢の御の歌のすぐ傍に、読まれないとわかっていながらも返歌を書く。

亭子の帝、いまはおりゐさせたまひなむとするころ、弘徽殿の壁に、伊勢の御の書きつけける。
　わかるれどあひも惜しまぬももしきを見ざらむことのなにか悲しき
とありければ、帝、御覧じて、そのかたはらに書きつけさせたまうける。
　身ひとつにあらぬばかりをおしなべてゆきめぐりてもなどか見ざらむ
となむありける。

第四三段「横川」は、前段第四二段「庭の霜」の続きである。「ゑしう」という大徳が切懸の「けづりくづ」に歌を書いて修行のために山奥に入ってしまう。女が尋ねたところ、この大徳は横川にいた。

この大徳、房にしける所の前に切懸をなむせさせける。そのけづりくづに書きつけける。
まがきするひだのたくみのたつき音のあなかしがましなぞや世の中

第六八段「葉守の神」では、藤原仲平がとしことという女性の家にある柏の木を折りに使を遣る。柏の木を折らせたとしこは、その枝に歌を書く。これに対する仲平の返歌は、としこに夫がいないことを知らずになれなれしい態度を取ったことを詫びるものであった。

枇杷殿より、としこが家に柏木のありけるを、折りにたまへりけり。折らせて書きつけて奉りける。
わが宿をいつかは君がならし葉のならし顔には折りにおこする

第一〇六段「荻の葉」では、近江介中興の娘が、元吉親王と恋仲になる。しかし、ある時、元吉親王が落とした扇を見たところ、知らない女の筆跡で和歌が書かれている。この段では、元吉親王と、中興の娘と扇の歌の女、そして「こと女」それぞれの和歌が詠まれる。元吉親王は、いずれの女性との関係も続かない。

……かくて扇をおとしたまへりけるをとりて見れば、知らぬ女の手にてかく書けり。
忘らるる身はわれからのあやまちになしてだにこそ君を恨みね
と書けりけるを見て、そのかたはらに書きつけて奉りける。
ゆゆしくもおもほゆるかな人ごとにうとまれにける世にこそありけれ

第一三七段「志賀山の秋」では、志賀の山越の道に元吉親王が作った家を、としこが志賀参詣のついでに見ている。としこはこの家に和歌を書きつける。

としこ、志賀にまうでけるついでに、この家に来て、めぐりつつ見て、あはれがりめでなどして、書きつけたりける。

かりにのみ来る君待つとふりいでつつ鳴くしが山は秋ぞ悲しき

となむ書きつけていにける。

第一四四段「甲斐路」では、在原業平の三男である滋春が、「人の国のあはれに心ぼそきところどころ」で歌を詠んでは書きつけている。海辺にある「小総の駅」、「箕輪の里といふ駅」で詠んだ歌が書かれている。滋春は、このようにしてよその国を歩き回り、甲斐の国に行って住んでいた時に、病気で亡くなる。滋春の死後、滋春がいつも連れていた人は、三河の国から都に向かうときに、滋春が歌を書きつけた駅に宿った。そして、滋春の書きつけた歌を見て、滋春の「手は見知りたりければ」、余計に悲しく思っている。

第一五五段「山の井の水」では、盗み出された女が、男の不在中に井戸に写った自分の容貌を嘆いて木に歌を書いて死ぬ。

……この男、物もとめにいでにけるままに、三四日来ざりければ、待ちわびて立ちいでて、山の井にいきて影を見れば、わがありしかたちにもあらず、あやしきやうになりにけり。鏡もなければ、顔のなりたらむやうも知らでありけるに、にはかに見れば、いとおそろしげなりけるを、いとはづかしと思ひけり。さてよみたりける。

あさか山影さへ見ゆる山の井のあさくは人を思ふものかは

とよみて、木に書きつけて、庵に来て死にけり。男、物などもとめてもて来て、死にてふせりければ、いとあさましと思ひけり。山の井なりける歌を見てかへり来て、これを思ひ死にに、かたはらにふせりて死にけり。世の古ごとになむありける。

第一六八段「苔の衣」は、仁明天皇の崩御に伴い、出家をした良岑宗貞とその妻の話である。初瀬寺で勤行していた宗貞は、参詣した妻子が自身を探していることを知っても、妻子の前に出られずにいた。仁明天皇の喪が明けた日に、変わった様子の童が柏の葉に書かれた歌を持って妻の前に現れた。その歌は宗貞の筆跡であった。また、宗貞は、尋ねてきた長男を出家させてしまった。この長男は大徳になったものの、父とは違い、都に通って女性と関係を持った。しかし、その女性の親の怒りに触れてしまった。その後、山に移り住んだ大徳の所に女性の兄たちが来たおり、大徳は、兄の「衣のくび」に女性宛の歌を書きつけた。兄は気づかずに下山した。女性はこの歌に気づいたものの、その後、女性と大徳との間にとくに進展はなかったようで、大徳は僧都にまで昇進した。

以上をまとめると、婚姻関係にならない男女、あるいは男女の別れ、旅先で、文字が物に書きつけられる。『伊勢物語』とは違い、『大和物語』の場合は、初段、第六八段、第一〇六段では、贈答歌の形式になっている。しかし、初段と第一〇六段では、受取人が差出人の和歌を読んだ可能性は低く、また、唯一、贈答歌になっている第六八段では、男性が女性に詫びる歌を詠んでいる。文字が書きつけられたものに着目してみると、壁、けづりくづ、柏の木、扇、家、駅、木、柏の葉、衣と、和歌を詠むためにわざわざ用意したと考えられるものはないという点においては『伊勢物語』と同様である。

三　『うつほ物語』

次に、『うつほ物語』における物に文字を書きつける場面を確認する。資料が多いうえ、第一章でも用例を挙げているため、全ては掲げない。

「春日詣」（一五〇頁）では、水尾に参詣した仲忠が、あて宮に和歌を贈っている。

をかしき松に、面白き藤の懸かれるを、松の枝ながら折りて持ていまして、花びらに、かく書きつく。
「奥山にいく世経ぬらむ藤の花隠れて深き色をだに見で
『かくなむ』とだに」とて、……あて宮、御覧じて、人々の中に、「こともなし」と思す人なれば、かく書きつけて、賜ふ。
深しともいかが頼まむ藤の花懸からぬ山はなしとこそ聞け

「蔵開・中」巻（五四七頁）では、清原家の家集進講の合間の宴において、藤壺から宴会場に若菜の羹が届けられる。その返事を仲忠がしている。

殿上に、酒飲みののしりて、鍋の蓋の返り言は、物取り食ふ翁の形を、御膳まろがして作り据ゑて、それに、かく書き給ふ。

「白妙の雪間掻き分け袖ひちて摘める若菜は一人食へとや

嚢時は、まだ過ぎ侍らざりける」とて奉れ給ふ。

「国譲・中」（六九四～六九五頁）では、仲忠が、藤壺に出産祝いを贈っている。

右大将殿、大いなる海形をして、蓬莱の山の下の亀の腹には、香ぐはしき裛衣を入れたり。山には、黒方・侍従・香衣香・合はせ薫物どもを土にて、小鳥・玉の枝並み立ちたり。海の面に、色黒き鶴四つ、皆、しとどに濡れて連なり、色は、いと黒し。白きも六つ、大きさ、例の鶴のほどにて、白銀を腹ふくらに鋳させたり。それには、麝香・よろづのありがたき薬、一腹づつ入れたり。その鶴に、

薬生ふる山の麓に住む鶴の羽を並べても孵る雛鳥

『伊勢物語』『大和物語』とは違い、『うつほ物語』では、物に書かれた和歌によって贈答が行なわれている。また、物に書かれた和歌で贈答する男女は、婚姻関係にはないものの、何度も和歌のやり取りを行なう。さらに、文字が書きつけられたものは、わざわざ用意したものであることがわかる。ただし、『伊勢物語』『大和物語』の一つ一つの段が短いのに対し、『うつほ物語』は長編物語である。両者の違いは、話の長さの違いからきている可能性もある。そこで、次に、長編物語である『源氏物語』の例も確認する。

四　『源氏物語』

次に、『源氏物語』における物に文字を書きつける場面を確認する。資料が多いため、「書きつく」用例のみを掲げる。

「花宴」巻（①三六〇頁）では、朧月夜と逢った源氏が、逢瀬の印に持ち帰った朧月夜の扇に独詠歌を書いている。

世に知らぬ心地こそすれ有明の月のゆくへを空にまがへて

と書きつけたまひて、置きたまへり。(3)

「鈴虫」巻（④三七六頁）では、出家した女三の宮の持仏開眼供養の直後に、源氏から女三の宮への贈歌が扇に書かれている。これに対する女三の宮の返歌が扇に書かれたかどうかは定かではない。

はちす葉をおなじ台と契りおきて露のわかるる今日ぞ悲しき

と御硯にさし濡らして、香染なる御扇に書きつけたまへり。

「幻」巻（④五四四頁）では、紫の上の一周忌に、紫の上付きだった中将の君の扇に書かれた和歌に、源氏が和歌を書き添えている。

例の宵の御行ひに、御手水まゐらする中将の君の扇に、
君恋ふる涙は際もなきものを今日をば何の果てといふらん
と書きつけたるを取りて見たまひて、
人恋ふるわが身も末になりゆけど残り多かる涙なりけり
と、書き添へたまふ。(4)

「橋姫」巻(⑤一二三頁)では、宇治で、幼い大君が硯に字を書いているのを父八の宮が、硯に文字を書くものではないと教えている。

姫君、御硯をやをらひき寄せて、手習のやうに書き混ぜたまふを、「これに書きたまへ。硯には書きつけざなり」とて紙奉りたまへば、恥ぢらひて書きたまふ。(5)

「手習」巻(⑥三五九頁)では、薫が宇治川を覗き込んで泣き、宇治の屋敷の柱に歌を書きつけたことを、大尼君の孫の紀伊守が話す。

上にのぼりたまひて、柱に書きつけたまひし。
見し人は影もとまらぬ水の上に落ちそふ涙いとどせきあへず

このほかにも、「末摘花」巻(①三〇二頁)、「葵」巻(②二八頁)、「明石」巻(②二六一頁)、「幻」巻(④五四八)、「橋

姫」巻（⑤一六五頁）、「宿木」巻（⑤四三二頁）、「浮舟」巻（⑥一九六頁）、「蜻蛉」巻（⑥二二八頁）、「手習」巻（⑥三四一頁）にも、「書きつく」という言葉が出てくるが、これらの場面では、文字が紙に書かれている。

また、先に掲げた「手習」巻（⑥三五九頁）に近い例として、「真木柱」巻（③三七三頁）がある。玉鬘と結婚した鬚黒を思って、真木柱の姫君が、柱の割れ目に和歌を書いた紙を挟む。


姫君、檜皮色の紙の重ね、ただいささかに書きて、柱の乾割れたるはさまに、笄の先して押し入れたまふ。

　今はとて宿離れぬとも馴れきつる真木の柱はわれを忘るな

「真木柱」巻と「手習」巻の例は、『大和物語』初段に通じるものがある。建造物に文字を書く、あるいは、建造物に文字を書いた紙を貼る・挟むというのは、『大和物語』『うつほ物語』『源氏物語』を見ても、別れを意味しているようである。ここで真木柱の姫君が書いた歌を、父鬚黒は読み、「かの真木柱を見たまふに、手も幼けれど、心ばへのあはれに恋しきままに」（真木柱③三七八）と、筆跡は幼いものの、歌は良いと評価している。『源氏物語』において、物に文字が書かれる場面を見てみると、柱に書くか扇に書くかである。どちらも「物」ではあるものの、わざわざ和歌を書くために用意されたものではない。

『うつほ物語』の例をみた際に、物に書きつけられた和歌での贈答が続くこと、和歌を書きつける対象物がわざわざ用意されたものであることが、長編物語特有のものである可能性を指摘した。しかし、『うつほ物語』よりも長編である『源氏物語』において、物を用意して文字を書く場面が見られないことから、この可能性はないといえる。

五　『うつほ物語』における物に文字を書くという行為の特異性

ここまで、『伊勢物語』『大和物語』『うつほ物語』『源氏物語』における、文字が書かれた物をみてきた。これらの作品に共通することは、物語の最初に登場する、物に書かれた文字は、三十一文字の和歌であるということだ。

『伊勢物語』『大和物語』に共通するのは、どちらも初段で物に文字を書く場面があるということである。しかし、物に書かれた和歌は、贈答歌にならずに独詠歌になる。あるいは、贈答歌の形式を採っていたとしても贈歌を詠んだ側が答歌を読むことがない。そしてこの場合、贈歌を詠んだ側は、相手が自身の歌を読んだかどうかは分からない状況にある。このように考えると、物に書かれた和歌よりも、物が重要であるといえる。つまり、人物間での意思疏通よりも、和歌を書きつけた物によって詠歌した人物の印象が決まることが重要なのである。『伊勢物語』に着目すると、「昔男」が成人し、初めて女性に歌を詠みかけるのが初段である。人物が初めて和歌を詠むということは、その人物が初めて思いの丈を綴るということである。これは、言い換えれば、その人物が自身の「物語」を始めるということである。そして、「昔男」は、自身の物語を始めるにあたり、「狩衣」に和歌を書く。このことにより、『伊勢物語』の「昔男」といえば、狩衣に和歌を書いて女性に贈ったというイメージが付与されることになる。

同様のことが、『うつほ物語』にもいえる。三奇人を除いたあて宮求婚者たちは、一度は必ず、物に和歌を書きつけている。これは、それぞれの男君が、あて宮相手に恋物語を始める合図であるといえる。だとすれば、和歌を書きつける対象物が、その男君のイメージを規定することになる。これはつまり、物に文字を書くにあたり、どの物を選択するかによってその人物像が決定されるということである。さらい言い換えるならば、和歌を書きつける対象物によって、各人の物語の印象を決定づけるということでもある。

『伊勢物語』『大和物語』『源氏物語』とは違い、『うつほ物語』では、物に書かれた和歌は意思疏通のツールとして使われ、人物の仲を深める働きをする。これは、物に文字を書きつけることについての『うつほ物語』の特異性を示している。本書は、七つの観点から『うつほ物語』における「書かれたもの」について考察してゆく。各章の概要については、以下の通りである。

第一章では、紙以外の物に文字（和歌）を書く場面が多くあることが『うつほ物語』独自のものであることに着目し、物語内で物に文字を書く行為が突出して多い源実忠と藤原仲忠に焦点を合わせる。実忠は途中であて宮（藤壺）と意思疏通ができなくなるのに対し、仲忠はあて宮とのコミュニケーションが可能になり、和歌のやり取りが続く。この違いを明らかにするために、仲忠からあて宮に贈られた、和歌が書かれた物を経時的に分析した。そして、仲忠が文字を書く対象を変えていっていることを明らかにするとともに、これは、文字を書く対象を工夫することによって、あて宮から返事を貰えることに気付いていたためであると指摘する。一方、実忠はこの法則に気付いていなかったとも述べる。さらに、あて宮との意思疏通に成功した仲忠の方法を詳細にみてゆくことで、「書きつける」ことから見えるこの物語の言語認識が、あて宮求婚譚という祝祭空間において贈与される、物に書かれた文字としての言葉こそが力を持つという考え方であることを示す。差出人の想いは、和歌（文字）を書きつける対象物をいかに和歌に合わせた物にできるかという数々の工夫の結果としての贈り物に表れている。差出人の想いに突き動かされ、受取人が返事をするという構造は、文字に対する『うつほ物語』独特の認識を根底にしている。

第二章では、『うつほ物語』に出てくる全ての文（ふみ）についてその特徴を七つに分け、文そのものの機能について述べる。『うつほ物語』では、人物関係を拡大し、かつ人物同士の絆を深めるものとして文が機能しているといえる。文には、最初は一対一の人物関係を作るという機能が課されているが、物語の後半においては、当事者以外の人物も巻き込んでゆく。また、『源氏物語』の柏木のように、許容されていない男女の関係が文によって露呈し、その男女が窮地に陥るといったことはない。文はひたすらに良好な人物関係を象り、人物同士の絆を深めてゆく。このことから、『うつほ物語』における文の「平和性」が見えてくる。『うつほ物語』では、差出人と受取人という当事者だけではない複数の人物に公開される文が重要視される。文がたとえ公開されようとも、人物関係に暗雲がたちこめることはない。むしろ、文の公開は、文そのものと、その文に関わる人物が信頼に足るものであることを示す。それだけではない。文が公開されるまでは、文のやりとりをする人物の周囲の者たちは、当事者同士の関係にいささかの不審を抱くかもしれない。しかし、文が公開されることによって、当事者たちの関係がどのようなものであり、またいかに深いかが明白になる。このように考えると、『うつほ物語』における文は、人物関係を作り、その関係を強めるのみならず、その平和性により、周囲の人物たちが当事者の関係を正確に把握するツールになっているといえる。

第三章では、「国譲・上」で、仲忠が藤壺の若宮に献上した「手本四巻」について論じる。まず、人物たちの筆跡、すなわち〈手〉に着目する。筆跡は、書いた人物を特定するものであると共に称賛の対象となっている。とくに素晴らしいとされるのが仲忠の筆跡である。仲忠が「国譲・上」巻において春宮・若宮の手本を作るということと、「蔵開・上」巻において〈手〉の判定者として父兼雅を上回ることは、「蔵開・上」巻の冒頭において仲忠が清原俊蔭伝来の蔵を開き、俊蔭や俊蔭の父母といった人々の書物を手にし、その学問を習得したことと関係があることを示す。俊蔭伝来の蔵を開いた仲忠の筆跡は称賛されるものであった。仲忠の「手本」は、受け取り手から見れば至上のものである。しかし、仲忠の「手本」とは、俊蔭伝来の蔵から出てきた書物の文章を写したものではなく、その書物から学んだであろう筆跡で書かれた、仲忠自作の和歌や「あめつち」であった。すなわち、仲忠にとっては「手本」は至上のものではない。このことから、至上のものとして「手本」を認識し、同様に「手」を習う琴を求める藤壺と、「手本」は「手本」でしかなく、琴を教えるつもりのない仲忠の思惑がすれ違うことが明らかになるのが、若宮への手本献上の場面であると指摘する。

第四章では、俊蔭伝来の蔵から書物が出て来てからの仲忠の行動を追う。仲忠は、俊蔭伝来の蔵を開いたことにより、「清原氏」としての自覚を持った。そして、母屋に八ヶ月間籠って「書」を継承するとともに〈手〉も継承した。またいぬ宮を琴の継承者とした。このことから、琴のみならず、書においても、「籠る」ことによって継承者が継承者たりえることを示す。

第五章では、「蔵開・中」巻における朱雀帝の御前での家集進講に着目する。従来、菅原道真の「献家集」との関連のみが指摘されてきたこの進講を、本論では史実の進講とも比較し捉え直している。進講の歴史を辿ると、進講の場に天皇がいたという記述がないことに気づく。道真の「献家集」では行なわれなかった進講が行なわれ、史実の進講では出席していなかった天皇が出席する進講が描かれることにより、清原家の書物は、「献家集」も進講も超えたものとしてあるといえる。

第六章では、琴と書の公開が、それぞれ二例ずつあり、必ず、書の公開が琴の公開に先立っていることを示す。この時、二例ずつある琴と書の公開に組み合わせがあることの証明として、時空が一緒であること、あるいは、時刻表現・香・空間の三点において構造が相似関係にあることを指摘する。書の系譜という見える系譜によって、琴の系譜という見えない系譜が支えられていることを示す。

第七章では、清原家の系譜――琴・書・〈手〉――の全てを担っている仲忠に着目し、これらの継承されるものが、どのようにして次世代に伝わっていくのかについて考察する。琴はいぬ宮が継承者となっているが、書を伝える先は決まっておらず、また、〈手〉は春宮と藤壺の若宮という、清原家と血縁関係にない人々へと伝わっていく。また、「楼の上・下」巻での秘琴披露において、俊蔭の娘の体調が思わしくないことも踏まえ、「清原家」の継承されてきたものが、消えていくことを示す。そして、仲忠という清原家の子孫が、「清原家」に継承してきたものを全て担い、公開しているこの場面こそ、『うつほ物語』の終わりとしてふさわしいものであることを示す。

過去の論考には、仲忠が継承した書を「系譜」として捉えたものや、書から仲忠が独自に作成した手本に象徴される〈手〉もまた「清原家」を負うものとして位置付けたものはない。本論が、『うつほ物語』の「清原氏」を「書かれたもの」から捉えるという、新たな知見を示すものとなれば幸いである。

1 物に文字を書くことについての先行研究には、以下のようなものがある。田中仁「『書きつく』の意味――宇津保物語を主な資料として――」(『言語表現の研究と教育』三省堂、一九九一年)、田中仁「和歌を書きつけること――八代集の「書きつく」――」『芸文東海』第一八号(一九九一年一二月)、永井和子「枕草子の跋文――「書きつく」という行為をめぐって」『国語国文論集(学習院女子短期大学)』第二七号(一九九八年三月)、杉野恵子「花びらや葉に歌を書く(書きつく)という表現について――「うつほ物語」を中心に――」『実践教育』一九号、実践女子学園中学校・高等学校(二〇〇〇年三月)。

2 『伊勢物語』の頭注では、「物」を「壁・柱・襖障子などであろう。」としている。

3 この場面の「かきつけ給ひて」には、以下のような異同がある。
河内本系　「かゝせ給て」高松宮家本／「かきつけて」尾州家本、平瀬本、大島本
別本　「かきつけて」

4　この場面の「かきつけたる」には、別本に以下のような異同がある。
「あふきにかきたるを」保坂本／「かきたるを」飯島春敬氏蔵本／「あふきにかきつけたるを」麦生本、阿里莫本

5　この場面の「かきつけさなりとて」には、別本に以下のような異同がある。
「かきつけさなりと」陽明家本／「かゝさなりとて」保坂本

第一章　物に書きつく——『うつほ物語』における言語認識

『うつほ物語』では、様々な登場人物が多くの文（ふみ）や物を贈与している。王朝物語において登場人物同士が文や物を贈与することは珍しくはない。しかし、『うつほ物語』の文や物を贈与する場面には、他の平安王朝物語ではほとんど見られない場面が出てくる。それは、紙以外の物に文字を書くという場面である。『うつほ物語』以外の作品でも、物に文字を書くという行為は多くはないものの行なわれている。しかし、杉野恵子が述べるように、「花びらや葉に歌を書くという表現自体は歌物語に既にあったが、恋の歌を書くという用法は、『うつほ物語』独自のもの」である。(1) つまり、他作品とは別の論理が『うつほ物語』の物に文字を書く行為にはあると考えられる。

物に文字を書く場面では「書きつく」という表現が多用される。(2)『うつほ物語』に限らず、「書きつく」という表現の解釈については、「文字を紙に書いて、その紙を物に貼りつける」のか「物に直接文字を書く」のかという二つの考えがある。(3)『うつほ物語』の「書きつく」については、田中仁が以下の二つの結論を示している。(4)

〈一〉原則として、「直接に書き付ける」という意味である。

〈二〉内容の価値を「低く言いなす・高く言いなす」という二面性を持つ。(5)

物に文字を書く場面では、時に文字を書くのに適さない物にも文字を書きつけている。「雁の子」、「花桜のいと面白き花びら」、「空蝉の身」、「面白き萩を折りて、葉に」、「かはらけに」、「朽ちたる橘の実に」、「中のおとどの東面なる竹の葉に」、「黒方に、白銀の鯉くはせて、その鯉に」、「合はせ薫物を山の形に作りて、黄金の枝に白銀の桜咲かせて立て並べ……蝶ごとに」といったものがその例である。そして、それぞれの物にはいずれも三十一文字の和歌が書かれたことになっている。

右記のように『うつほ物語』の登場人物たちは、様々なものに文字を書きつける。では、このように物に直接文字を書くということには、どのような意味があるのだろうか。本章では、「書きつく」ことは「物に直接文字を書いた」ことであると結論づける田中仁を始めとした先行研究の成果(6)を受けつつ、さらに一歩踏み込んで、物に文字を書きつける意味とは何かということを考えていく。

一　物に文字を書く実忠

文字を書きつけた贈り物が最も多く出てくるのはあて宮求婚譚である。求婚者たちは紙ではないものに文字を書きつけてあて宮に贈る。その中で、最初にあて宮に求婚したのが源実忠である。実忠は、「藤原の君」巻から「菊の宴」巻までに、計四回、あて宮に文字を書きつけた贈り物をしている。流れを見るために、最初の三例を掲げる。

①雁の子（藤原の君　七二）(7)

宰相、めづらしく出で来たる雁の子に書きつく、

「卵の内に命籠めたる雁の子は君が宿にて孵さざるらむ

とて、日ごろは」とて、「これ、中のおとどにて、君一人見給へ。人に見せ給ふな」とて取らせ給へば……

兵衛、賜はりて、あて宮に、「巣守りになり始むる雁の子御覧ぜよ」とて奉れば……

②花桜の花びら（藤原の君　七三）(8)

かくて、源宰相は、なほ、かの兵衛の君に、思ふことを語らひつつ、「夢ばかりの御返りをだに見せ給へ」となむのたまひける。花桜のいと面白き花びらに、

「思ふこと知らせてしかな花桜風だに君に見せずやあるらむ

これをだに」とて書いて、兵衛に、「これ御覧ぜさせ給へ」とて取らすれば、「いと恐ろしきこと。かかる聞こえあらば、兵衛が身は、何の塵泥にかならむ」と聞こゆれば、「何の。殊なること聞こえさせたらばこそあらめ。花御覧ぜさすばかりにこそ。『何心ありて』とかは見ゆる。なほ、おいらかに参り給へ」。

③白銀の薫炉（藤原の君　七四）

白銀の薫炉に、白銀の籠作り覆ひて、沈を搗き篩ひて、灰に入れて、下の思ひに、すべて黒方をまろがして、それに、

「ひとりのみ思ふ心の苦しきに煙もしるく見えずやあるらむ

雲となるものぞかし」と書きて、「兵衛の君の御もとに」とてあれば、……

これらの贈り物に対し、あて宮は一度も返事をしない。実忠とあて宮の仲介人であり、あて宮の乳母子である兵衛の君の立場も苦しくなる一方である。これら三つの例は、記事と記事の間隔があまり開いていないため、時間の上でも間を置いていないことがわかる。つまり、実忠は、短期間で三つの贈り物をしたことになる。多くの場合、文字は紙に書かれるが、実忠は試行錯誤の末に、短期間で文字を書きつける物を変えているのだ。このことから、少なくともこの期間、実忠はあて宮のことを考え、どうやったらあて宮の興味を引くことができるかということばかり考えていたと推測できる。しかし、あて宮は返事をくれない。そこで、③の直後、実忠は兵衛の君に絹・綾などを入れた「をかしげなる蒔絵の箱」（藤原の君　七四）を贈り、引き続きあて宮との取次ぎを頼む。その際に、あて宮に贈ったものが、次の例である。

④川島の洲浜（藤原の君　七五～七六）

例の宰相、川島のいとをかしき洲浜に、千鳥の行き違ひたるなどして、それに、かく書きつく。

浦狭み跡かはしまの浜千鳥ふみや返すと尋ねてぞ書く

この贈り物を持ってきた兵衛の君に対し、あて宮は、続く場面で以下のような反応をする。

「あやしく、例の、むつかしき物、常に見せ給ふ」。兵衛、「常に見知らぬやうなり」と聞こゆれば、「例のごと、のたうべかし」などのたまひて、書きつけ給ふ。

「浜千鳥ふみ来し浦に巣守り子のかへらぬ跡は尋ねざらなむ

とこそは、君の御言にてはのたまふべかなれ」とのたまふ。

実忠への返事として書いたわけではない、という体裁を採りながらも、実忠と同じものに文字を書きつけ、きちんと返事をしている。この場面は、あて宮が、初めて実忠に返事をする場面である。

以上のように、実忠からあて宮への贈り物は、短期間で雁の子、花びら、金属でできた作り物、自然の景物を模した作り物と変化している。そこに、実忠があて宮を想って考えたがゆえの工夫が見えることから、これらの贈り物には、実忠の「あて宮から何とかして返事をもらいたい」という想いが表れていると読むことができるのではないだろうか。そして、その実忠の想いに突き動かされるかのように、③で、贈り物が自然物から作り物に変化したときに、あて宮は「をかしげなる物にこそあめれ」（藤原の君　七四）と、贈られてきた物に対してやっと興味を示す発言をする。さらに④で、③よりも趣向を凝らした贈り物をして初めて、実忠は返事がもらえるのだ。ここまでにみてきた用例からは、文字を紙に書くのではなく、物に書くという工夫の他に、文字を書きつける対象を選択する工夫がある。また、書きつけられた和歌には、書きつけた対象物そのものが詠み込まれているという、もう一段上の工夫もなされていると分かる。そして、こうした差出人の数々の工夫の結果としての贈り物に表れた差出人の想いに突き動かされ、受取人が返事をするという構図が見える。

④の後、十五回は物を伴わない文を送るものの、再び実忠はあて宮に文字を添えた物を贈る。しかし、それは、「鈴虫」（吹上・下　二九七）、「草木」（菊の宴　三二三）といったものであった。贈り物に工夫を重ねて、④で返事を貰えた実忠だが、「鈴虫」「草木」に対するあて宮からの返事はない。これは、実忠が贈ったものが、自然物から作り物へと変化した後に、再び自然物へと戻ったからだと考えることができる。つまり、「鈴虫」「草木」の例を見る限り、実忠は、自身が④までやってのけたあて宮から返事をもらうための法則に気付かず、贈り物の質が落ちたということができるのではないだろうか。

「鈴虫」「草木」を贈ったものの返事を貰えなかった実忠は、あて宮宛の文を兵衛の君に託す。その際に、兵衛の君にあて宮への取次ぎを頼むべく、「蒔絵の置口の箱一具に、綾・絹畳み入れ、夏の装束、綾襲にて入れて」（菊の宴　三四三）渡している。兵衛の君はそれらを受け取り、あて宮に文を見せるが、あて宮はやはり返事を出さない。

それでも諦めきれない実忠はこれに続き、「をかしげなる沈の箱一具に、黄金一箱づつ入れ」たもの（菊の宴　三四三）、また「白銀の箱に黄金千両を入れ」たもの（菊の宴　三四四）を兵衛の君に贈ろうとするが、両方とも兵衛の君は受け取らない。

以上のように見ていくと、兵衛の君は、最初は実忠からの文を受け取り、あて宮に見せていたが、最後には実忠から自身に対しての贈り物すら受け取らなくなっている。これについて実忠側から考えると、実忠は、兵衛の君という仲介人を通してあて宮との距離を縮められたにもかかわらず、原因不明なまま、あて宮から返事を貰えないばかりか、肝心の仲介人との距離までも開いてしまったことになる。

実忠からあて宮・兵衛の君への贈り物の流れを一通りみてきた。実忠は、文字を書く対象の質を上げることであて宮からの返事を貰うことができたと考えられる。では、他の登場人物はどうであろうか。

二　物に文字を書く仲忠

仲忠は物語の最初から最後まで物に文字を書きつける人物の一人であり、他の登場人物に比べ、あて宮への文字を書きつけた贈り物の量が多い。もちろん、仲忠はあて宮に文（ふみ）も数多く送っているのだが、文だけではなく、文字を書きつけた贈り物を贈ったのはなぜなのか。以下に、仲忠が物に文字を書きつける場面を全て掲げる。

①仲忠からあて宮へ（1）（春日詣　一五〇⑨）

かの仲忠の侍従、内裏の御使に、水尾といふ所に詣でて帰るに、をかしき松に、面白き藤の懸かれるを、松の枝ながら折りて持ていまして、花びらに、かく書きつく。

「奥山にいく世経ぬらむ藤の花隠れて深き色をだに見で

今」とて、内裏に参りぬ。あて宮、御覧じて、人々の中に、「こともなし」と思す人なれば、かく書きつけて、『かくなむ』とだに」とて、孫王の君に、「これを御覧ぜさせ給はば、この花賜はりて置き給へれ。今、ただ賜ふ。

深しともいかが頼まむ藤の花懸からぬ山はなしとこそ聞け

孫王の君、仲忠に見せ給ひけり。

②仲忠からあて宮へ（2）（嵯峨の院　一五九～一六〇）[10]

仲忠、「あて宮に、いかで聞こえつかむ」と思ふ心ありて、かく来歩くになむありける。さて、おのづから殿人になりて、御達などに物言ひ懸けなどする中に、孫王の君とて、よき若人、あて宮の御方に候ふにつきて、この思ふことをほのめかし言へど、つれなくのみいらへつつあるに、さてのみは、えあるまじければ、面白き萩を折りて、葉に、かく書きつく。

秋萩の下葉に宿る白露も色には出づるものにざりける

とて、孫王の君に、「これ、折あらば」とて取らす。持て参りたれば、あて宮見給ふ。

③仲忠からあて宮へ（3）（祭の使　二〇五）

仲忠、空蟬の身に、かく書きつけて奉る。

「言の葉の露をのみ待つうつせみもむなしき物と見るがわびしさまして、いかならむ」と聞こえたり。あて宮、

「言の葉のはかなき露と思へどもわがたまづさと人もこそ見れと思ふになむ、聞こえにくき」と聞こえ給へり。

④仲忠からあて宮へ（4）（祭の使　二一三）

藤侍従、五月のつごもりの日、朽ちたる橘の実に、かく書きつけて、

　「橘の待ちし五月に朽ちぬれば我も夏越をいかがとぞ思ふ

五月雨の過ぐるも、恐ろしくなむ」。

⑤仲忠からあて宮へ（5）（祭の使　二三六～二三七）(11)

侍従、龍胆の花押し折りて、白き蓮の花に、笄の先して、かく書きつけて、奉る。

　「浅き瀬に嘆きて渡る筏師はいくらのくれかながれ来ぬらむ

かく思う給へては久しくなりぬるを、いかで、今宵だに、一言だに聞こえさせてしかな。いらへこそのたまはざらめ。聞こし召すばかりには、何の罪もあらじ」とてなむ奉る。

宮、見給ひて、「いづこにあるぞ」とのたまふ。孫王の君、「東の簀子に」。「さは、琴弾きつるは聞きつらむな。あな恥づかしや。皆、上手ぞや。我は、聞かじ」とて入り給ひぬ。

侍従聞きて、「あな心憂のことや。なほ、あが君仏、今宵ならずとも、たばかり給へ。人よりも、『親に仕うまつらむ』と思ふ心深きを、かかる思ひつきにしより、片時世に経べくは思ほえねば、今更に不孝の人になりぬべきがいみじければ、『いささか思ひ静まるや』とてなむ」と、泣く泣く、夜一夜物語し明かして、つとめて、黒方に、白銀の鯉くはせて、その鯉に、かく書きつけて奉れたり。

　夜もすがら我浮かみつる涙川尽きせずこひのあるぞわびしき

とて奉れたり。

あて宮、物ものたまはず。孫王の君、「この度は、なほのたまはせよ。殊に物ものたまはせず、静かなる人の、心魂もなく泣き惑ひ給へば、いとほしくなむ」と聞こゆれば、「聞きにくきこと出で来ば、君の御罪

になさむ」とて、白銀の川に、沈の松燈して、沈の男に持たせ、書きつけて遣はす。

川の瀬に浮かべるおのが篝火の影をやおのがこひと見つらむ

などのたまふ。

⑥仲忠からあて宮へ（6）（吹上・上　二七六）

仲忠は、大殿に車牛二つ・馬二つ、侍従の君に鶴駮なる馬の丈八寸ばかりなる一つ。置口の衣箱一つに、あるが中に清らなる女の装ひ一具畳み入れ、一つには麗しき絹・綾など入れて、孫王の君に心ざし、黄金の船に物入れながら、かく聞こえて、あて宮に奉る。

荒るる海に泊まりも知らぬうき船に波の静けき浦もあらなむ

とて奉り給へり。

⑦仲忠からあて宮へ（7）（菊の宴　三三三[12]）

かくて、御船ども漕ぎ寄せて、御船ごとに祝詞申して、一度に御祓へするほどに、藤中将の、御祓への物取り具して奉る、黄金の車に黄金の黄牛懸けて、乗せたる人・つけたる人、皆金銀に調じて、かく聞こえ奉る。

月の輪のかけてや世々を尽くしてむ心を遣らむ雲だにもがな

と聞こえたり。あて宮、

雲にだに心を遣らば大空に飛ぶ車をばよそながら見む

とて返しける。

⑧仲忠からあて宮へ（8）（あて宮　三五四〜三五五）(13)

仲忠の中将の御もとより、蒔絵の置口の箱四つに、沈の挿櫛より始めて、よろづに、梳髪の具、御髪上げの御調度、よき御仮髻・蔽髪・釵子・元結・えり櫛より始めて、ありがたくて、御鏡・畳紙・歯黒めより始めて一具、薫物の箱、白銀の御箱に、唐の合はせ薫物入れて、沈の御膳に、白銀の箸・薫炉・匙、沈の灰入れて、黒方を、薫物の炭のやうにして、白銀の炭取りの小さきに入れなどして、細やかにうつしげに入れて奉るとて、御櫛の箱に、かく書きて奉れたり。

　唐櫛笥あけ暮れ物を思ひつつ皆むなしくもなりにけるかな

とて、孫王の君に、夏冬の装束して心ざす。御使、さし置きて帰りぬ。

⑨仲忠から藤壺へ（1）（蔵開中　五四七）

殿上に、酒飲みののしりて、鍋の蓋の返り言は、物取り食ふ翁の形を、御膳まろがして作り据ゑて、それに、かく書き給ふ。

　「白妙の雪間掻き分け袖ひちて摘める若菜は一人食へとや

羹時は、まだ過ぎ侍らざりける」とて奉れ給ふ。

⑩仲忠から藤壺へ（2）（国譲・中　六九四〜六九五）(14)

右大将殿、大いなる海形をして、蓬萊の山の下の亀の腹には、香ぐはしき裛衣を入れたり。山には、黒方・侍従・香衣香・合はせ薫物どもを土にて、小鳥・玉の枝並み立ちたり。海の面に、色黒き鶴四つ、皆、しとどに濡れて連なり、色は、いと黒し。白きも六つ、大きさ、例の鶴のほどにて、白銀を腹ふくらに鋳させた

り。それには、麝香・よろづのありがたき薬、一腹づつ入れたり。その鶴に、
薬生ふる山の麓に住む鶴の羽を並べても孵る雛鳥
いづくよりともなくて、夕暮れのまぎれに舁き据ゑたり。

以上の十二例が、仲忠が物に文字を書いて送る場面である。なお、この他にも、仲忠が物に文字を書きつける例が四例ある。

・和歌を詠みあう（吹上・上　二五一）
かくて、御かはらけ始まり、箸下りぬ。人々の御前の折敷どもを見給ひて、仲忠の侍従、花園の胡蝶に書きて、
花園に朝夕分かず居る蝶を松の林はねたく見るらむ

吹上浜で迎えた三月三日の節供の酒宴の場面である。源涼の祖父にあたる神南備種松が、仲忠たち客人をもてなすために用意した折敷に描かれた「花園の胡蝶」に、仲忠は文字を書きつけている。(15)これは、大勢の人物がいるところで物に文字を書きつけており、仲忠とある特定の人物の間で遣り取りされたものではない。

・いぬ宮の五十日の祝い（蔵開・上　五一九）
御折敷見給へば、洲浜に、高き松の下に鶴二つ立てり。一つは箸、一つは匙食ひたり。松の下に、黄金の杙して、帝の御手して書かせ給へり。

緑子は松の餅を食ひ初めてちよちよとのみ今は言はなむ

とあるを、大宮見給ひて、白き薄様に書きて、押しつけ給ふ。

我下りて松の餅を食はすれば千歳も継ぎて生ひよとぞ思ふ

女御の君に、「かかる言ありけりや」とて奉り給へば、書きて、押しつけ給ふ。

生ひの間にちをのみ知れる緑子の松の餅をいかが食ふらむ

とて、一の宮に奉り給へば、物ものたまはず。これかれ、「いかでか」などのたまへば、

食ひ初むる今日や千代をも習ふらむ松の餅に心移りて

と書き給へれば、女御の君、折敷ながら、中納言の御もとにさし入れ給へば、取りて見るやうにて、

千歳経る松の餅は食ひつめり今は御笠の劣らでもがな

と書き給ふを、弾正の宮、「見む」と聞こえ給へば、「いとかしこき御手侍れば、え見給はず」とてさし入れつ。

仲忠と女一の宮の娘であるいぬ宮の五十日の祝いに朱雀帝から折敷が贈られてきた場面である。ここでは、仲忠が洲浜に刺さった杙に直接文字を書きつけたかのように読めるが、「黄金の杙」に和歌を書いたのは朱雀帝であり、その直後に続く大宮は「白き薄様に書きて、押しつけ給」い、仁寿殿の女御も「書きて、押しつけ給ふ」とあることから、朱雀帝以外の仲忠を含む登場人物は、文字を書いた紙を黄金の杙に貼りつけたと考えるのが妥当である。

・和歌を詠みあう（蔵開・下　六〇五～六〇六）[16]

かくて、いぬ宮に餅参り給ふとて、女御の君折敷の洲浜を見給へば、例の、鶴二羽、しかよろひてあり。……尚侍のおとど、折敷ながら、外にさし入れ給へれば、右大将、

姫松は乙子の限り数へつつ千歳の春は見つと知らなむ

とてさし出づれば、異人は見給はず。おとど、宮たち、宰相の中将、良中将、蔵人の少将、宮あこの大夫、皆、詠み給へれど、書かず。

いぬ宮の百日の祝いの日に、兼雅と俊蔭の娘から贈られた洲浜に、兼雅、仁寿殿の女御、俊蔭の娘、女一の宮、仲忠の五人が和歌を書きつけた場面である。これらは、「吹上・上」巻同様、大勢の人物がいるところで物に文字を書きつけており、仲忠とある特定の人物の間で遣り取りされたものではない。

・仲忠から仲頼への贈り物（国譲・下　七七四〜七七五）

大将、持たせ給へりし唐櫃・御衣櫃、山籠りに奉り給ふ。唐櫃には、……夜の装束、綾の指貫に、織物の襖、綾の袿どもなどして、その襖に書きて、結びつけたる、

露けくて山辺に一人臥す人の夜の衣に脱ぎ替へよとぞ

子どもの装束、女子のも、いと清らにし入れて、奉り給ふ。

あて宮求婚譚収束後に出家して山に籠もった源仲頼を、仲忠・涼・行正・忠こそが尋ねていった場面である。「結びつけたる」とあることから、仲忠は、紙か何かに文字を書き、襖に結びつけていると考えられる。つまり、襖という「物」に直接文字を書いているわけではない。

上記四例は、物に文字を書いていなかったり、あるいは物に文字を書いていても、唱和歌の一様式として書かれた例である。このため、この四例を除いた①から⑩までを、以下に詳しくみていく。

二-一　自然の景物に書きつく

仲忠は、俊蔭の娘と藤原兼雅との間に生まれた一人子である。俊蔭の娘の父親、清原俊蔭は、「かたちの清らに、才のかしこきこと、さらに譬ふべき方なし」（俊蔭　九）と言われ、「婿にせむ。婿にせむ」（俊蔭　二〇）と娘や妹を持つ人々から請われた。また、俊蔭の娘も「十二、三になる年、かたち、さらに言ふ限りなし。あたり光り輝きて、見る人まばゆきまで見ゆ」（俊蔭　二二）と言われ、帝や春宮、上達部や親王から求婚された。仲忠の父親である藤原兼雅も、「玉光り輝くうなゐ」（俊蔭　二四）であり、兄弟の中でもとくに親に大切にされていた。そして仲忠自身も、誕生時にも成長してからも「玉光り輝く男」（俊蔭　三四）であったことが書かれ、十二歳のときには「かたちの麗しくうつくしげなること、さらにこの世の者に似ず」（俊蔭　四二）という状態であった。

その仲忠が初めて物に文字を書きつけたのは、②のあて宮に求婚する場面である。[17] そもそも仲忠は、「婿にせむ」（俊蔭　五六）と方々から請われていたのを一切承諾せず、その心中は「左大将殿にこそ、さるべき世の有職は籠りためれど、また、をかしき君たちあまたありて、心も遣らめ。そこならではあらじ」（俊蔭　五六）といったものであった。正頼の姫君とならば結婚してもよいが、それ以外は一顧だにしなかったのだ。

そのように考えている仲忠は「殿人」になり、正頼邸に出入りするようになる。そこで知り合った孫王の君というあて宮付きの若い女房に、あて宮への想いを「ほのめかし言」いはするものの、孫王の君は「つれなくのみいらへつつある」という反応しか返してこない。そこで、このままでは一切の進展が望めないと悟った仲忠は、「面白き萩を折りて」その葉に和歌を書きつける。すると、それまではそ知らぬ顔をしていた孫王の君が、そのままあて宮に和歌を書きつけた萩を持って行く。つまり、あて宮に近づくためには、文を送る・求婚の意志があることを示すといった求婚の仕方では効果がなく、そのために仲忠は、物に文字を書きつけるという手段を取ったのだ。

では、なぜ仲忠は文字を書きつける対象に「面白き萩」という自然の景物を選択したのか。そこで、付け枝と比較してみよう。付け枝は、その時節にあった植物に文を結びつけて送るものである。そのため受取人——ここでは孫王の君とあて宮である——は、付け枝が贈られてきた際に、差出人の言葉が書かれた文がどこにあるのか、すぐに見つけられるだろう。しかし、付け枝ではなく、文を結びつける対象である植物に直接文字が書かれる場合はそうはいかない。受取人が真先に目にするのは、文が結び付けられた「植物」ではなく、付加物なしの植物そのものである。差出人の言葉が書かれた文もない、使への言伝もない。それは、差出人の意図が全く掴めないということである。差出人の意図を探るための手がかりは目の前の植物しかない。ならば、受取人が差出人の意図を知るためには、贈られてきた植物をじっくりと見るよりほかない。たとえ、受取人が差出人に対して興味が無かったとしても、全く意図の読めないものが贈られてくれば気になる。差出人たる仲忠の狙いはそこにあったのではないか。また紙ではないものに文字を書くということも、重要なことである。紙に書かれた文字は記号に過ぎないが、物に書かれた文字は記号としての役割を果たすだけではなく、その物と一体化し、記号以上の機能を発揮する。それは、差出人の思いの強さや、差出人が最も強く伝えたい言葉といった、ある意味呪的な機能だといえる。

さて、話を付け枝に戻すが、付け枝はその時節にあった植物を選択することで贈り物としての価値を付加するとともに、差出人が最も強調したい自身の気持ちを表出するという効果もある。そうであるとすれば、文が結び付けられず、真先に受取人の目にとまる植物とは、差出人の一番強い気持ちそのものであるといえる。そのように考えると、これらの自然の景物は、メッセージ性の強いものということになる。そこに和歌、もしくは和歌と少しの散文が書かれる。文字が書かれることで、自然の景物は、自身が持つメッセージを確実なものとされ、強化される。

物語の前半部にあたる①から⑤、⑥から⑧までの仲忠の歌は、あて宮求婚者たちの歌の中の一つとして書かれたものである。このうち、仲忠が自然の景物に文字を書いた①から⑤の例を以下にみていく。

①は、帝の使で水尾に参詣した仲忠から、孫王の君を介してあて宮に贈り物をした場面である。あて宮からは返歌があった。②は、前述したように、初めて仲忠があて宮に物に文字を書きつけて送る場面である。ここでも、孫王の君が仲介人になっている。しかし、あて宮からの返事もしくは返歌は書かれておらず、あて宮が仲忠からの贈り物を見たことだけが記されている。③は、仲忠が蝉の抜け殻に和歌を書いた場面である。これに対しあて宮からは返事があった。④は、仲忠が朽ちた橘の実に和歌を書いた場面である。これに対するあて宮からの返事、返歌は書かれていない。

ここまでに仲忠が文字を書きつけたのは、全て自然の景物であることに注目したい。そして、次の⑤で仲忠が文字を書きつける対象物は変化を見せる。

二-二　人工物に書きつく

⑤の場面を詳しく見るために、直前の場面を以下に引用する。

月の面白き夜、今宮・あて宮、簾のもとに出で給ひて、琵琶・箏の琴、面白き手を遊ばし、月見給ひなどするを、仲忠の侍従、隠れ立ちて聞くに、「調べより始め、違ふ所なく、わが弾く手と等しく」と聞くに、静心なし。「身はいたづらになるとも、取りや隠してまし」など思ふにも、母北の方の御ことを思ふに、なほ、いとほしく思ほゆ。思ひわづらひて、隠れたる簀子に立ち入りて、孫王の君に、「などか、一日の御返りはのたまはずなりにし」。いらへ、「侍従の君と、御碁遊ばす折なりしかばなむ」。……侍従、「いくそ度か、思ひ返さぬ。されど、さてのみは、えこそあるまじけれ。いかがせむ」。孫王の君、「物なのたまひそ」とて立ち入れば、「見給へ。さ聞こゆとも、よに悪しきわざせじや」などて引きとどめて、「まめやかには、いかで、よそながら、物一言聞こえさせてしかな。さはありぬべしや」。「いで、あなむくつけ。時々のたまふ返り言、いと聞こえがたうし給ふを、とかくしてこそあれ。思ほしだにかくるこそ、いとめざましけれ」。（祭の使二二五～二二六）

仲忠が、あて宮の弾く箏の琴と今宮（女一の宮）の弾く琵琶を立ち聞きしている場面である。あて宮の弾く琴の音色を聞いて「調べより始め、違ふ所なく、わが弾く手と等しく」と思った仲忠は、「身はいたづらになるとも、取りや隠してまし」と考える。これは、仲忠が初めてあて宮に文字を書きつけた物を贈る②の「あて宮に、いかで聞こえつらむ」と考える場面に通じるものがある。さらに、孫王の君には「などか、一日の御返りはのたまはずなりにし」と文を送っても返事がなかったことを問うている。[18] ②の場面で仲忠が「この思ふことをほのめかし言へど、つれなくのみいらへ」て障害となっていたのは孫王の君であるが、仲忠からしてみれば、あて宮から返事が貰えないことには変わりはなく、②の場合も⑤の場合も仲介をしているのは孫王の君である。

その後、仲忠は孫王の君に「まめやかには、いかで、よそながら、物一言聞こえさせてしかな」と頼み込んではいるものの、孫王の君はとりあってくれない。ならばと仲忠は、⑤に引用したように、「龍胆の花押し折りて、白き蓮の花に、笄の先して」和歌と散文を書きつけるのだが、あて宮は仲忠に自身の琴の音を聞かれたことに対し「恥づかしや」と言って奥に入ってしまう。つまり、②の時とは違い、紙以外のものに書いたのにもかかわらず、⑤ではあて宮からの返事はない。

　すると、仲忠は「泣く泣く、夜一夜物語し明かして」、翌朝に今までのような自然の景物ではなく、作り物である「黒方に、白銀の鯉くはせて、その鯉に」文字を書きつけてあて宮に贈る。すると、あて宮は「白銀の川に、沈の松燈して、沈の男に持たせ」て、そこに文字を書きつけて仲忠に返事をする。この時、孫王の君があて宮に返事を催促したこと、また、あて宮が「聞きにくきこと出で来ば、君の御罪になさむ」と言ったことが書かれているが、仲忠にとってはあて宮と孫王の君の遣り取りは知らないことであり、あて宮から返事があったという結果だけが残る。この⑤の場面を契機として、仲忠は、これ以降、文字を直接物に書くときには、対象となる物を自然の景物から作り物に変える。

　では、作り物に文字を書きつけるとは、どういうことだろうか。仲忠にとって、自然の景物に文字を書きつけることは、文を書くだけでは得られなかったあて宮からの返信を得るために講じた手段であった。しかし、今回はそれも通用しない。もちろん、②や④のように、これより以前に自然の景物に文字を書きつけたものを送っても、返事を得られなかったことはある。だが⑤は仲忠が、あて宮への想いを一層強くし、「身はいたづらになるとも、取りや隠してまし」と考えている場面である。そんな肝心な場面で仲忠があて宮から返事を貰うためにはどうしたらよいだろうか。まず、自然の景物に文字を書くことの何がいけなかったのかを考えるべきであろう。

先に述べたように、紙に書かれた文字は記号に過ぎないが、物に書かれた文字は記号としての役割を果たすだけではなく、その物と一体化し、記号以上の機能を発揮する。しかし、自然の景物は時間が経てば経つほど、劣化していくという問題がある。仲忠があて宮に贈った自然の景物の中には、「朽ちたる橘の実」もあったが、それ以外は生き生きとした植物や形が壊れやすいものであった。これらのものは、仲忠がそこに文字を書いて使に持たせた時よりも、使があて宮に届けた時の方が、確実に形は悪くなっているだろう。また、仮にこれらのものが、仲忠が出したときとほぼそのままの形態を保てていたとしても、それほど時間をかけずに、劣化していくはずである。中には、変色して、せっかくの文字が見えなくなるものも出てきたのではないだろうか。そうなると、物と一体化することによって記号以上の機能を発揮した文字は何の役にも立たなくなる。ならば、劣化しない、作り物を贈ればよいということになる。腐ったり劣化したりしない作り物に書かれた文字は永遠に物と一体化し続けるため、その機能を失うことはない。

では、どのような贈り物をするべきだろうか。⑥⑦の例を見ていく。

⑥は、源涼のいる吹上浜から帰還した仲忠たち四人の貴公子が、吹上浜で涼から贈られた宝物を、都の人々に配る場面の一部である。仲忠は、吹上浜から持ち帰った「白銀の馬は父おとどに、破子は嵯峨の院に、透箱より始めて、細けの物は北の方に、船と被け物の中に清らなる物は、思ふ心ありて、まだ持」（吹上・上 二七三）っていた。この「思ふ心ありて」持っていたものが、⑥の「黄金の船に物入れながら」あて宮に贈った物である。しかし、これは返歌とともにそのまま返されてしまう。それを再び仲忠が贈り返し、「情けなきやうにもあり」（吹上・上 二七七）という理由から、あて宮はこれを受け取る。

⑦はいよいよあて宮が春宮に入内することが決定しそうな時期の、上巳の祓の場面である。仲忠があて宮に贈ったのは、⑥と同様、金銀で作られたものであった。文字を書きつける物が変わる転機となった⑤から⑦までに仲忠があて宮に贈った文字を書きつけた物を、再掲する。

⑤黒方に、白銀の鯉くはせて、その鯉に、かく書きつけて

⑥黄金の船に物入れながら

⑦黄金の車に黄金の黄牛懸けて、乗せたる人・つけたる人、皆金銀に調じて、

これらはいずれも金や銀で光り輝くものであり、素材もさることながら、その細工も細かいものであることがわかる。つまり、贈り物としては最高級の品物である。しかも、⑤よりは⑥、⑥よりは⑦と、素材がよりよいものになっていく。このことは、自分に対してなかなか良い返事をくれないあて宮に対する仲忠の焦りを表しているといってもよい。さらに、これらの物が日常では使用しないもの、実用的ではないものであることも着目するに価するだろう。

⑧は、あて宮が春宮に入内することが決まり、入内の準備をしている最中に仲忠が入内の祝いの品として贈ったものである。この時に贈られた物は⑤から⑦までとは違い、日常で使用するもの、実用的なものが多いことが特徴として挙げられる。

以上、この⑧までがあて宮求婚譚において、仲忠があて宮に贈った文字を書きつけた物である。では、あて宮求婚譚が収束を迎えた物語の後半では、仲忠はどのような物に文字を書きつけるのだろうか。

二‐三　一女を持つ父親として書きつく

仲忠が物に文字を書きつけた十の用例のうち、⑨以降は『うつほ物語』の後半にある。あて宮求婚譚も終わり、女一の宮を正妻に迎えた仲忠は、どのような物に文字を書きつけていくのであろうか。

⑨は、俊蔭と俊蔭の父母が遺した書物の進講を朱雀帝の御前で行なっていた仲忠が殿上の間に下がり、そこで宴会を催した際の場面である。殿上の間で源涼、藤原季英、良岑行正などの人々と一緒にいるところに、藤壺（あて宮）から贈物が来る。

藤壺より、大きやかなる酒台のほどなる瑠璃の甕に、御膳一盛、同じ皿杯に、生物・乾物、窪杯に、果物盛りて、同じ瓶の大きなるに、御酒入れて、白銀の結び袋に、信濃梨・干し棗など入れて、白銀の銚子に、麝香煎一銚子入れて奉り給へり。炭取に、をのこ炭取り入れて奉り給へり。

集まりて、興じて、皆取り据ゑて参るほどに、大いなる白銀の提子に、若菜の羹一鍋、蓋には、黒方を、大いなるかはらけのやうに作り窪めて、覆ひたり。取り所には、女の一人若菜摘みたる形を作りたり。それに、孫王の君の手して、かく書きたる、

「君がため春日の野辺の雪間分け今日の若菜を一人摘みつる

羹をば、かくなむ仕うまつりなりにたる。聞こし召しつべしや」と書きつけて、小さき黄金の生瓢を奉り、雉の足、折り物に高く盛りて添へ奉り給へり。（蔵開・中　五四五～五四六）(19)

これに対する返事が⑨である。この場面は、宴会という大人数がいるところで行われているという点で、用例群から外した「吹上・上」巻、「蔵開・下」巻に通じるが、和歌の贈答をしているのは仲忠だけである。しかし、孫王の君と仲忠の遣り取りは⑧までとは違い、軽快なものとなっている。この後の場面を読んでいくと、やはり軽快な遣り取りが続く。

物など食ひ果てて、大将、この物ども奉れ給へる物どもを、さながら取り集めて、返し奉り給ふとて、孫王の君の御もとに、「これを、いと全く返し奉るは、『朝にも、いととく賜はらむ』とて、『器物侍らずは、求めさせ給はむほど、遅くや』とてなむ」とのたまへり。孫王の君など、いみじく笑ひ給ふ。「空言人にて、今さへも空めき給へるかな」とて、「いとよき御厨子所の雑仕なりけり。わきても、かはらけをぞ一つ失ひてける。衣の袖解かれぬべう」と聞こえたれば、集まりて笑ふ。（蔵開・中　五四七）(20)

あて宮が入内した今、冗談を言い合うなんとも和やかな場が広がっている。あて宮の入内により、落ち着くかのように思えた仲忠だが、実はそうではない。物に文字を書きつける回数は激減したが、それに反比例するかのように、文がその数を増やす。その理由はおそらく、文に書かれる内容が複雑なものになり、和歌のみか、もしくは和歌に少しの散文といった短文では足りなくなったからではないだろうか。

しかし、⑩では、求婚時代を髣髴とさせるような贈り物が再び出てくる。⑩は、藤壺の第三皇子（今上帝にとっては第四皇子）の九日の産養の夜に、仲忠が贈り物をした場面であるが、ここで仲忠が藤壺に贈ったものは、あて宮の春宮入内が決まった後の⑧で贈った物よりあて宮に求婚している最中の⑤⑥⑦で贈った物に近い。だがこれは、仲忠が藤壺に求婚をしているわけではない。この時行なわれていたのは藤壺の第三皇子の産養だが、今上帝の第一皇子を生んだのも藤壺である。まだこの時点で第一皇子は立坊していないものの、藤壺の生んだこの皇子が立坊する可能性は高い。また、この時すでに、仲忠には女一の宮との間に一女いぬ宮が生まれていた。これらのことから、仲忠はいぬ宮を次の春宮に入内させようという考えがあったと読める。

二‐四　書きつくものの変遷

仲忠は、文や自分のあて宮への想いをあて宮付きの女房である孫王の君に託しても仲立してもらえないために、物に文字を書いてあて宮に贈るようになる。この時に文字を書きつけたのは、花びらや葉などの自然の景物であった。自然の景物に文字を書き始めた時点ではあて宮から返事が来ることが多かったが、しかし「祭の使」巻において「龍胆の花押し折りて、白き蓮の花に、笄の先」で文字を書いたものには、返事が来なかった。そこで、仲忠は作り物に文字を書きつけるようになる。そして、あて宮求婚譚の最中に仲忠があて宮に贈ったものは、金や銀で作られた非実用品であった。

あて宮が春宮に入内することが決まったときに仲忠があて宮に贈ったものは、実用品に変化する。あて宮求婚譚が終結したことで、宴の席では文字を書きつけた物を使用した軽快な遣り取りが行われる。しかし、いぬ宮の入内を視野に入れたとき、仲忠は再び、あて宮に非実用的で華美な贈り物を贈るようになる。このように、仲忠が物に文字を書きつける行為は、一定の論理の下に行なわれている可能性があるということが言え、これは実忠の例にも通じる。

三　実忠と仲忠からの文字を書きつけた贈り物の比較

「物に文字を書きつける」という行為は、とくにあて宮求婚譚で多く行なわれていることは先に述べた。源涼や源仲頼などの求婚者たちがあて宮にたくさんの文と贈り物をするが、その中でも、源実忠と藤原仲忠があて宮に贈った文や文字を書きつけた物の多さが群を抜いている。仲忠は、俊蔭の娘と藤原兼雅との間の一人子で、容姿・才能ともにすばらしいことが何度も語られている。一方の実忠は、あて宮の父源正頼の兄季明の三男であり、将来有望な人物であることが随所で言われている。

この二人の物語については、既に大井田晴彦を始めとする先行研究[21]で述べられているが、「文」や「贈り物」という観点からの論及は、これまでにはない。また、これまでに仲忠を源涼と比較する研究は多かったが、実忠と比較した研究はほとんどなかった。このため、まずは仲忠が文字を書きつけたものと実忠が文字を書きつけたものの変化を以下で比較する。

仲忠と実忠が文字を書きつけたものの変化

【実忠】

自然物に文字を書きつく

①めづらしく出で来たる雁の子（藤原の君　七一）
②花桜のいと面白き花びら（藤原の君　七三）
③白銀の薫炉（藤原の君　七四）

人工物に文字を書きつく

④川島のいとをかしき洲浜（藤原の君　七五～七六）
＊この後、実忠は「鈴虫」「草木」をあて宮に贈り、返事を貰えなくなる。

【仲忠】

自然物に文字を書きつく

①藤のかかった松（春日詣　一五〇）
②面白き萩の葉（嵯峨の院　一五九～一六〇）
③空蝉の身（祭の使　二〇五）
④朽ちたる橘の実（祭の使　二一三）

人工物に文字を書きつく

⑤白き蓮の花と白銀の鯉（祭の使　二三五～二三七）
⑥黄金の船（吹上・上　二七六）
⑦黄金の車と黄牛、金銀に調じた人々（菊の宴　三三三）
⑧御櫛の箱（あて宮　三五四～三五五）
⑨御膳の翁（蔵開・中　五四七）
⑩鶴（国譲・中　六九四～六九五）

以上を振り返ると、実忠が文字を書きつける対象の変化を示した①から④と、仲忠が文字を書きつける対象の変化を示した①から⑤は、変化の仕方がほぼ同じだといえる。このことから、実忠の場合には詳しい描写はないが、文字を書きつける対象が変化する理由は、実忠と仲忠で、大差はないと考えられる。

時間軸に注意して見ていくと、実忠の求婚の後に、新たな求婚者として登場する仲忠の求婚の仕方は実忠のそれと重なり、また、両者は共に、将来有望であることが述べられていることから、実忠と仲忠の人物像が、一時的ではあれ、重なったことを示しているかと思われる。実忠の場合と同様、数々の工夫の結果としての贈り物に表れた差出人の想いに突き動かされ、受取人が返事をするという構図は、この仲忠の例からも見える。しかし、両者には大きな違いがある。「吹上・下」巻で実忠はこれ以降に文字を書く対象を元に戻してしまい、一方の仲忠は⑥〜⑧にあるように、実忠とは異なって、文字を書きつける対象をさらに変化させていくのだ。この違いは何だろうか。

実忠の行動に焦点を合わせて考えてみると、仲忠が意識的に文字を書きつける対象を変化させていたのに対し、実忠はあて宮から返事を貰うための法則には気付かずに文字を書きつける対象を変化させていたと言える。つまり、実忠は、自身がなぜあて宮から返事を貰えたのか、その理由が分からず、文字を書く対象を自然物へと戻してしまったのだ。このことを踏まえて、いま一度、物に文字を書くことの意味について考えてみたい。

四　あて宮と仲忠の意思疏通

本節では、あて宮の春宮への入内が決まった⑧以降に注目する。⑧は、あて宮が春宮に入内することが決まり、入内の準備をしている最中に、仲忠が入内の祝いの品を贈った場面である。ここで贈られているものは、入内の祝いとしてはオーソドックスなものではあるが、他の求婚者たちの贈り物に比べ、豪華である。参考までに、他の求婚者たちからの贈り物を挙げておく。

・涼からの贈り物（あて宮　三五五）

源中将、夏冬の御装束ども、装ひなど麗しうして、沈の置口の箱四つに畳み入れて、包みなど清らにて、

・実忠からの贈り物（あて宮　三五五）

源宰相、さるいみじき心地に、え聞き過ぐし給はで、兵衛の君に、装束して心ざし給ふとて、

他の（元）求婚者たちとは一線を画する豪華な贈り物をする仲忠であるが、この場面以降、仲忠からあて宮に贈られる物は、そこに書かれる和歌の内容と一致しなくなるという変化が起こる。一見、何かしらの意味をもった贈り物に、違う内容の和歌が書かれるようになるのだ。

仲忠が初めて物に文字を書きつけた②において、あて宮のもとに文を持って行ってくれることのなかった孫王の君が、和歌を書きつけた植物は持っていってくれたということは、和歌そのものというよりは、和歌、ひいては文字を書きつけた「物」が重要になってくるということである。だが、多くの場合、文とは保管しておくものである。この物語においても、文を保管する場面は数例ある。自然物に書いた文字は、受け取った際には読めても時間が経過してしまえば読めなくなってしまうという欠点があり、このようにして文字が消えてしまえば、差出人の想いの強さも同時に掻き消えてしまうことになる。

そもそも、物に文字を書きつけるとは、どういったことなのだろうか。仲忠、実忠を含むあて宮求婚者たちは、最初の求婚の際に、必ず文字を書きつけた物を贈っている。しかし、一般的には「求婚」する際には、文などの、言葉のみを贈ることが主になるはずである。仮に物があっても、物は物、言葉は言葉というように弁別的に機能している。『うつほ物語』においても、帝や春宮、上達部などが俊蔭の娘に求婚した時は、言葉のみの文による求婚であった。文は、文字の書き方、和歌の出来、紙の選択などから、差出人がいかに受取人を想ってそれを書いたかが分かるものである。しかし、そこでは文字を書く対象は、いかに工夫をこらそうとも、紙以外の何物でもない。それに対し、物に文字を書く場合は、書き得る対象が無限であるため、文よりも様々な戦略をとること

が可能である。文字を書き得る対象が無限であるということは、それだけ差出人が頭を悩ませ、工夫を凝らす必要があるということを意味する。つまり、差出人が一つの贈り物をする際に、多大な労力を要するということでもある。そのような大掛かりなことをしてまで文字を書きつけた贈り物をするということが、差出人の想いの強さを示していると言える。また、あて宮求婚譚では、文字が書かれた贈り物とは、贈り物それ自体がそこに書かれた言葉が示す内容を端的に表している。贈り物としてある物が、和歌のメッセージそのものと一致しているわけであり、受取人は、文字と物とが一致したことによる言葉の力に直截にふれることとなる。そしてこのようなあて宮求婚譚にみる言葉に対する認識のあり方は、文のみで行なわれる一般的な求婚譚とは根本的に異なっているのだ。

言葉が元来非実体的な記号現象としてあるなかで、物にそれと一体化する言葉を書きつけるという行為は、言葉を物そのものにすることと同義だということである。ただたんに言葉だけを贈るのではなく、贈り物が言葉と密着した状態にあることで言葉に強度が生まれ、差出人の想いの強さを表出することができる。文字を書きつける対象の選択と、文字を書きつけるという行為そのものの両側から、差出人は、自身の想いの強さを表出しているのだ。求婚譚という場において、いかにして自分の言葉をあて宮に受け取ってもらえるかという試行錯誤の結果が、これまでにみてきた実忠、仲忠の例なのではないだろうか。そしてここには、物化した言葉という、求婚譚という祝祭の時空ならではの言語認識があると言える。

あて宮求婚譚におけるこれらの試行錯誤は、仲忠によって、黄金・白銀などを細かく加工したものに様々な物を入れるという形態で極められる。そして、あて宮求婚譚が収束を迎え、言葉が物を必ずしも必要とはしなくなった物語の後半において、文字が書かれた贈り物はまた変容するのだ。その第一段階として、⑧があるのではないだろうか。つまり、求婚ではなく、あて宮との意思疏通の一貫として、求婚譚において出来上がった文字の書かれた物を贈るという行為が存続しているのだ。

五　あて宮への求婚からいぬ宮の入内へ

あて宮求婚譚において、文字が書かれた物を贈るという行為が、求婚の意思を伝える手段としてあて宮と仲忠の間で確立した。あて宮が春宮に入内した後には、文字が書かれた物を贈るという行為があて宮と仲忠のコミュニケーションの手段として残る。しかし、その一方で、和歌の内容と贈り物の意味が一致しなくなるということは、前節までに確認してきた通りである。そして、⑧で見たように、仲忠以外の人物の贈り物は簡略的に書かれ、あたかも仲忠の贈り物が至上のものであるかのように書かれる。これは、⑩でも同様のことが言える。藤壺の第三皇子の九日の産養の夜を描いたこの場面において仲忠が贈っているものは、産養の品としてはオーソドックスなものではあるが、他の元求婚者たちからの贈り物についての言及がほとんどないことから、仲忠からの贈り物が注目に値するほど豪華であったことがうかがわれる。

また、これと類似した場面がある。

かかるほどに、「右大将殿より」とて、手本四巻、色々の色紙に書きて、花の枝につけて、孫王の君のもとに、御文してあり。「『みづから持て参るべきを、仰せ言侍りし宮の御手本持て参るとてなむ。これは、「若宮の御料に」とのたまはせしかば、習はせ給ひつべくも侍らねど、召し侍りしかばなむ、急ぎ参らする』と聞こえさせ給へ。さて、御私には、何の本か御要ある。ここには、世の例になむ」とて奉れ給へり。御前に持て参りたり。見給へば、黄ばみたる色紙に書きて、山吹につけたるは、真にて、春の詩。青き色紙に書きて、

松につけたるは、草にて、夏の詩。赤き色紙に書きて、卯の花につけたるは、仮名。（国譲・上　六五四～六五五）(22)

仲忠は、「手本四巻、色々の色紙に書きて、花の枝につけて」藤壺の若宮たちに贈っており、藤壺あてに文もある。実用的な手本は冊子の形態を採ることが多いが、この手本は、「四巻」と言っているように巻子装である。しかも、藤壺の若宮が使用することを知った上で、仲忠は巻子の形態の手本を贈っている。つまり、仲忠が藤壺の若宮に贈った手本は贅沢品ということになる。手本自体は藤壺が所望したものではあるが、ここで贈られた手本は、これまでに仲忠が贈ってきた物以上に価値のある、仲忠自作の豪華な贈り物だといえる。

これらの贈り物は、立坊争いの渦中で贈られたものである。藤原氏には梨壺が生んだ若宮がいるにもかかわらず、仲忠は、藤壺の若宮たちに贈り物をしている。しかしこれは、仲忠が藤壺に求婚をしているわけではない。この時行なわれていたのは藤壺の第三皇子の産養だが、今上帝の第一皇子を生んだのも藤壺である。まだこの時点で第一皇子は立坊していないものの、藤壺の生んだこの皇子が立坊する可能性は高いと考えられる。また、この時すでに、仲忠には女一の宮との間に一女いぬ宮が生まれていた。⑩の「薬生ふる山の麓に住む鶴の羽を並べても孵る雛鳥」という和歌と手本の場面からは、藤壺の第一皇子が立坊した際にはいぬ宮を入内させたいと仲忠が考えていたことが窺える。

さらに、「蔵開・上」巻に、次のような場面がある。

さて、赤き薄様一重に、「御文賜はるべき人は、まだ、目も驚きて、え。『なほ、聞こえさせよ』とて侍ればなむ。『思ほすやうに』とのたまはせたるは、なさは、所狭きやうに思されけむ。誰も恨み聞こえつべしや。

まこと、『御ために』とのたまはせたるは、何ごとか。勧むる功徳こそ侍るめれ。あぢきなき御怒りなりや。『同じ巣に孵れる鶴のもろともに立ち居む世をば君のみぞ見むと聞こえさせよ』となむ」とて、裏に引き返して、私には、「いでや、『今は限り』と言ふなれば、なほこそ、

千歳をば今なりと思ふ松なれば昔も添ひて忘られぬかな」

と書きて、同じ一重に包みて、面白き紅葉につく。（蔵開・上　四八三）

藤壺が仲忠夫妻に、いぬ宮の産養の贈り物をした際に、女一の宮の代筆という体裁で、仲忠が藤壺へ返信した場面である。そこには、「同じ巣に孵れる鶴のもろともに立ち居む世をば君のみぞ見む」と、藤壺若宮の立坊といぬ宮入内を願う気持ちが書かれている。この歌と、「薬生ふる山の麓に住む鶴の羽を並べても孵る雛鳥」（国譲・中　六九五）が類似していることから、仲忠が藤壺に対し、いぬ宮を次の春宮に入内させたいという意思表示を数度行なっていることがわかる。

では、言葉が物を必ずしも必要としなくなった中で、あたかも求婚時代のような、言葉が書かれた物を贈る意味とは何であろうか。誰が見ても求婚の意を示す和歌を、その和歌に使用している言葉を具現化した物に書いて贈るということとは、差出人が和歌の、とくに強調したい言葉を物によって表現しているということである。例えば、⑤において、仲忠があて宮に贈った和歌は「夜もすがら我浮かみつる涙川尽きせずこひのあるぞわびしき」であったが、この中の「夜」「涙川」「こひ（鯉）」を物としてあて宮に提示することによって、和歌という文字だけのメッセージよりも分かりやすく、より強く自分の想いを表出しているのだ。このような、贈り物によって和歌の言葉を取りだし、強調するのとは逆に、和歌の言葉とは関係のない贈り物をするようになった理由は、登場人物を取り巻く状況が、「想い」を露骨に表出してはいけないような状態に変わったためではないか。求婚譚

というある種の熱気を帯びた空間が終結し、冷静さを取り戻した物語内の空間においてなお、贈り物に文字を書きつけて贈り合う藤壺と仲忠の間には、求婚譚の空間が持続しているのだ。しかし、両者とも、既に日常となった宮廷社会に生きる人物でもある。だからこそ、かつての求婚者であった仲忠は、いまなお自分との間に特殊な空間を持つ藤壺だからこそわかる方法で、自分の娘であるいぬ宮を次の春宮に入内させたいという意思表示を行なったのだ。

六　『うつほ物語』における言語認識

実忠と仲忠は、あて宮に対するアプローチの仕方から、一時的に人物像が重なる。それが分かれた大きな要因は、あて宮へのアプローチの変化の意義を自覚していたか否かによる語り分けにある。仲忠と藤壺の関係は、⑤において、特別なものとなる。求婚譚が終わった後も、仲忠と藤壺との関係においては、文字が書きつけられた豪華な贈り物を贈与するという行為が依然として行なわれている。このように、求婚譚で確立した物化した言葉を贈るという方法は、求婚譚が収束した物語の後半において、人と人との関係を象る主たる方法ではなくなったものの、特化した関係を浮き彫りにする方法として機能していることがわかる。また、ここから『うつほ物語』における言語認識の何たるかもみえてくる。

元来、言葉とその指示対象とは一体化した状態にあったのだが、時が経つにつれて、言葉は言葉、物は物、というように分離し、言葉は実体の裏付けのない記号となっていったと思われる。そのような仮説が成立するならば、『うつほ物語』、とくにあて宮求婚譚にあっては、分離してしまった言葉と物とを密着した関係にある原初的状態へと還元しようとしていることになる。そして、言葉と物とが分離した――言葉が物を必ずしも必要としなくなった――物語の後半においてなお、仲忠と藤壺の関係を言葉と物とが一体化したものとして語ることにより、物に根拠づけられた求愛の言葉こそが力を持つという、この物語固有の祝祭の言語観があらためて確認される。

繰り返すが、『うつほ物語』における祝祭の言語観とは何か。それは、言うまでもなく、あて宮求婚譚という祝祭空間において贈与される、物に書かれた文字としての言葉こそが力を持つという考え方である。それは、和歌（文字）を書きつける対象物をいかに和歌に合わせた物にできるかという、差出人の数々の工夫の結果としての贈り物に表れた差出人の想いに突き動かされ、受取人が返事をするという構造、言い換えれば文字に対する『うつほ物語』独特の認識を根底に置いた上で成り立っている。これは、物語後半で多くの人々が遣り取りしている日常的な長文の文のあり方とは歴然と異なる。「藤原の君」巻から「あて宮」巻までは、求婚譚という熱気に包まれた祝祭世界が語られている。それ以降は、祝祭の熱気を引きずりながらも、物語世界は日常の言語世界に回帰していくがゆえに、文字は物から再び離れ、物に文字が直截に書かれるようなことは粗方なくなったといえる。が、そのような日常の世界に回帰しても、いまだなお文字を書きつけたものの贈与を行なうのが藤壺と仲忠の二人なのだ。これはこの二者間のみで祝祭的気分が依然として持続していることを意味する。祝祭の終焉した世界を語る物語世界にあって、藤壺と仲忠との間で交わされる言葉は一種異様にして特異である。仲忠が藤壺に贈ったものは、藤壺の受け止め方と、日常に身をおくそれ以外の者たちの受け止め方とでは大きく異なる。たとえば、先掲した「国譲・中」巻（六九四～六九五）の場面で贈られた品物と和歌は、日常世界を生きる者たちから見れば、藤壺の若宮への産養の贈り物以外でないが、「蔵開・上」巻（四八三）での和歌を知っている藤壺から見れば、いぬ宮を次の春宮に入内させたいという仲忠の意思表示の言葉となる。また、「国譲・中」巻（六五四）で、仲忠が藤壺の若宮たちに贈った手本四巻は、日常側からすれば若宮の手習いという意味合いだけのものであるが、藤壺から見れば、自身への恋文とも取れるのであった。日常空間に身を置きながらも、藤壺と仲忠の間においてのみ、祝祭空間があるのだ。祝祭と日常的世界とが交錯するといわれる『うつほ物語』だが、本章では、それを言語構造の問題として捉えるとともに、登場人物同士の関係をもそこに読みとるべく試みた。

1 杉野恵子「花びらや葉に歌を書く（書きつく）という表現について――『うつほ物語』を中心に――」（『実践教育』一九号、実践女子学園中学校・高等学校、二〇〇〇年三月）

2 「書きつく」の先行研究は、私見では以下の三論がある。田中仁は「和歌を書き付けることが、書き付ける対象に魂をこめること」とし、「魂をこめることは、その対象に自己の心を確実に達せしめることにほかならない」としている（「和歌を書きつけること――八代集の「書きつく」――」『芸文東海』第一八号、一九九一年一二月）。また、永井和子は『枕草子』の「書きつく」について「歌・手紙に関わる例と、口上に用いられた例の双方に偏在する」と述べている（「枕草子の跋文――「書きつく」という行為をめぐって」『国語国文論集（学習院女子短期大学）』第二七号、一九九八年三月）。原豊二は歌物語をとりあげ、特殊筆記を表現する際に「書きつく」が使われると指摘する（「「書きつける」者たち――歌物語の特殊筆記表現をめぐって――」『日本文学』六五－五、二〇一六年五月）

3 論者は、「文字を紙に書いて、その紙を物に貼りつける」場合は、「書きてつく」が使用され、「物に直接文字を書く」場合は「書きつく」という表現が使用されているのではないかと考えている。

4 田中仁「『書きつく』の意味――宇津保物語を主な資料として――」（『言語表現の研究と教育』三省堂、一九九一年）

5 〈二〉の結論については「実際には『書きつく』は常にこうした二面性を生かした使い方をされているというわけではない。一方の面のみに依拠して用いられている例もごく少数だが存在する。……しかし、『書きつく』の用例のほとんどには、何らかの形で〈二〉のような二面性が生きているはずである。」（一一九頁）と補足されている。

6 注2に同じ。

7 流布本系では「宰相、めづらしく出で来たる雁の子に（こと）書きつく（つつ）」となっている。雁のことを書いたという本文であるとして、実忠は物に文字を書きつけていないと捉えることもできるが、この後に、実忠が物に文字を書きつける例が出てくることと、杉野論（注1）の指摘を考えれば、ここは雁の卵に文字を書いたと捉えて良いと考えた。また、「書きつつ」と「書きつく」という表現にはなっていない本文もあるが、雁の卵に文字を書いたことに変わりはないと解釈した。

8　九大本（文化版本書入本）では「花桜のいと面白き花びらに」の下に「おもしろくはなのひらけしに」という一文が続く。花が開いている状態を示しているか否かの違いがあるのみで、ここは実忠が桜の花びらに文字を書いたということで間違いはない。また、和歌も「……風だに君に見せずやあるらむ」が、流布本系では「……風だに君によせずやあるらむ」、南葵文庫書入諸本では「……風だに君にみせすやありけん」となっているが、歌意に大差はないため、今回は重要視しない。

9　前田家本では、「花びらに、かく書きつく。「……」とて、孫王の君に、「これを御覧ぜさせ給はば、この花賜はりて置き給へれ。」」（二八四）となっている。「書きつつ」という箇所に問題があるものの、その後に仲忠が「これ〳〵」と言っていることから、藤の花に文字を書きつけたと解釈してよい。

10　前田家本では、「葉に、かく書きつく」（二九九）となっている。やはり「書きつつ」という箇所に問題があるが、注7と同じ異同であること、「葉に」とあることから、やはりここも萩の葉に文字を書きつけたと解釈してよい。

11　諸注釈によっては、仲忠からの贈り物の「黒方に、白銀の鯉くはせて」を「黒方を、白銀の鯉にくはせ」とするものがあり、これは黒方を白銀で造った鯉に食わせたと解釈できる。状況に多少の差は出るが、続く「その鯉に、かく書きつけて奉れたり」に大きな異同がないことから、作り物に文字を書きつけたことに変わりはないと考えた。また、あて宮からの贈り物が、前田家本では、「白銀の川に、沈の松燈して、沈の男に持たせ」（四五三）となっているが、ここもやはり、「沈」の物を「沈の男」に持たせ、そこに文字を書きつけたことに変わりはない。

12　前田家本では、「藤中将」（六三九）となっているが、諸注「藤原仲忠」で解釈している。また、「黄金の車に黄金の黄牛懸けて、乗せたる人・つけたる人、皆金銀に調じて、かく聞こえ奉る……とて返しける。」には、以下のような異同がある。

金銀　　——こん〱／こんかく／こう〱／香具

かく　　——にてうしてかく／てはく／てはかく／にててうしてかく

とて返しける　　——かへし給ひける／かへしける／かへしけり／うへしける

材料が明確になっていない上、続く「に調じて、かく」の異同も多い。しかし、この前にある「黄金の車に黄金の黄牛懸けて、乗せたる人・つけたる人」とこの後の「聞こえ奉る」に大きな異同はないため、作り物に言葉を添えていることは確実であろう。

13　この箇所は、物の名称の異同などが非常に多いが、注9と同様の理由から言及しない。また、「右大将」が「左大将」になっている本文がある。左大将は右大将である藤原仲忠の父兼雅だが、兼雅は、藤壺に対して、文字を書きつけた豪華な作り物を贈った例がないため、ここは「右大将」と解釈した。また、「孫王の君に」の「孫王」は「そわう」「そわ」「そは」などの異同があるが、仲忠とあて宮の仲介を孫王の君が行なっているため「孫王」であるとする従来の解釈に従った。

14　前田家本では、「右（左）大将殿、大いなる海形をして、蓬萊の山の下の亀の腹（はゝ）には、香ぐはしき裛衣（なび）を入れたり。山には、黒方・侍従・香衣香・合はせ薫物どもを土にて、小鳥・玉の枝並み立ちたり。海の面に、色黒き鶴四つ、皆、しとどに濡れて連（そら）なり、色は、（色をば）いと黒し（くろ）。白きも六つ、大きさ、例の鶴のほどにて、白銀を腹ふくらに铸させたり。それには、麝香・よろづのありがたき薬、一（菓ひ）腹づつ入れたり」（一三九二〜一三九三）となっている。この時の左大将は藤原兼雅であるが、兼雅はこの前の「国譲・上」巻において右大臣と兼官しているため、兼雅を指す場合は「右大臣」となるはずである。このことから、底本の「左大将」は「右大将」つまり藤原仲忠として解釈するべきである。その他の異同については、本論に直接関わるものではないため、割愛する。

15　この箇所について、『新編日本古典文学全集　うつほ物語』は、現代語訳で「人々の御前に置かれた見事な折敷どもをごらんになって、仲忠の侍従が、『花園の胡蝶』を題として歌を詠む」としている。しかし、本論では、「花園の胡蝶に書きて」という記述から、折敷の「花園の胡蝶」「林の鶯」「水の下の魚」「山の鳥」のところに、和歌を書きつけたと読んだ。

16　前田家本では、「尚侍のおとど」（一二一二）となっているが、諸注「かんのおとど」で解釈している。また、この箇所では、続く「大将」が重要であり、ここに異同がないので、とくに問題はない。

17　『うつほ物語　全　改訂版』においては、「春日詣」巻は「嵯峨の院」巻の前に配置されているが、年立の上では、「嵯峨の院」巻は「春日詣」巻に先行する。

18　『うつほ物語　全　改訂版』では、この部分に「仲忠の二一二頁の贈歌は、答歌を得ている。物語には見えないが、それ以後にも仲忠が歌を贈っている趣きである」という注がついている。なお、「二一二頁」の仲忠とあて宮の贈答歌を引用しておく。

　藤侍従、祓へしに、難波の浦まで下りて、それより、

　　惑ひつつ摘みに来しかど住吉の生ひずもあるか恋忘れ草

あて宮、

あだ人の心を懸くる岸なれや人忘れ草摘みに行くらむ

19　前田家本（一〇八四～一〇八五）では、以下のようになっている。

藤壺より、大きやかなる酒台のほどなる瑠璃の甕に、御膳一盛、同じ皿杯に、生物・乾物、窪杯に、果物盛りて、同じ瓶の大きなるに、御酒入れて、白銀の結び袋に、信濃梨・干し棗など入れて、白銀の銚子に、麝香煎一銚子入れて奉り給へり。炭取に、をのこ炭取り入れて奉り給へり。……

「君がため春日の野辺の雪間分け今日の若菜を一人摘みつる羹をば、かくなむ仕うまつりなりにたる。聞こし召しつべしや」と書きつけて、小さき黄金の生瓢を奉り、雉の足、折り物に高く盛りて添へ奉り給へり。

となっている。贈り物に異同が大きくあるものの、文字を書きつけた物に関しては異同が全くないため、本論においては考察の必要はないと判断した。

20　前田家本では、「空言人にて、今さへも空めき給へるかな」（一〇八八）となっている。「空言人」の異同は「そらこと」の他に「そらとく」「そうとく」があるが、諸注釈は共通して「空言人」と校訂している。一方、「空めみ」については、

以下のように一致していない。

「空言し」（塚本哲三、有朋堂書店、一九一八年）、（宮田和一郎、朝日新聞社、一九五一年）

「空眼見」（河野多麻、岩波書店、一九五九年）

「空めき」（原田芳起、角川書店、一九六九年）、（室城秀之、おうふう、一九九五年）、（中野幸一、小学館、一九九九年）

21 しかし、「そら」という言葉が双方に入っていることから、この場面が冗談を言い合っている場面であると解釈した。大井田晴彦『うつほ物語の世界』（風間書房、二〇〇二年）の他に、竹原崇雄「『宇津保物語』「菊の宴」における実忠物語の構想」（『文芸研究』一一五号、一九八七年五月）、齋藤正志「藤原仲忠の人物形成―〈秘琴〉〈漢学〉〈官職・御帯〉」（『二松』3、一九八九年三月）、室城秀之『中古文学研究叢書2　うつほ物語の表現と論理』（若草書房、一九九六年）、中嶋尚「うつほ物語の人物映像――源実忠――」（『文学論叢』七六号、二〇〇二年三月）などを参考にした。また、『うつほ物語』における文については、室城秀之「『うつほ物語』の手紙文――特に、「蔵開」「国譲」の巻について――」（『古代文学論叢　14』一九九七年七月）などがある。

22 この箇所も、大きな異同がある。この箇所の異同については、大友信一「「右大将殿より」の「手本四巻」考」（『就実論叢』第二六号　其の一（人文篇）一九九七年二月）が詳しい。なお、詳細は第三章「「手本」の作成と〈手〉の相承」で見る。

資料『うつほ物語』における文字が書かれたもの・文字と対になった贈り物一覧

「俊蔭」巻

該当例なし

「藤原の君」巻

頁数	行数	差出人	受取人	仲介者	文字が書かれた物	文字と対になった贈り物	備考
七一	四	源実忠	あて宮	兵衛の君	めづらしく出で来たる雁の子		
七三	九	源実忠	あて宮	兵衛の君	花桜のいと面白き花びら		
七四	八	源実忠	あて宮	兵衛の君	白銀の薫炉に、白銀の籠作り覆ひて、沈を搗き篩ひて、灰に入れて、下の思ひに、すべて黒方をまろがして		
七五	一七	源実忠	あて宮	兵衛の君	川島のいとをかしき洲浜に、千鳥の行き違ひたるなどして		
九一	一二	源仲澄	あて宮			蜘蛛の巣かきたる松の、露に濡れたる	

「忠こそ」巻

頁数	行数	差出人	受取人	仲介者	文字が書かれた物	文字と対になった贈り物	備考
一一八	四	一条北の方	忠こそ		小さき菖蒲		

「春日詣」巻

頁数	行数	差出人	受取人	仲介者	文字が書かれた物	文字と対になった贈り物	備考
一三八	一三	兵部卿の親王	あて宮		面白き梅の花を折らせ給ひて、沈の男作らせ給ひて、花の雫に濡れたるに		
一三八	一六	あて宮	兵部卿の親王		蓑虫つける花折らせ給ひて、それが下に、笠着せたる者ども立てて		一三八頁一三行目への返事。
一四八	一二	忠こそ	あて宮		散り落つる花びらに、爪もとより血をさしあやして		
一四九	二	春宮	あて宮	右近少将		柳	
一五〇	七	藤原仲忠	あて宮	孫王の君	をかしき松に、面白き藤の懸かれるを、松の枝ながら折りて持ていまして、花びらに		
一五一	一	源仲頼	あて宮	宮あこ君	をかしき柳の萌え出でたりけるに		

「嵯峨の院」巻

一六〇	三	藤原仲忠	あて宮	孫王の君	面白き萩を折りて、葉に		
一六五	一三	三の宮	あて宮		御前の一本菊、いと高く厳しく、移ろひて、朝ぼらけに、めでたくい厳しう見ゆるに、露に濡れたるを押し折りて		「三の宮」とは仁寿殿の女御腹の三の宮を指す。

一六八	一五	源仲澄	あて宮		御前の花薄の中に、今、もとより生ひ出づる葉、秋も穂に出でぬを引き抜きて、その葉に		
一七〇	五	良岑行正	あて宮		白き御衣の袖に、涙かかりて、搔練なんど映りて濡れたるを、取り放ちて		
一七〇	九	あて宮	良岑行正		(白き御衣の袖に、涙かかりて、搔練なんど映りて濡れたる)傍らに		一七〇頁五行目への返事。

「祭の使」巻

二〇五	二	藤原仲忠	あて宮		空蝉の身		
二一三	六	藤原仲忠	あて宮		朽ちたる橘の実		
二一四		複数人	複数人	(源仲澄)	御扇		扇が回された順番は次の通りである。 源正頼 式部卿の宮の御方 藤原忠雅 中務の宮 源実正 藤原忠俊 藤宰相殿(忠俊弟) 源実頼

頁数	行数	差出人	受取人	仲介者	文字が書かれた物	文字と対になった贈り物	備考
二一〇	一一	春宮	あて宮			常夏の花を折りて	
二一一	六	藤原兼雅	あて宮		海に臨きたる海人立てる洲浜に		
二一一	八	あて宮	藤原兼雅		漁りしたる洲浜に		二一一頁六行目への返事。
二一五	三	三春高基	あて宮	宮内の君	しこぶちに古めきたる箱二つに、東絹一箱・遠江綾一箱入れて、肌荒く強きちうしに		
二一七	九	曹頭進士	藤原季英			夏の衣の破れたる、朽葉色の下襲の困じたるを取りに遣りて	
二三三	一七	藤原季英	あて宮		中のおとどの東面なる竹の葉に		
二三六	一三	藤原仲忠	あて宮	孫王の君	白き蓮の花に、笄の先して	龍胆の花	
二三七	六	藤原仲忠	あて宮	孫王の君	黒方に、白銀の鯉くはせて、その鯉に		
二三七	一二	あて宮	藤原仲忠	孫王の君	白銀の川に、沈の松燈して、沈の男に持たせ		二三七頁六行目への返事。

「吹上・上」巻

二五一		君だち	―		折敷の上の飾り。 藤原仲忠は「花園の胡蝶」 源仲頼は「林の鶯」 源涼は「水の下の魚」 良岑行正は「山の鳥ども」		折敷の詳細については二五〇頁を参照。
二五六	六	種松妻	君だち	よき童	合はせ薫物を山の形に作りて、黄金の枝に白銀の桜咲かせて立て並べ、花に蝶どももあまた据ゑて、その一つに		
二五六		複数人	複数人		(合はせ薫物を山の形に作りて、黄金の枝に白銀の桜咲かせて立て並べ、花に蝶どももあまた据ゑて)蝶ごとに		白銀の桜の花に書きつけた順番は次の通りである。 藤原仲忠 源仲頼 源涼 良岑行正 清原松方 近正 時蔭 種松
二六二	一二	種松	君だち		藤の花、松の枝、沈の枝に咲かせて、金銀・瑠璃の鶯に食はせて		歌の題を書く。 [絵詞]

頁数	行数	差出人	受取人	仲介者	文字が書かれた物	文字と対になった贈り物	備考
二七一	三	種松妻	源仲頼 藤原仲忠 良岑行正		白銀の透箱四つづつ、黒方の炭一透箱、金の砂子に、白銀・黄金を幣に鋳たる一透箱の上に、歌一つ、やがて、結び目に結ひつけさせたり。		
二七六	七	藤原仲忠	あて宮	孫王の君		黄金の船に物入れながら	
二七六	一四	あて宮	藤原仲忠	孫王の君		（右に同じ）	二七六頁七行目のものをそのまま返却した。
二七六	一五	藤原仲忠	あて宮	孫王の君		（右に同じ）	二七六頁一四行目のものをさらにそのまま贈った。

「吹上・下」巻

二九七	一〇	源実忠	あて宮			鈴虫を奉りて	

「菊の宴」巻

三一七	九	俊蔭の娘	大后		御挿頭、尚侍の殿、松の下に、鶴据ゑて	白銀・黄金の若菜の籠、同じ壺ども、色々の作り枝どもに、よろずの宝物ども清らにし入れて	

三二一	八	后の宮	朱雀帝	源仲頼	今日の捧げ物さながら		「今日の捧げ物」とは、三一七頁九行目で俊蔭の娘が献上したものを指す。
三二一	一〇	朱雀帝	大宮			かねてよりさる御心ありて、黄金の山・威儀物などありて	
三二三	七	源実忠	あて宮			草木につけつつ	
三三三	三	藤原仲忠	あて宮			御祓への物取り具して奉る、黄金の車に黄金の黄牛懸けて、乗せたる人・つけたる人、皆金銀に調じて	
三四三	一	源実忠	兵衛の君			蒔絵の置口の箱一具に、綾・絹畳み入れ、夏の装束、綾襲にて入れて	
三四三	九	源実忠	兵衛の君			をかしげなる沈の箱一具に、黄金一箱づつ入れて取らせ給ふ	兵衛の君は、これを受け取らなかった。
三四四	一三	源実忠	兵衛の君			白銀の箱に黄金千両を入れて	
三四四	一七	兵衛の君	源実忠			(白銀の箱に黄金千両を入れて)	三四四頁一三行目にて貰ったものを返却

「あて宮」巻

頁数	行数	差出人	受取人	仲介者	文字が書かれた物	文字と対になった贈り物	備考
三五四	一二	藤原仲忠	あて宮		蒔絵の置口の箱四つに、沈の挿櫛より始めて、よろづに、梳髪の具、御髪上げの御調度、よき御仮髻・蔽髪・釵子・元結・えり櫛より始めて、ありがたくて、御鏡・畳紙・歯黒めより始めて一具、薫物の箱、白銀の御箱に、唐の合はせ薫物入れて、沈の御膳に、白銀の箸・薫炉・匙、沈の灰入れて、黒方を、薫物の炭のやうにして、白銀の炭取りの小さきに入れなどして、細やかにうつしげに入れて奉るとて、御櫛の箱に		
三五五	三	源涼	あて宮			夏冬の御装束ども、装ひなど麗しうして、沈の置口の箱四つに畳み入れて、包みなど清らにて	
三五五	八	源実忠	（あて宮）	兵衛の君		装束	兵衛の君に、あて宮への取り次ぎを頼んでいる。

三七〇	一六	后の宮	大宮 藤壺	宮の亮		御産養、白銀の透箱十に、御衣十襲、御襁褓十襲、沈の衝重二十に、白銀の箸、匙・杯ども、皆同じ物、すみ物、いと厳し。碁手、銭百貫、大いなる紫檀の櫃に扱き入れて	
三七一	五	大宮	后の宮	宮の亮		黄金の壺の大きなるに、かの御飲きの米一壺入れて奉れ給ふ	三七〇頁一六行目への返事。
三七一	九	后の宮	春宮の御局ども			「瑠璃の壺」に入れた「かの御飲きの米」	
三七一	一三	大殿の君	后の宮			「瑠璃の壺」を返却	「大殿の君」とは源季明の娘を指す。三七一頁九行目の贈り物を返却。

「内侍のかみ」巻

四一〇	一四	春宮	藤壺			御前に、生海松の、石・貝つきながらあるを取り給ひて	

「沖つ白波」巻

該当例なし

「蔵開・上」巻

頁数	行数	差出人	受取人	仲介者	文字が書かれた物	文字と対になった贈り物	備考
四七〇	六	清原俊蔭	藤原仲忠		書ども、麗しき帙簀どもに包みて、唐組の紐して結ひつつ、ふさに積みつつあり。その中に、沈の長櫃の唐櫃十ばかり重ね置きたり。奥の方に、よきほどの柱ばかりにて、赤く丸き物積み置きたり。ただ、口もとに目録を書きたる書を取り給ひて、……		俊蔭伝来の蔵から出てきたもの。俊蔭は、仲忠個人を受取人として意図していたわけではないが、物に文字を書きつける例の一つとして掲げる。

「蔵開・中」巻

頁数	行数	差出人	受取人	仲介者	文字が書かれた物	文字と対になった贈り物	備考
五四五	一七	藤壺（孫王の君）	殿上に集まっている人々		大いなる白銀の提子に、若菜の羹一鍋、蓋には、黒方を、大いなるかはらけのやうに作り窪めて、覆ひたり。取り所には、女の一人若菜摘みたる形を作りたり。それに、孫王の君の手して、かく書きたる、		
五四七	一	仲忠	藤壺		物取り食ふ翁の形を、御膳まろがして作り据ゑて、それに、かく書き給ふ。		五四五頁一七行目への返事。

「蔵開・下」巻

五八五	四	源　涼 さま宮	藤原仲忠		洲浜	糸を薬にて、白き組をあらかにて、絹一匹を腹赤にて、そを五葉の作り枝につけつつ十枝、鯉・鯛は、生きて働くやうにて、同じ作り枝につけたり。雉の嘴には黒方、皆白銀どもなり。鳩は黄金、その嘴には黄金入れたり。小鳥には黒方をまろがしたり。折櫃は白銀、沈の鰹、黒方の火焼きの鮑、海松・青海苔は糸、甘海苔に綿を染めて、下には綾、衝重二十六、蘇芳の物入れたり。	洲浜に書かれた文字は涼によるものである。
五八五	一一	源　涼	藤原仲忠			昨夜の勝ち物の銭に、今一餌袋、白き添へて、	
五九六	一二	藤原仲忠	源仲頼の妹	近く使ひ給ふ上童	（文を）ちうしのすくよかなるに包みて、「山より」と、少将の手にいとよく書き似せて、	米一石と炭二荷	「御厩の草刈・馬人、小さき童二人、大きなる童子」が「近く使ひ給ふ上童」と共に行った。

頁数	行数	差出人	受取人	仲介者	文字が書かれた物	文字と対になった贈り物	備考
六〇五	四	仁寿殿の女御	藤壺		青き色紙に書きて、小松につけて	檜破子十、ただの十	「ただの十」とは、「ただの破子が十」という意味。
六〇五	一五	俊蔭の娘 藤原兼雅	いぬ宮		折敷の洲浜 （「鶴二羽、しかよろひてあり。松、生ひたり。」）		俊蔭の娘がいぬ宮の百日の祝いに贈った折敷の洲浜（六〇四頁一六行目参照）。
六〇五 － 六〇六		複数人	複数人		折敷の洲浜		俊蔭の娘から贈られた折敷の洲浜に和歌を書きつけた順番は次の通りである。 藤原兼雅 仁寿殿の女御 俊蔭の娘 女一の宮 藤原仲忠
六〇八	六	近江守	藤原兼雅	藤原仲忠	近江守が住んでいた家の地券とそこにある調度の目録		五九九頁一一行目参照。
六一〇	一〇	藤原兼雅	中の君		（右に同じ）		「中の君」とは、故式部卿の宮の娘を指す。 六〇八頁六行目のものを渡している。

「国譲・上」巻

六四二	一〇	源涼 さま宮	藤壺			白銀に塗物したる鍵ども、ふさにつけつつ、いと多かりける中に	

「国譲・中」巻

六九〇	一三	春宮	藤壺	これはた		「よきほどなる、白銀・黄金の橘一餌袋、黄ばみたる色紙一重覆ひて、龍胆の組して結ひて、八重山吹の作り花につけて」ある中に「大いなる橘の皮を横さまに切りて、黄金を実に似せて包みつつ、一袋あり」	準備は源顕澄と源涼が行なった。
六九一	一二	なま嫗 （仲忠）	藤壺	孫王の君	側離れて黒き水桶の大きやかなる、四つつい重ねて……大きなる葉椀を白き組して結ひて、五つさし入れたり。取り入れたれば、ほどは桶の大きさなり。開けて見れば、一つには、練りたる絹を、飯盛りたるやうに入れたり。今一つには、綾を、同じやうに入れたり。今一つには、鰹・鮭などのやうにて、沈入りたり。葉椀の蓋に、		葉椀の蓋に書かれた文字は「なま嫗」によるものとあるが、この後に、孫王の君が仲忠が書いたものだと述べている。

頁数	行数	差出人	受取人	仲介者	文字が書かれた物	文字と対になった贈り物	備考
六九二	一六	春宮	藤壺			御屏風・御座より始め給ひて、長持の脚つきたる三つ、唐櫃五具に、綾・錦より始めて、よろづの物入れさせ給へり。	七日の産養。
六九三	一三	女一の宮 藤原仲忠	藤壺		子持ちの御前のおとどの御膳、稚児の御衣・襁褓、いと清う調じて奉れり。白き折櫃に、黄ばみたる絵描きて、白き、黄ばみたる銭積みたり。御石の台に、例の、鶴あり。洲浜に		七日の産養。洲浜に書かれた文字は仲忠によるものである。
六九四	一四	藤原仲忠	藤壺		右大将殿、大いなる海形をして、蓬莱の山の下の亀の腹には、香ぐはしき裛衣を入れたり。山には、黒方・侍従・香衣香・合はせ薫物どもを土にて、小鳥・玉の枝並み立ちたり。海の面に、色黒き鶴四つ、皆、しとどに濡れて連なり、色は、いと黒し。白きも六つ、大きさ、例の鶴のほどにて、白銀を腹ふくらに鋳させたり。それには、麝香・よろづのありがたき薬、一腹づつ入れたり。その鶴に		九日の産養。

七一六	一七	藤原兼雅	梨壺 女三の宮 中の君		「鮎かがりいとをかしげに作り置かせ」たものに苞苴を添えたもの。		梨壺・嵯峨の院の女三の宮・故式部卿の宮の中の君は、いずれも兼雅の妻。
七二二	一二	藤原仲忠	春宮の若宮たち		手づから、往来、月日書きて、籤立てて、御名し給へり。傍らに、……と書きて、蘇芳文籤にして、赤き色紙に書きて、撫子の花につけたり。	白銀の篝四つ、脚つけさせて、鋳物師ども召して作らせ給ひて、取り上ぐる魚ども取らせつ。鮎一籠・鮠一籠・石斑魚・小鮒入れさせ、苞苴など添へさせて、	
七二三	一四	源祐澄	女二の宮の乳母			女の装ひ一領・白張の一重襲包みて	
七三六	一〇	源季明に仕えていた人々	源実忠		名簿		
七三九	六	源正頼	源実忠の元北の方		よい蜜・瓜・焼米・生海松・水蕗など奉れ給へり。北の方の御もとに、御文あり。……取り寄せて見給へば、いとよき瓜・よき水蕗、折櫃に積みて、大きなる瓮に、「大姫君、御覧ぜよ」と書きつけたり。開けて見給へば、白銀の瓮どもに、練りたる絹・唐綾など入れて、糸を輪に曲げて組みて、沈の枌につけたり。		

「国譲・下」巻

頁数	行数	差出人	受取人	仲介者	文字が書かれた物	文字と対になった贈り物	備考
七七四	一五	藤原仲忠	源仲頼		大将持たせ給へりし唐櫃・御衣櫃、山籠りに、奉り給ふ。唐櫃には、浅香に沈の脚つけて、蘇枋を杤にして、白銀の鉢・金椀・箸・匙・茶匙・銚子・水瓶など、よろづの調度尽くし入れたり。御衣櫃には、御法服一つ、限りなく清らにて、夜の装束、綾の指貫に、織物の襖、綾の袿どもなどして、その襖に		七六九頁一七行目に「御衣櫃一掛・唐櫃一掛持たせ給ふ。」とある。

「楼の上・上」巻

頁数	行数	差出人	受取人	仲介者	文字が書かれた物	文字と対になった贈り物	備考
八三四	一〇	藤原兼雅	宰相の上	大和介		「尾張より奉りし唐櫃あらば、入り物ながらやよからむ」とて召し出でたり。片つ方に、絹二十疋・綾十疋、今一つ方には、尚侍、「ここに、物入れむ」とぞのたまひて、掻練の綾の衣一襲・薄色の織物の細長・袴一具、山吹の綾の三重襲、「にそき給はむ」とて、斑絹と入れ給ふ。	

八三七	一七	藤原仲忠	宰相の上	いと小さき小舎人童	衣箱一具に、唐綾の撫子の袿・濃き縹の袿・濃紫の織物の細長・三重襲の袴、今一つには、若君の御料に、いと濃き袿一襲・薄き蘇芳の綾の袿・桜の織物の直衣・躑躅の織物の指貫など入れ給ふ。女の袴の腰に、赤き薄様に、……とて、御文もなし。		「御文もなし」とあることから、「赤き薄様」に書かれたものは手紙として扱われていないことがわかる。
八四三	一四	梅壺	藤原兼雅			山菅を一包にて、香の扇、薄様の中に入れ給ひて	
八四七	一七	俊蔭の娘	宰相の上			白銀の透箱を二つか。この透箱の中身は、「一つには、唐綾五疋、今一つには、沈・紫檀の櫛」が入っている。	
八七五	五	朱雀院	女一の宮 俊蔭の娘	蔵人		白銀の鬚籠二十、白銀・黄金して、若栗・松の実・椎・棗など作り入れさせ給ひて	女一の宮と俊蔭の娘のそれぞれに、同じものが贈られてきている。

「楼の上・下」巻

該当例なし

第二章　紙に書きつく――人物関係を構築する文（ふみ）

『うつほ物語』には、物に書かれた文字こそが力を持つという独自の言語観がある。しかし、その一方で、文字が書かれた紙、すなわち文も多く出てくる。本物語における文は、前半のあて宮求婚譚においては和歌だけという形態のものが多いが、後半の巻々では、夫婦関係・親戚関係において遣り取りされる文字数の多いものへと、その形態を大きく変えている。

これまで、『うつほ物語』の文はその形態、折枝・付け枝の問題などとともに論じられてきた。[1] また、物語の後半部、とくに「蔵開・上」から「国譲・下」巻において、長文の文が増えるということも指摘されている。[2] しかし、『うつほ物語』全体を通して、文とは何かという問題について巨視的に論じたものはない。本章では、文によって明確になる人物関係を見ていくことで、『うつほ物語』における文について考えていきたい。

一　文の遣り取りの有無の判断と人物関係の有無

「藤原の君」巻から始まるあて宮求婚譚では、多くの文が行き交う。その差出人は主に、あて宮[3]に求婚する男君たちである。求婚者たちは、あて宮に近い女房たちを味方につけ、あて宮に文を届けてくれるように頼む。しかし、あて宮宛の文が多く描かれるわりに、あて宮がそれらを見たという記述はあまりない。同時に、求婚者たちの側からしてみれば、あて宮からの返事がない以上、自分の文があて宮まで届いたかどうかは定かではない。求婚者たちは、あて宮から返事が来て初めて、自分が送った文があて宮まで届いたとわかるのだ。このように考えると、物語内には、あて宮に届かない文が多数存在するといえる。王朝物語においてはごく当たり前の事ではあるが、あて宮が文を受け取るということは、あて宮と男君は文を遣り取りする関係になる、言い換えれば、あて宮が文の差出人である男君の気持を受け入れることになる。逆に、そういった関係を結びたくない場合、あて宮は、来た文が自分宛であることを認めない、返事を出さない、見ないといった対処をする。たとえば、求婚者の一人である源実忠が「夢ばかりの御返りをだに見せ給へ」という文字を書いた花びらを、あて宮に「御覧ぜさせ給へ」と兵衛の君に頼んだ場面がある（藤原の君　七三）。兵衛の君は「いと恐ろしきこと」と拒絶するが、実忠は「花御覧ぜさすばかりにこそ。」と是が非でもあて宮に花びらを見せるように言う。ここからは、なんとしてでもあて宮からの返事を得て、あて宮との関係を取り付けようという実忠の意思が読み取れる。

実忠だけではなく、あて宮は、男君たちになかなか返事をしない。しかし、春宮に対しては返事をしている。あて宮の書く文の中で、春宮への返事だけが他の男君たちに比べて群を抜いて多いのは、春宮から文が来ると、父である正頼があて宮に返事を書かせるためである(4)。

また、返事をすることで一つの人物関係が成立するのは、あて宮求婚譚にとどまらない。「内侍のかみ」巻には、朱雀帝と仁寿殿の女御の、文に関する一連の会話がある（三七七〜三七八）。仁寿殿の女御と藤原兼雅の仲を疑う朱雀帝に対し、仁寿殿の女御は、兼雅の言葉の遣い方や走り書きした文が趣深く良かったので感心したのだという。この仁寿殿の女御の言葉に対し、朱雀帝は「時々物聞こえ、今もあめるは」と、兼雅が未だに仁寿殿の女御に文を送っていることを知っていると仁寿殿の女御に明かしている。

この場面には、様々な段階の情報開示がある。まず、この場面において初めて、過去に兼雅が仁寿殿の女御に文を送ったことが読者に示される。この事実は、読者からは見えなかった、仁寿殿の女御と兼雅の関係が顕にされた場面である。また、当場面は、朱雀帝が仁寿殿の女御と兼雅の間で文の遣り取りが行なわれているという事実を知っていることを、仁寿殿の女御が知らされる場面でもある。このとき、仁寿殿の女御と兼雅の関係の有無が重要なのではなく、仁寿殿の女御が兼雅からの恋文に目を通したようだという憶測が、文の内容はさて置き、朱雀帝が二人の仲を疑う要因になっているということは注意すべき点である。そしてこの直後、兼雅と正頼による文比べにおいて、正頼は嵯峨院の承香殿の女御からの文を、兼雅は朱雀帝の仁寿殿の女御からの文を持ちよることから、兼雅と仁寿殿の女御との間に実際に文の遣り取りがあったことを読者は知るのだ。

「内侍のかみ」巻の冒頭から、正頼と兼雅の文比べまでの文の扱われ方は、『うつほ物語』では特殊である。朱雀帝が「知っている」ことを開示する相手は、仁寿殿の女御であると同時に我々読者である。そして、仁寿殿の女御が兼雅に返事を出したか否かを明確にしないのは、朱雀帝に対してと同時にやはり我々読者に対してである。そして、朱雀帝も仁寿殿の女御もいない、正頼と兼雅の文比べの場面で初めて、我々読者は、兼雅と仁寿殿の女御の間で文の遣り取りがあったこと、それと同時に、正頼と承香殿の女御の間でも同様のことが行なわれていたことを知る。また、正頼と兼雅の文比べの場面より前に承香殿の女御は登場しておらず(5)、仁寿殿の女御も、直前の朱雀帝との会話が物語初登場である。登場したばかりの二人の女御は、嵯峨院、朱雀帝というそれぞれが入内した帝ではなく、他の臣下の男性との関係が書かれ、また、朱雀帝はその事実を知っている。さらに、この場面では、仁寿殿の女御の実父である正頼が、「正頼がもとに遣する文、これにおぼえたる筋の思ほえぬ」と、仁寿殿の女御が兼雅に送るような筆跡を書けることを初めて知る場面でもある。「内侍のかみ」巻の冒頭は、登場人物間の秘密の開示と保持を同時進行的に読者も共有するようになっており、またそれぞれの事項の種明かしが、本人不在の所で行なわれるという、少々複雑な構造になっている。

返事をすることで一つの人物関係が成立することを示すものとして取り上げたいのが「蔵開・上」巻(五一二~五一三)のあて宮と祐澄の会話である。祐澄は、あて宮が、仲忠には「下臈なれど、返り言などし」ていたことを指摘する。それに対しあて宮は、「それは、手のよかりしかば、『見む』とてこそ」との返事をする。嵯峨院の承香殿の女御・朱雀帝の仁寿殿の女御に続き、あて宮も臣下と文の遣り取りをしていることが示されている。この場面では、求婚譚時代に、あて宮が誰に返事をし、また誰に返事をしなかったのかを祐澄が知っていることが、読者に対して初めて明らかにされている。それと同時に、前掲した「内侍のかみ」巻の場面にある、仁寿殿の女御が兼雅に返事をしていた理由と同様の理由で、あて宮が仲忠に返事をしていたことが、真実はどうであれ、明らかにされている。

さらに、宮はたと仲忠の会話でも、同様のことが言える（蔵開・中　五四三）。宮はたは、仲忠から女一の宮への文の使を申し出た際に、父親である祐澄が仲忠の妻である女一の宮を慕っているから自分も女一の宮を慕っているのだと話す。宮はたから詳細を聞いた仲忠は、祐澄が「宮」を慕っていると聞き、「『いづれの宮を』とかのたまふ」と、祐澄が気にしている皇女が自分の妻であることを確認する。そのうえで、「さて、御文は取り入るるか」と祐澄から女一の宮への文の行方を尋ねる。その結果、女一の宮は祐澄からの文を受け取っていないことがわかり、仲忠は安心する。つまり、文のやり取り自体がないということから、人物関係が成り立っていないと判断されているのだ。ここでもやはり、文の遣り取りの有無が問題になっている。

また、絶対に関係を作ってはいけない状況下において、文をなかったことにする例もある。それは、あて宮が、涼の妻であり、自身の妹であるさま宮が隣にいる状況下で、涼・さま宮夫妻から贈られた鍵と錠の贈り物の中に、涼の手で書かれた文を見つける場面である（国譲・上　六四二）。涼の手で書かれているということ、その内容が、あて宮が入内してもなお関係を求めようとする涼の気持ちを証明するものであることから、あて宮は「うたてあり」と思って文を隠す。そしてこの後にこの文が出てくることはない。これは、涼からの文自体をないものとすることで、あて宮と涼の間で成立する可能性のあった関係をなくしてしまうという意味を持つと読める。

ここまでにみてきたように『うつほ物語』の登場人物たちは、文の返事の有無よりも、文を受け取ったかどうかということを執拗なまでに重視している。このことは、言葉の力に対する信頼を示しており、それは、前章で述べた、物に書かれた文字こそが力を持つということと無関係ではない。

文の遣り取りの有無が人物関係の有無を表わすという法則は、物語の前半部、とくにあて宮求婚譚において成立しているといえる。では、あて宮求婚譚が終わった後の物語において、文はどのように扱われているのだろうか。

二　隠蔽される文――物語を動かす可能性の提示

「内侍のかみ」巻には、仲忠が恋文と思われる文を隠していたことを、正頼が大宮に話している場面がある（三八四）。仲忠の懐から見えた「こともなく走り書いたる手の、薄様に書」かれた文を見つけた正頼は、「『見せよや』と、戯れ心に請」うたが、仲忠は笑うだけで見せてくれない。その様子をみた正頼は、「なほ、気色ある文にやあらむ。」と推測している。

そして、この話には後日談がある（内侍のかみ　三九一）[7]。「そこに、やはかはに書きたる文の、御懐より見えしを、切に惜しまれしは、誰がぞ。」と文の内容を聞こうとする正頼に対し、仲忠は「あらず。里より要事のものし給ひしなり」と大した内容の文ではないと言っている。しかし、「いで、この、空言なせられそ。なでふ、里よりは、様の御文は奉れ給はむ。心ばへあるべくこそ見えしか。いとしるかりきや」と正頼が言う通り、文の形態は恋文そのものである。それでも仲忠は、「紙をこそは取りあへず侍りけめ。」と、あくまで恋文ではないと否定する。仲忠の文の相手は明らかにされてはいないが、おそらくあて宮であろうと思われる。文の相手があて宮であることの根拠は、先に引いた場面において正頼自身が述べている。

「……宮も、はた、『仲忠、今も昔も、さる心あなり』と聞こし召したなれば、返り言時々せられなどするをば、切にのたまふまじかめり。『ことわり』と許されたるこそは、この中将はいとかしこけれ」などのたまふ。
（内侍のかみ　三八四）

あて宮と婚姻関係にある春宮が、仲忠のあて宮への「さる心」を知っており、あて宮が仲忠に返事を書くことについても「ことわり」と許容している。大事なのは、春宮が仲忠とあて宮の間で文の遣り取りが行なわれていることを知りながらも許容していることを、正頼が知っているということだ。しかし、それでも仲忠は、正頼に対して、あて宮との間で交わされた文を見せない。

その一方で、仲忠に文を見せるように要求する正頼自身も、かつては嵯峨院の承香殿の女御と文の遣り取りをしていた人物である。嵯峨院が承香殿の女御と正頼の文の遣り取りを知っていたかどうかは物語内には書かれていない。また、正頼が承香殿の女御といつまで文の遣り取りをしていたかは明白ではないが、少なくとも、正頼自身は、その事実を隠そうとはしていなかった。さらに、仲忠の実父である兼雅も、朱雀帝の仁寿殿の女御と自身が文の遣り取りをする関係であるということを、仁寿殿の女御の実父である正頼に伝えている。では、なぜ仲忠はこの正頼・兼雅とは異なる行動をしているのか。それは、春宮が即位しておらず、中宮も決めていないためである。正頼・兼雅が文比べをしたとき、既に嵯峨院・朱雀帝には中宮がいた。承香殿の女御も仁寿殿の女御も中宮にはなれなかった女性である。いうまでもなく、娘が入内した以上、その娘が中宮になるかどうかはその家にとって一大事である。あて宮は入内こそしたが中宮にはなっておらず、春宮の後宮は荒れている時期である。

この状況を考えるならば、仲忠は、あて宮との間に文の遣り取りがあることを公にすることはできない。あて宮と仲忠の間で文の遣り取りがあることを春宮までもが許容しており、正頼自身も知っているにもかかわらず、仲忠は頑なに、正頼に自身の持つ文を見せない。仲忠の立場からすれば、既に入内しており、しかし、中宮のいない後宮にいるあて宮の父親である正頼相手に、自身の持つ恋文の相手があて宮であることを堂々と明白にすることはできない。その一方で、仲忠に恋文を完全に隠そうという意志が見られるわけでもない。これは、仲忠とあて宮が、春宮が許容する、文を遣り取りするだけの関係であることを強調していると読める。

また、正頼が興味を示すのは、先に挙げた文比べの場面を除くと、仲忠の持つ文のみであることにも注意したい。正頼からすれば、仲忠とあて宮の間で文の遣り取りが行なわれていることを春宮が許容しているとしても、それは公になってほしくないことである。あて宮が入内して日の浅い時期だからこそ、正頼は、仲忠が持つ文を見て、仲忠が簡単にその文を人に見せることがないかどうかを確認しているともいえる。なお、この正頼の行動は、仲忠が妃となったあて宮の邪魔をしないか、あて宮の味方でいるかということの確認も兼ねているといえる。

つまり、正頼のみならず、第三者に文を見られた場合の物語の大きな動きを可能性として提示するという危うさを、この場面は描いているのだ[8]。そして、それと同時に、正頼は「この中将はいとかしこけれ」との評価を仲忠に下しており、その信頼は厚いものとなったといえる。そして、正頼の仲忠への信頼は、正頼が左大将の位を仲忠に譲ろうとする場面（蔵開・上　五二四）[9]からも読み取れる。仲忠が正頼から文を隠す場面は、政治的緊張を孕んでいると同時に、仲忠自身の今後の身の振りに関わってくる重要な場面だといえる。

三　見られ代返される文——人物関係が再度成立する分岐点

第三者が文を見て、さらに代返[10]する場面もある。

①あて宮から女一の宮への文を仲忠が見る（沖つ白波　四五二）

宮の君の御もとより、一の宮に、かく聞こえ給へり。……a宮、見給ひて、うち笑ひ給ふ。b中納言、「何ごとならむ。見給へばや」と聞こえ給ふ。c「あらずや」とて見せ給はず。d手を擦る擦る聞こえ取りて見るに、e心魂惑ひて、いとをかしく思ふこと昔に劣らず、思ひ入りてf物も言はず。宮、「をかし」と思ほして、御返り聞こえ給ふ……

これは、あて宮から久々に女一の宮に文が来た場面である。あて宮からの文を見て笑った女一の宮を見て、仲忠は「何ごとならむ。見給へばや」と文を見たいと言う。それに対し、女一の宮は「あらずや」と言って見せてくれない。仲忠は手を摺り合わせて再度、文を見たいことを強調し、その後に文を見ている。ここで重要なのは、仲忠が初めて女一の宮とあて宮とが文をやり取りする関係であると知るということである。この場面とよく似た場面を次に掲げる。

②あて宮から女一の宮への文を仲忠が見る（蔵開・上　四八二〜四八三）

かかるほどに、「藤壺より」とて、……御文あり。……a宮、開けさせ給ひて、見給ひて、うち笑ひ給ふ。b中納言、「何ごとにか侍らむ。見侍らばや」。c「『人に、な見せそ』とあれば」とて見せ給はねば、d「わが君は、思し隔てたるこそ」とて、手をさし入れて取りつ。見れば、かく書き給へり。……e君、見給ひて、うち笑ひて、「f久しく見給へざりつるほどに、かしこくも書き馴らせ給ひにけるかな。この御返りは、仲忠聞こえむ。まだ、御手震ひて、え書かせ給はじ。さらぬ時だに侍るものを」とて、ほほ笑みつつ見るに、あはれに、昔思ひ出でられて悲しければ、ゆゆしくて置きつ。

さて、赤き薄様一重に、……と書きて、同じ一重に包みて、面白き紅葉につく。宮、「見ばや」とのたまへば、「さぞ、見給へまほしう侍る」とて出ださせつれば、召し寄せて、はた、え見給はず。

これは、あて宮から女一の宮に文と贈り物が来た場面である。傍線部aからdの女一の宮と仲忠の遣り取りは、①の同じ記号を付した女一の宮と仲忠の遣り取りと酷似している。しかし文を見た仲忠の反応が①と②では異なる。①では、久々にあて宮の筆跡を見た仲忠は「心魂惑ひて」挙動不審になっており物も言えなくなっているが、②では、文を見て「うち笑ひて」、自ら女一の宮の代返をかって出ている。

①は、今まで開示されていなかった女一の宮とあて宮の関係が、初めて仲忠に見えた場面である。仲忠は予想外の出来事にうまく対応できず、挙動不審になるしかない。そして、この後には、あて宮の琴を聞いた秋の夕暮れ（祭の使　二三五〜二三七）を思い出している。しかし、②の場面では、仲忠は女一の宮とあて宮の関係を①で既に開示され知っているため、自らも文の遣り取りに参加している。ここで一つ注意したいのは、仲忠はあて宮から女一の宮に来た文を勝手に見ているのにもかかわらず、その代返として書いた自身の文は、「見ばや」と言った女一の宮には見せていないということである。読者には、仲忠があて宮に送った文の内容が開示されているが、女一の宮からはこの文の内容は見えていない。この時の仲忠の心情は、①では「いとをかしく思ふこと昔に劣らず」、②では「あはれに、昔思ひ出でられて悲し」と、①も②も同じ様にあて宮を想っている。そして、その心情は、仲忠が送った文が「赤き薄様一重」を「同じ一重に包みて、面白き紅葉につ」けたものであることに表れている。そして、その文を女一の宮は確実に見ている。つまり、この場面は、女一の宮が、文の形態から仲忠のあて宮への想いをはっきりと確認できる場面であるとも言える。(11)しかし、これに対するあて宮からの返事は書かれていない。唯一、「蔵開・上」巻（四九三）にこの後日談が書かれている。仁寿殿の女御はあて宮に対し、②で仲忠が書いた文の代わりとして、女一の宮の代返をしている。その理由は、仲忠が②において、「酔ひて」文を

書いたためだとある。つまり、②の場面においては、女一の宮とあて宮が文の遣り取りをする仲だと知っていた仲忠が、二人の間に無理やり入って行ったことになっていたが、後日譚で、それは酔っていたせいだとされているのだ。仲忠が本当に酔っていたかどうかは定かではない。妻女一の宮の目前で、あて宮への恋文と取れる形態の文を送ったために、体裁を取り繕うべく、女一の宮の母である仁寿殿の女御が、仲忠が酔っていたことにしたのかもしれない。そして、この仁寿殿の女御からの文に対しては、あて宮から「白き薄様一重に、いとめでたく」したためた返事がある。仲忠が酔っていたかの真偽は定かではないが、しかし、この場面は、「内侍のかみ」巻の仲忠と正頼の会話に通じるものがある。形態は確実に恋文としての体を為している文を見せない仲忠と見たがる正頼・女一の宮という構図である。一度存在が確認された文をあえて隠すことは、その存在を知った第三者に対し、文の相手との人物関係をより強調することになる。とすれば、仲忠は女一の宮に対して、あて宮との関係を強調してしまったことになるのだ。それは、女一の宮や仁寿殿の女御にとっては非常に体裁が悪い。さらに、女一の宮に宛てて書いた文の返事を仲忠にされてしまったあて宮も返事はできない。よって、仁寿殿の女御は、仲忠が酔っていたことにして、後日、改めて返事を出しているのだ。

酔って代返をしたとされた仲忠と同様、酔った第三者が代返をする例が、あて宮からいぬ宮を出産した女一の宮に文が来た場面にある。

③あて宮からの文への返事を弾正の宮が代返する（国譲・中　七一八〜七一九）[12]

かかるほどに、赤き色紙に書きて、常夏につけたる御文持て参りたり。弾正の宮、「いづくのぞ」と、取り給ふ。「藤壺の御方の、宮の御方に参らせ給ふ」と聞こゆれば、「我こそは、宮」とて見給へば、……と聞こえ給へり。弾正の宮の、御時よく酔ひ給ひて、参れり。……弾正の宮、「『この御返りは聞こえさせよ』とか。

さらば、いらへ聞こえむ」と、いらへ給ふ人のなきに、空答へをし給ひつつ、「さらば」と聞こえ給へば、一の宮、「あな見苦しや。御使の見るに。賜へ、その御文」とのたまへば、なほ、聞こえ取り給ひ、「『御心地苦し』とのたまはす」などのたまへば、大将、「いとをかし」と思して、うちほほ笑み給へば、「いで、宣旨書き奉らむ。のたまへ」とて書き給ふ。

文使いが、「(女一の)宮の御方に参らせ給ふ」と言ったところ、酔った弾正の宮が、「我こそは、宮」と言って、女一の宮宛ての文を勝手に見てしまう。さらに、弾正の宮は、「『この御返りは聞こえさせよ』とか。さらば、いらへ聞こえむ」と、あたかも女一の宮が代返を頼んだかのように振舞う。さすがに見かねた女一の宮が「あな見苦しや。御使の見るに。賜へ、その御文」と止めようとするものの、女一の宮が「御心地苦し」と言ったことにして、「いで、宣旨書き奉らむ。のたまへ」と勝手に代返をしてしまっている。さらに、その文の内容は、あて宮から贈られた参り物を、仲忠が一人で全部食べてしまったが自分の分はないのかという、明らかに事実とは異なるものであり、弾正の宮の戯れであるとともに、その裏に自身の想いを綴った私信となっている。

以上の例で共通していることは、いずれもあて宮から女一の宮に文や贈り物が贈られてくるということ、それを、元あて宮求婚者である男君が無理やり奪ってしまうことである。男君たちの反応から言えることは、彼らが元あて宮求婚者であることを考えると、あて宮が春宮に入内し、藤壺になった今でもなお、あて宮との関係を持っておきたいという心が見えるということだ。ただし、仲忠と弾正の宮には大きな違いがある。弾正の宮の場合、「国譲・中」巻の場面以降、あて宮との間で文の遣り取りなどはとくに行われないが、仲忠の場合には、②の場面を契機に、求婚時代以来途絶えていたあて宮との文の遣り取りが再開される。それは、先に挙げた「蔵開・上」巻の祐澄とあて宮の会話にもあったとおり、仲忠の筆跡が素晴らしいことが理由となっていよう。そして、この二人の関係が、後にいぬ宮の入内の話にまで影響する。

四　見られる文——人物関係の確認

隠そうとされた文でありながら、第三者に見られてしまうものもある。

④女一の宮から仲忠への文を朱雀帝が見る（蔵開・中　五三八）

さて、御書仕うまつるほどに、宮はた、青き色紙に書きて、呉竹につけたる文を捧げて来て、「宮の御返り言」ともて騒ぎて、大将殿、「しばし、今」と言へば、上、「持て来や」とて取らせ給へば、大将殿、「いとかたはらいたく、苦し」と思ふめり。上、御覧ずれば、……

天皇の命により、仲忠が清原家の書物の進講を行なっているところに、女一の宮からの返事を持った宮はたが帰ってきた場面である。宮はたが「宮の御返り言」と騒いだために、女一の宮の父である朱雀帝に気づかれ、仲忠は、自身が見る前に朱雀帝に女一の宮からの文を見られてしまう。後日、仲忠は朱雀帝に文を見られまいと、女一の宮からの返事を見てから朱雀帝の御前に参ろうと、参上するのを遅らせた（蔵開・中　五四四）。しかし、仲忠・女一の宮夫妻の仲を懸念する朱雀帝が夫妻の文を見るのは、④の一回だけにとどまらない。

⑤女一の宮から仲忠への文を朱雀帝が見る（蔵開・中　五四六）

例の宮はた、陸奥国紙のいと清らなるに、雪降りかかりたる枝に文をつけたる持て来て、「宮の御文」と捧げて、ひろめかす。……大将は、……取りて見給ふ。後ろに、上も御覧ずれば、「……」とあるを、いとよう見給ひて、「度々文遣りなどするは、いとないがしろにはあらぬなめり。いかで、今しばし据ゑて、せむやう見む」と思して、御心地落ち居給ひぬ。

同じ過ちをしないように心がけたはずの仲忠であるが、宮はたにその場にいる人々の目前で女一の宮からの文を広げられてしまっている。このため、後ろから朱雀帝に見られながら、仲忠は女一の宮からの文を見ることになる。しかし、女一の宮は「『御前に』とのみ聞けば、『上もこそ見給へ』とてなむ」と、朱雀帝が自身の文を見ているであろうことを推測して文を書いている。一方、朱雀帝は、仲忠と女一の宮との間で文の遣り取りがあるということは、仲忠が女一の宮をないがしろにしていないということだと安心している。この場面において注意すべきは、朱雀帝が、仲忠と女一の宮が恋文のような文のやり取りをしていることを知って二人の現在の関係を知るということと、それに加えて文の内容を知って安心していることである。朱雀帝は、女一の宮がいぬ宮を出産する直前にも仲忠と女一の宮の関係を心配している（蔵開・上　四七二）。この時は、仁寿殿の女御が朱雀帝に、仲忠が女一の宮を大切に世話している話をしている。しかし、朱雀帝が本当に安心するのは、清原家の書物の進講の合間に、仲忠と女一の宮の文の遣り取りの様子を見てからなのだ。

第三者が文を見ることで、夫婦の仲を知るという場面は他にもある。

⑥実忠から北の方への文を実正が見る（国譲・中　七三八）(13)

昼つ方、御文書きて、中戸のもとにて、姫君を招き寄せて、「これ、母君に奉れ給ひて、御返り取りてを」とのたまへば、持ておはして、さらぬやうにて奉り給へば、民部卿もものし給ふ、北の方、「かくこれかれものし給ふに、『物言はず』と見給ふらむ」と思せば、取りて見給ふに、民部卿、「あなたのか。賜へ。見む」とのたまへば、姫君、「かしこに立ち給へり。『人に見すな』とのたまひつるを」。「『いかが思しなるらむ』と、いとゆかしく思ひ給ふるに」とて、取りて見給へば、……

源実忠が、長く別居している北の方に文を送った場面である。文の使である袖君（実忠と北の方の娘）が、北の方に文を渡そうとしたところ、実忠の兄である実正（民部卿）が来て、実忠からの文と見るや、見せるように袖君に言う。それに対し、袖君は父親から文を他の人には見せないよう言われたと拒絶するが、実正は強引に実忠からの文を見てしまう。実正は、実忠夫妻の仲を取り持とうと動く人物であるが、この場面に至るまで、実忠夫妻の仲が戻りつつあることを知らない。つまり、実正は、実忠からの文を強引な手法で見ることにより、一度は離れてしまった夫婦が再びよりを戻しつつあるということを初めて知る。

五　差出人と受取人の特定の重要性——関係の明確化

差出人から受取人へと渡る文であるが、両者が「誰」であるかが特定されることが重要になる場合がある。

⑦嵯峨院の女三の宮への文（蔵開・中　五六四～五六五）

大将、「いともうれしくも、参り来たる効ありて、かく仰せらるること。今、二十五日ばかりに、御迎へに参り来む」と聞こえ給ひて、御返り申し給へば、「何か。かうなむものし給ひつるに」とのたまへば、「いかでか。『空参りしたり』ともこそ。ただ、しるしばかりにても」など聞こえ給ふほどに、御供の人々は、宮の家司ども、政所に呼びつけて、皆、さまざまに酒飲ます。……大将、「御返りなくは、えまかり帰らじ。ここにこそ候ふべかめれ」と聞こえ給へば、「あなわづらはし」とて、……

この場面では、兼雅に嵯峨院の女三の宮への文を書かせた仲忠が、その文を持って女三の宮の所へ行っている。返事を貰おうとした仲忠に対し、女三の宮は、「何か。かうなむものし給ひつるに」と答える。しかし、仲忠は「『空参りしたり』ともこそ。ただ、しるしばかりにても」と譲らない。さらには「御返りなくは、えまかり帰らじ」とまで言い始め、女三の宮は返事を書くことになる。この場面では、本人の筆跡による文が証拠として必要になっている。もちろん、本人直筆の文が必要とされるのは、離れてしまった兼雅と女三の宮の関係の修復のためもあるだろう。だが、仲忠の「空参りしたり」と言われてしまうという発言から、この場面では、本人直筆の文が、仲忠が女三の宮を訪ねた証明になると同時に女三の宮が兼雅からの文を読んだことの証明にもなり、また女三の宮自身が返事を書いたことの証明にもなっている。このように考えると、当場面は、差出人と受取人を特定することの重要性が『うつほ物語』において初めて問題視される場面である。

嵯峨院の女三の宮と同様の例が、この直後（蔵開・中　五六六〜五六七）にも出てくる。嵯峨院の女三の宮からの返事を貰い、帰宅しようとした仲忠に、兼雅宛の文入りの果実が三つ投げられた場面である。柑子を投げたのは故式部卿の宮の中の君、栗を投げたのは源仲頼の妹、橘を投げたのは橘千蔭の妹である。仲忠は、自分に向かって投げられた果実が父の妻妾たちからのものであると確信したため、兼雅の元にそれを届ける。兼雅の妻妾たちは、果物を使用し、なおかつ仲忠という確かな使者を使うことによって、間違いなく文の出所が自分たちであるということを示しているのだ。

また、文が来たことそのものが重要であり、その証拠として文を保管する例もある。

「蔵開・下」巻（六一八）では、春宮から文があったことが重要視されている。春宮から梨壺に文が来たことにより、梨壺の父である兼雅は「心地落ち居ぬる」とひとまず安心している。また、「この御文は、櫛の箱の底に、よく納め置き給へれ」と、文を大事に保管しようとしていることから、春宮からのこの文が、春宮が梨壺を気にかけたことの証明となるものとして意識されていることがわかる。

これに近い例が「国譲・上」巻にある（六四七〜六四八）。あて宮から実忠への文が来たことを契機に、宮の君があて宮を批判した直後の場面である。ここでは、宮の君の許に、宮の進を使として春宮から文が来る。この場面には文を保管したなどの記述はないが、宮の君は、春宮からの文を亡き父季明に見せたかったと述べている。あて宮にばかり向かいがちな春宮の気持ちが、少しでも宮の君に向いたのだということの証明として、ここの文は位置づけられていると考えられる。

春宮からの文を持ってくる使は特定の人物であるため、人物たちは、春宮の文であることがわかる状況にある。その上でここに挙げた例を考えると、差出人ないし受取人を「手」や「使」によって示すことで、あやふやだった人物関係が明確化されているといえる。

これらの場面では、俊蔭の娘一人しか見ず、他の妻妾たちをないがしろにしていた兼雅と、あて宮一人に固執し、他の女性たちにはあまり目を向けなかった春宮が、久しぶりに各々の妻妾たちに目を向け、文を送っている。心情的にも空間的にも隔たった人物同士の関係を修復するには、空間を飛び越えるツールであるだけではなく、言葉の発信者が確実に特定できる本人が直筆した文を使用する必要性があったのではないだろうか。

六　証明としての文——保険としての情報開示と「消息」

人物関係を明確化するだけではなく、人物関係を証明するための文もある。物語において、人物関係を表す最初の例は、俊蔭が異郷に行き、三十面の琴を入手する場面（俊蔭　一三）である。童が持ってきた黄金の札は、天女と俊蔭の関係を示し、俊蔭を襲おうとしていた阿修羅を引きとどめる効果があった。これは文の用例ではない上に人物同士の例でもないが、人物関係を証明するものとして働いている。人物関係を証明するものとして機能する文には、以下のようなものがある。

⑧春宮からあて宮への文（国譲・上　六四九～六五〇）(14)

春宮は、白銀・黄金の結び物ども毀たせ給ひて、ほかなるなる竹原にして、下には、白銀のほと皮結び、餌袋のやうにして、黒方を土にて、沈の笋、間もなく植ゑさせ給ひて、節ごとに、水銀の露据ゑさせて、藤壺に奉らせ給ふ。「昨日、一昨日は、物忌みにてなむ。かの、『訪はむ』とものせられし人のもとに遣りたりしかば、かくなむ。……」とて、例の蔵人して奉れ給ふ。……御返りは、「承りぬ。賜はらせたる人の御文は、げに、さも思すべきことにこそは。のたまはせたることは、いとよう侍るなり。……」

春宮から、里下がりをしているあて宮宛に文が来た場面である。この直前の場面で、春宮は宮の君に文を送っており、宮の君から来た返事の文をあて宮への文に同封している。ここには、あて宮と宮の君との間の確執を取り除くと同時に、宮の君と自身の関係がそれほど深いものではないということを、あて宮に対して証明しようという春宮の気持ちが表れている。

このように、自身とある人物との文を第三者に見せることにより、二者間での遣り取りとして完結させずに、他の人々も巻き込んで事態を解決に向かわせようとする文は他にもある。「国譲・下」巻（七六六〜七六七）では、后の宮からの文を、受取人である兼雅が仲忠に渡している。后の宮から来たこの文には、兼雅の娘である梨壺の産んだ皇子を立坊させるように藤原氏で結託し新帝に訴えること、また、もし梨壺の皇子の立坊に仲忠が反対するようならば、仲忠を自分の子と思わないようにといったことが書いてあった。兼雅は、妻妾たちの身の振り方の一切を仲忠の言うままに行なっており、また后の宮からの文を見て「坊をば、据ゑずは据ゑず。大将を、疎かには、いかが思はむ。かくのたまふが、恐ろしく、かしこきこと」と、梨壺の皇子の立坊に対し意欲的ではなく、仲忠を子と思わないなどとんでもないと思っている。そのような兼雅だからこそ、后の宮からの文を仲忠に渡すことは当然と言っても良いかもしれない。しかし、問題は、兼雅から渡された后の宮の文を見た仲忠が、人にも見せないでその文を隠したということである。この文は、次にあげる場面に再度出てくる。

⑨后の宮からの文を仲忠があて宮に見せる（国譲・下　七九二）[15]

大将、参り給ひて、夕方、西のおとどに参り給ひて、簀子に褥参り給ひて、これかれ物聞こえ、大将、女御の君に物聞こえ給ふ。……「……ある所より、かの三条に、とかくのたまはすることなむありける。『さる心も思ひ知れ』とて、かの宮消息にて侍りし、『こと定まりて御覧ぜさせむ』とてなむ、まだ失はで侍る」とて、この君して、宮の御文を奉り給ひて、聞こえ給ふ、……

仲忠によって隠された后の宮からの文は、立坊争いが、あて宮腹の第一皇子を春宮に据えるという終結を迎えた後に、あて宮のところに持っていかれる。この文はあて宮や大宮に見られ、歌を書きつけられて仲忠に戻される。この場面は、后の宮が梨壺の皇子を立坊させようとしていたことの証拠となる文をあて宮方に見せることで、仲忠が自身や父兼雅の潔白を証明しようとしていると読める。そして、この文にあて宮の手で和歌が書きつけられることにより、仲忠があて宮にこの文を見せたことも証明されるのだ。この場面においては、仲忠が自身や父の潔白を示すために文を利用したことだけではなく、あて宮が同じ文に和歌を書くことが、「証明」という意味上、重要となる。

　これらの例は、状況の悪化を恐れ、その回避の術として、文の公開、情報の公開をしていると捉えられる。下の図に示したように、『うつほ物語』は、物語の前半ではほとんど使用されなかった「消息」という言葉が後半になって多く使用されるようになり、しかし「楼の上・上」巻から再びほぼ使用されなくなる。それは、「国譲・下」巻までは、情報を公開する手段として文が機能していることと関係するだろう。物語の前半では、文はもちろん和歌一首だけであっても全てその中身が書かれていたために「消息」という言葉はほとんど使用されなかった。それが、物語の後半に入って文の量が増えるとともに、内容が書かれる文と書かれない文に分かれ、内容

『うつほ物語』における消息の数の推移

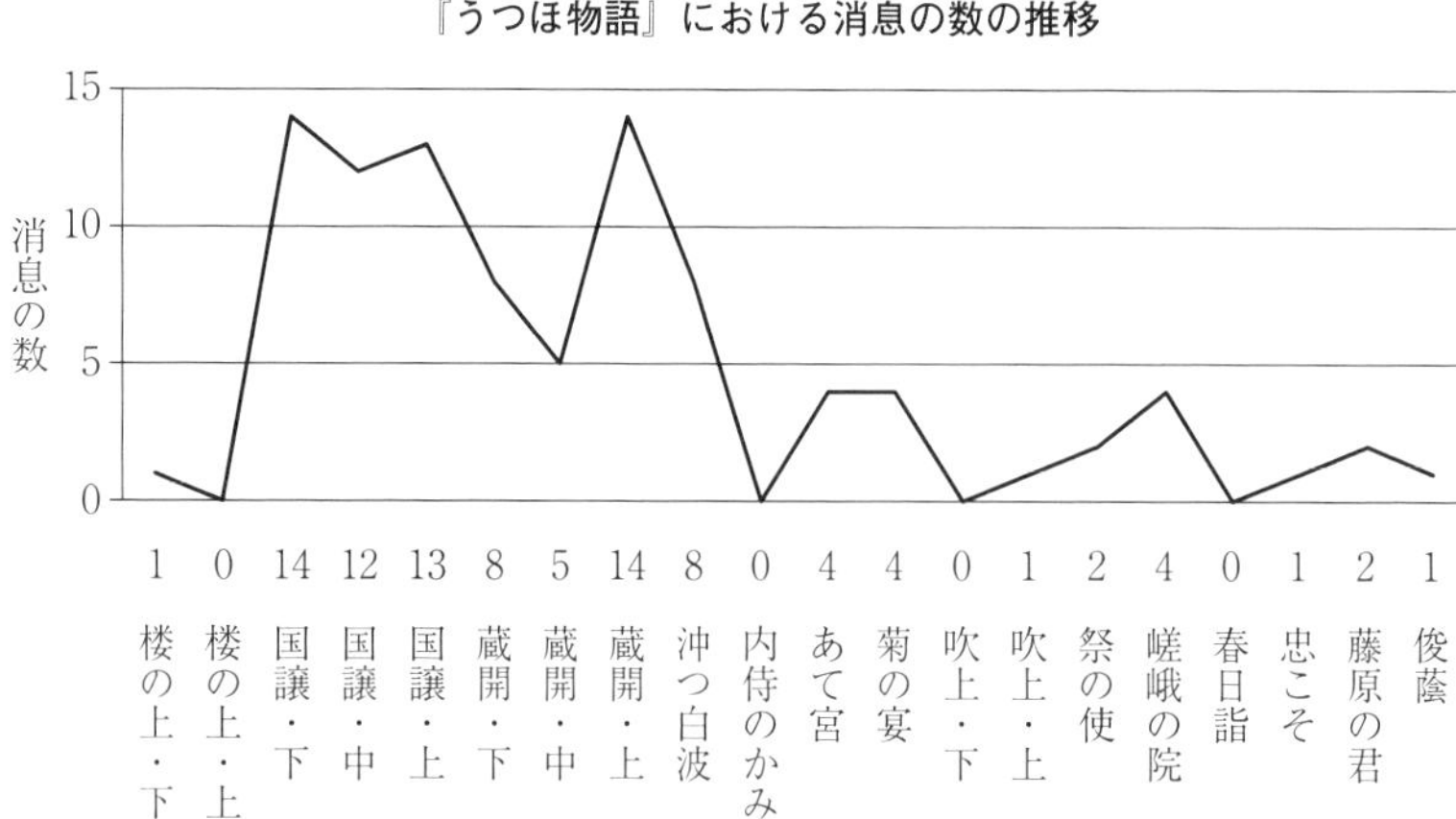

が書かれないものの、その存在を示す必要のある文が「消息」という言葉で示される。一方、内容が書かれる文というのは、情報を公開するという機能が新たに付け加えられた文であった。しかし、立坊争いが終結し、情報を公開して身の潔白を証明する、文の遣り取りの有無によって人物関係を示すなどの行為が必要なくなり、隔たった空間を飛び越えて情報を遣り取りするという機能のみが文に必要とされるようになる「楼の上・上」巻以降は、「消息」という言葉は使用されなくなるのだ。

七　人物関係を可視化する文

物語の前半、とくにあて宮求婚譚において、返事をする、男君からの文を見ることで一つの人物関係が成立する、つまり、文の遣り取りの有無がそのまま人物関係の有無につながるという方法が成立した。この方法はあて宮求婚譚が収束した後にも息づいており、『うつほ物語』において、人物関係の根幹を成すものになったといえる。

一方、あて宮求婚譚後の文は、あて宮求婚譚の時とは違い、宛先に届くものが多くなる。これは、相手に文が届くことによって登場人物同士の関係性を様々な面で示すというやり方が新しく出てきたことを示すと考えてよいだろう。また、それと並行して「藤原の君」巻（二〇〇～二〇二）にあるような、文が羅列されることもなくなる。そして、このことと同時並行して「消息」という言葉が増える。「消息」という言葉が増えるということは、物語が文を、その内容が重要なものとそうでないものに分け、それらを書き分け始めたと考えることができる。この時、重要な文は長文であってもその内容を書き、重要でない文は「消息」という言葉を使用してその存在を示す。

また、文の扱われ方が変化に富むことで人物関係を表わす方法も多種多様になる。このため、文は、物語を動かす可能性の提示、人物関係の再成立の示唆、表出、明確化、人物関係を円滑にするための保険としての情報開示として機能している。そしてこういった文の機能が次第に複雑化していることが注目に値するであろう。

物語の後半になって出てくる、人物関係を修復する文、情報開示としての文は全て、文が書かれた時点で、その内容が読者に対し公開されている。これは、文が「見えないもの」としてあった人物関係を「見えるもの」にしているといえる。「見えないもの」としてあった文・人物関係を読者に「見えるもの」として提示する一方で、人物同士の間では相変わらず「見えない」文・人物関係が多い。「見えない」状態にあった文を、時間が経過した後にどのように活用するのかが、登場人物たちの手腕の見せどころであり、また、どのように開示していくのかというところに面白さがあるのだ。

『源氏物語』では、柏木からの文を源氏に見られてしまった女三の宮と柏木のその後が大きく暗転してしまったように、文によって物語が深刻な局面を迎える。しかし、『うつほ物語』では、文はそのような使われ方はされない。『うつほ物語』では、人物関係の補強・拡大、もしくは信頼の獲得として文が機能しているといえる。また、最初は一対一の人物関係を作るという機能を課されていた文が、物語の後半において、人物関係を第三者に示唆するものから、実際に物語に影響を及ぼすものとしてその機能を変えていくさまが見られる。文によって許容されていない人物同士の関係が露呈する、特定の人物が窮地に陥るといったこともなく、ひたすらに人物関係の構築に使用されることから、『うつほ物語』における文の「平和性」[16]が見えてくるのではないだろうか。そして、文に「平和性」があるということは、言い換えれば、文に書かれたことは基本的に全て真実であり、かつ、筆跡も本人のものであるという前提があることを示しているといえる[17]。これは、羅列文体、記録文体と言われている『うつほ物語』ならではの文のあり方ではないだろうか。

その一方で、里下がりをしたあて宮と春宮との間で遣り取りされる文は、文の使であるこれはたの言葉よりも軽視される傾向にある。「蔵開・中」巻において、春宮とあて宮の間で遣り取りされた文は、宮はたに、「上・大将などの御前にて、な奉りそ」（五四二）と言ったあて宮の配慮により、差出人と受取人との間のみで完結された文となっている。外部に対して開かれない春宮とあて宮の文は不信感を生み、「国譲・下」巻では、文の使の言葉への信頼が春宮からの文の信頼を上回ることになる。ただし、これは、文が契機となって人物関係が危うくなるということではなく、あくまで使の「言葉」が人物関係に影響しているといえ、文の「平和性」を脅かすものではない。

また、公開するか否かというところに焦点を合わせると、俊蔭が蔵の中に残した書物は、[18]公開されることによって初めて、その信憑性が表出すると言ってもよい。同様に「楼の上」上下巻においては、秘琴の披露が行なわれる。[19]これらと同じ理由から、『うつほ物語』では、文の差出人と受取人、そして、その使をする者以外の一部の人物たちにも公開される文が人物たちに重要視され、なおかつ、信頼に足るものであるという認識があると考えることができる。文が公開されるまでは、登場人物たちは、特定の人物同士の関係の有無を疑うしかないが、公開されることによって、人物同士の関係の有無ばかりでなく、関係の深度までもが明白になるのだ。このように考えると、『うつほ物語』における文は、登場人物同士のつながりの有無を、様々な形で可視化する機能があるといえるのである。

1　田中仁「宇津保物語の手紙―その形」（『古典文学論注』一、一九九〇年七月）、「『うつほ物語』の贈り物と手紙」（『親和国文』四一、二〇〇六年一二月）

2　室城秀之「『うつほ物語』の手紙文――特に、「蔵開」「国譲」の巻について」（『古代文学論叢』一四、一九九七年七月）

3　本章では、あて宮が春宮に入内する「あて宮」巻以降の巻においても「あて宮」と表記し、統一する。

4　三浦則子「『うつほ物語』の装束をめぐる表現――手紙の使いへの禄を通して」(『国文白百合』三二、二〇〇一年三月)

5　承香殿の女御はこの後も登場することはなく、「楼の上・上」巻(八二九頁)で亡くなったことが書かれるのみである。

6　この時、宮はたは「さてかし」と答えている。この宮はたの返事について、『うつほ物語　全　改訂版』では、「「さて」は、そのままの意味で、受け取ってもらえるだけで、お返事まではいただけませんの意か」としている。この注に何ら問題はないが、ここで注意しなければならないのは、文使いである宮はたから手紙を受け取るのは女一の宮ではなく、女一の宮の側の使であるということだ。よって本論では、宮はたの「さてかし」から、女一の宮自身にまでは手紙が届いていないと判断した。

7　「内侍のかみ」巻冒頭には諸伝本に共通した錯簡があり、仲忠が恋文と思われる手紙を隠していたことを、正頼が大宮に話している場面(内侍のかみ　三八四)の前に、正頼と仲忠の遣り取り(内侍のかみ　三九〇~三九一)がある。この箇所の錯簡については、室城秀之「「内侍のかみ」の巻の錯簡をめぐって」(『中古文学研究叢書2　うつほ物語の表現と論理』若草書房、一九九六年)が詳しい。また、前田家本では、「そこ(もと)に」「里より要事(らうし)のものし給ひしなり」(七二三)となっている。「えうし」と「らうし」で解釈が変わるが、里からの文ということに変わりはない。この箇所の異同については、河野多麻の『日本古典文学大系　宇津保物語』の補注が詳しい。

8　朱雀帝が兼雅の妻である俊蔭の娘を「私の后」とすること、兼雅と朱雀帝の仁寿殿の女御・正頼と嵯峨院の承香殿の女御がそれぞれ文の遣り取りをすることと、仲忠とあて宮の関係は酷似しており、これらの実事には至らない男女の関係は、「内侍のかみ」巻の特徴であるといえる。

9　ここの本文では、正頼が「その所、権中納言の朝臣にもがな」と述べている。権中納言は正頼の長男忠澄であるが、「藤中納言」であれば仲忠である。「その所、権中納言」には、「そのこと藤中納言」「そのところ権中納言」「その頃権中納言」「その所とう中納言」の異同がある。物語内で忠澄が登場するのは主に前半部であり、この後に「大将」と呼ばれるのは仲忠と父兼雅であるうえ、「藤中納言」「とう中納言」の異同があることから、この「権中納言」は「藤中納言」の誤りとする従来説に従う。

10　文を奪った上での返事を「代返」と言うのかという問題がある。仲忠は、出産直後の女一の宮を気遣うかのように「まだ、御手震ひて、え書かせ給はじ。」と述べている。また、この後で引用した弾正の宮もまた、「『御心地苦し』とのたまはす」と、女一の宮の体調を理由に返事を書いている。ここで、女一の宮が返事の文章を述べ、それを仲忠や弾正の宮が文に書いていたならば、それは「代筆」である。しかし、この場面では、女一の宮は返事を述べておらず、仲忠や弾正の宮は勝手に返事をしているため、「代返」という言葉を使用する。

11　岡田ひろみは、「〈赤〉色の手紙――『うつほ』『枕草子』と『源氏物語』」（『文学芸術』第三四号、共立女子大学総合文化研究所、二〇一一年二月）において、『うつほ物語』『枕草子』『源氏物語』の三作品における〈赤〉色の文に着眼し、比較することで、『うつほ物語』『枕草子』においては〈赤〉は美点として捉えられているものの、『源氏物語』においてはマイナスな表現をする際に〈赤〉が使われていることを指摘している。

12　前田家本では、「弾正の宮の、御時よく酔ひ給ひて、参れり。……「いで、宣旨書き奉らむ。」のたまへ」とて書き給ふ。」（一四六八～一四六九）とある。しかし、河野多麻『日本古典文学大系』の異同を見ると、「ゑひ」「ゑゐ」「ゑい」「えい」「えゑ」としかない。このため、やはり弾正の宮は酔っているものとして解釈する。また「のたまへ」「みたまへ」という異同があるが、弾正の宮は女一の宮の言葉を書くことも、自身が書いた文を女一の宮に見せることもしないと考えられるため、ここはどちらでも良いかと思われる。

13　前田家本では、「あなたのか。賜へ。見む」（一四八六）となっている。「あなたのかたざま見む」であったとしても、実正が実忠の様子を知りたいと解釈できる。

14　前田家本では、「春宮は、白銀・黄金の結び物ども毀たせ給ひて、ほかなるなる竹原にして、下には、白銀のほと皮結び、餌袋のやうにして、黒方を土にて、沈の笋、間もなく植ゑさせ給ひて、……賜はらせたる人の御文は、……」（一二九九～一三〇〇）となっている。春宮が装飾を施した贈り物をあて宮に贈ったことが分かればよいため、贈り物の異同については割愛する。問題となる「賜はらせたる人の御ふ」であるが、春宮があて宮に送った文には、宮の君から春宮への文が同封されていたことを考えると、「賜はらせたる人の」文であると考えて良いと判断した。

15　前田家本では、「この君して、」（一五九八）となっている。「このかくして」では意味が通じないが、「かくして」という底本を採った場合、仲介人である孫王の君の存在が省略されることになる。仲忠とあて宮の仲介人は孫王の君と決まっているため、「この君」という本文を採らなくても意味は同じと考えた。

16　ここで言う「平和性」とは、文が契機となって物語が登場人物たちにとって悪い方向へと転換することはなく、文によって自身の身の潔白を証明できる、人物関係があることを証明できるということである。

17　もちろん、第三節で引いた弾正の宮の文には真実は書かれていない。ただし、文に書かれた弾正の宮の、あて宮への想いは真実である。また、「蔵開・下」巻（五九六〜五九七）では、仲忠が、「〔山より〕」と、少将の手にいとよく書き似せて」仲頼の妹に文を送る場面がある。この箇所のみ、唯一、登場人物が他人の筆跡を真似ているが、これは表書きの数文字のみの例である。なお、『源氏物語』では、柏木の文を見た源氏の心中思惟に「さぶらふ人々の中に、かの中納言の手に似たる手して書きたるか」（若菜下、新編日本古典文学全集④二五二、異同ナシ）とあることから、女房であっても他人の筆跡を真似ることができること、また、筆跡を真似ることが日常であったことが伺える。

18　俊蔭が残した書物は、時間を越えて子孫である仲忠の元に届く、文の一種であるといえる。

19　伊藤禎子「秘曲の醸成」（『うつほ物語』と転倒させる快楽』森話社、二〇一一年。二〇〇五年一〇月初出）では、「楼の上・下」巻における秘琴披露が、音のみの公開であることを指摘している。

第三章　「手本」の作成と〈手〉の相承

かかるほどに、「右大将殿より」とて、手本四巻、色々の色紙に書きて、花の枝につけて、孫王の君のもとに、御文してあり。「『みづから持て参るべきを、仰せ言侍りし宮の御手本持て参るとてなむ。これは、「若宮の御料に」とのたまはせしかば、習はせ給ひつべくも侍らねど、召し侍りしかばなむ、急ぎ参らする』と聞こえさせ給へ。さて、御私には、何の本か御要ある。ここには、世の例になむ」とて奉れ給へり。御前に持て参りたり。見給へば、黄ばみたる色紙に書きて、山吹につけたるは、真にて、春の詩。青き色紙に書きて、松につけたるは、草にて、夏の詩。赤き色紙に書きて、卯の花につけたるは、仮名。初めには、男にてもあらず、女にてもあらず、あめつちぞ。その次に、男手、放ち書きに書きて、同じ文字を、さまざまに変へて書けり。

わがかきて春に伝ふる水茎もすみかはりてや見えむとすらむ

女手にて、

まだ知らぬ紅葉と惑ふうとふうし千鳥の跡もとまらざりけり

さし継ぎに、

飛ぶ鳥に跡あるものと知らすれば雲路は深くふみ通ひけむ

次に、片仮名、

いにしへも今行く先も道々に思ふ心あり忘るなよ君

葦手、

底清く澄むとも見えで行く水の袖にも目にも絶えずもあるかな

と、いと大きに書きて、一巻にしたり。（「国譲・上」（六五四～六五六））(1)

これは、日本の文学作品において初めて「手本」という言葉が使用された場面である。[2] 中国漢籍を引いてみると、『うつほ物語』以前の「手本」の使用例は僅かであり、さらに上手な字が書けるようにするためのお手本という意味では「手本」という言葉は使用されていない。[3] では、字を習う対象としての「手本」は、本作品でどのように扱われているのか。本章では、手本の作成者と筆跡としての〈手〉に着目していきたい。

一　『うつほ物語』における「手本」

他人の筆跡を真似るための「手本」の話題が出てくる場面を全て確認しておきたい。

「国譲・上」巻（六三五）[4] では、春宮から来た文を、藤壺と仁寿殿の女御、父である源正頼が見ている。春宮の筆跡を褒める正頼に対し、仁寿殿の女御は、「かしこけれど、この御手こそ、右の大将の御手におぼえ給へれ」と、春宮の筆跡の良さについては認めるものの、その筆跡は右大将、つまり仲忠の筆跡に似ていると指摘している。その理由は、次の藤壺の「ただ、その書きて奉られたる本をこそは、男手も女手も習ひ給ふめれ。」で解き明かされる。物語には記述がないが、これより以前に仲忠は春宮に手本を贈っていたらしい。春宮は、仲忠が作成した手本の男手と女手は全て習い取ったとある。つまり、春宮の筆跡は、仲忠の筆跡を真似したものの、「右の大将の御手におぼえ給へれ」と判断されることから、仲忠を超えてはおらず、あくまで仲忠の亜流にとどまっているといえる。なお、仲忠が以前に贈った手本が男手と女手のみであったらしいことを考えると、これは、章の冒頭で触れた藤壺の若宮への手本よりも簡素なものであることがわかる。

「国譲・上」巻（六四一〜六四二）[5] では、藤壺が仲忠に若宮と春宮の手本を所望している。藤壺が若宮に「御手習ひなどはし給ふや。何わざかし給ひつる」と、字の練習や、何か習い事をしているかと問うと、若宮は、「何わざも、せさする人もなければ。かしこに、『書習はさむ』とのたまひしかば」と、現在は誰も何も教えてくれないので習い事はしていないが、仲忠が書、すなわち学問を教えてくれるのだと答えている。それを聞いた藤壺は、「いとうれしきことかな。かの御弟子になり給ひて、よろづのわざし給へ」と、仲忠から、学問だけではなく、さまざまなことを学ぶように言う。この母子の会話を傍らで聞いていた仲忠は、「御書を仕まつらむ。『その日』と、仰せ言を」と、若宮の講師をすると述べ、日付を指定するように言う。(6) これに対し、藤壺は、「手なども、まだ習ひ給はざめるを、本をこそ、まづものせさせ給はめ。」と、若宮が字すらまだ習っていないため、仲忠に手本を作るように要請している。そして、ついでとばかりに、「まことや、宮にも、『書きて』と聞こえ給ひける、『のかし聞こえ奉れよ。使がらか、見む』とのたまひしを、賜はりて奉らばや」と、春宮が新しい手本を要求していることも伝える。先に掲げた「国譲・上」(六三五)でも、藤壺は姉と父との会話において、「『それ、昔のぞとて、今の召すめれど、まだ奉られざめりしかば、『それ驚かせ』など」と、春宮が現時点で所持している手本は古いものであり、新しいものを要求してはいるものの仲忠がそれに応えていないこと、仲忠に催促するように言っているとある。藤壺からの要請に対し、仲忠は「慎ましうて」と、手本を献上しない理由を述べるが、結局、春宮と藤壺の若宮に手本を献上するという約束をすることになる。

「国譲・上」(六五四〜六五六)は、約束通り、仲忠が藤壺の若宮に手本を献上する場面であると同時に冒頭でも触れた「手本」の初例の場面でもある。ただし、若宮への手本は文とともに届き、仲忠自身は、春宮に手本を献上しに行っている。「みづから持て参るべきを、仰せ言侍りし宮の御手本持て参るとてなむ。」とは、若宮への手本とともに送られてきた藤壺への文であるが、この一文と若宮への手本があることにより、藤壺との約束である春宮と若宮への手本献上が果たされたことが分かる。仲忠が藤壺の若宮に献上した手本は、「黄ばみたる色紙」に書いて山吹につけたものが楷書で書かれた春の詩、「青き色紙」に書いて松につけたものは草書で書かれた夏の詩、「赤き色紙」に書いて卯の花につけたのは仮名といったものであった。また、最後の卯の花につけたものは、最初は、万葉仮名でも仮名でもない字で「あめつち」を書き、さらにそれぞれの文字を様々な字母で書いたと読める。その次に万葉仮名は放ち書きで、次に女手、連綿体、片仮名、葦手で、それぞれ和歌を大きく書いて一巻にしている。手本は、横に置き、見ながら真似するためのものであるため、通常、折本や冊子といった装丁にすることが多いが、ここは巻子装という最も権威のある装丁で作られている。つまり、仲忠が若宮に献上した手本は、「手本」というよりも「献上本」としての特色が強いことになる。仲忠から贈られてきたこれら四巻の手本を見た藤壺は、「いとほしく、よろづのことに手惜しみ給ふ人の、さまざまに書き給へるかな。」と、仲忠が様々な書体で手本を書いたことを喜び、「この本どもを、かくさまざまに書かせて賜へるなるなむ、限りなく喜び聞こえ」と、仲忠への返事の文でも多くの書体を書いたことに対して述べている。なお、藤壺は「白き色紙の、いと厚らかなる一重」にいつも書く字よりも「めでたう、筋つきて、大きやかに」文字を書き、返信している。これは、仲忠が若宮に献上した手本を意識したためであると同時に、仲忠への感謝の気持ちも示しているといえるだろう。また、後述するが、この続きにある藤壺からの返事、「なほ、この人々は御弟子にし給ひて、これならぬことも知らせ給へ。」は、仲忠と藤壺の関係性において問題となる部分である。

「国譲・上」(六六二)[7]は、若宮への手本献上を喜んだ藤壺が書いた文を使である孫王の君が持っていった時のことを、孫王の君姉妹が話している場面である。仲忠は、藤壺からの、いつもよりも丁寧に書かれた文を「『これぼかりの宝はあらじ。今行く末は、かくてしも、え賜はじ』」と言って、自分以外の人物には触れさせない御厨子に納めている。この仲忠の様子を孫王の君が話した場には、藤壺以外に仲忠の妻である女一の宮がいる。女一の宮の手前、気を使った藤壺は、「孫王の君の御もとにあめりし本どもを、いとわづらはしく書かせ給ふめりしが、その喜び聞こえさせしぞや。」と述べている。

「国譲・中」（六九六～六九七）[8]では、若宮を出産した藤壺に、仲忠が沈香で作られた鶴を贈っている。ただし、この鶴は差出人不明の状態で贈られてきている。ここに書きつけられた歌は「黄金の泥して葦手」であった。しかし、そこにいた人々が集まって見てみても、「これは、誰が手ぞ」と、誰一人、贈り主を特定することができない。しかし、藤壺は、「大将の御手にこそあめれ。『若君に』とて、手本あめりし、同じ手なめり」と、仲忠が若宮に献上した手本と同じ筆跡であることから、贈り主は仲忠であると判断している。実際には仲忠かどうかは定かではないが、藤壺の言葉を受けた人々は、「げに、さなめり。異人のすべきわざにはあらず」と納得している。さらに、この鶴を持ってきたのが孫王の君という、仲忠と藤壺の仲介人であること、物語の後半において贈り物に文字を書きつけるのが、藤壺を除くと仲忠であること、この香をためしに焚いたところ、「さらに類なき香」がしたということから、贈り主は仲忠であることは疑いない。

「国譲・中」（七二三）[9]では、仲忠が藤壺の若宮から、献上物のお礼の文を受け取っている。「青き色紙に書きて、桔梗につけた」文を見た仲忠は、「いとかしこうも書き給ひつるかな。ただ先つ頃こそ、手本召ししかば、奉れしか。いとよう似させ給へり。」と、手本を献上したばかりであるのに自分の筆跡によく似せていると、若宮の字の上達ぶりに感心している。

「楼の上・下」（八八八）[10]には、春宮について藤壺と正頼が話している場面がある。藤壺は、梨壺の皇子に比べ、春宮になった自分の子どもの教育が行き届いていないと嘆く。梨壺の皇子が「いとなつかしううつくしげに、手も書き給ひ、書も読」んでいるのにたいし、春宮は、「遊びにのみ心を入れ」、物を教えられても「心に入れ」ない。さらに、東宮学士を「顔醜き人には向かはじ。憎し」という理由で拒絶し、仲忠や涼からならば何でも習うと駄々を捏ねている。その一方で、春宮は、「国譲・上」巻で仲忠から献上された手本をなお所持しており、「いとよう書き似せ給へるめり」と、同じく仲忠からの手本で〈手〉を習った父帝から褒められている。

では、「国譲・上」巻以降に出てくる「手本」とは、どのようにとらえれば良いのであろうか。ここで指摘できることは、『うつほ物語』には、「手本」を作成する人物が藤原仲忠ただ一人だということ、そしてそれを使用しているのが春宮と若宮であることから、仲忠作成の手本が至上の物であるということだ。では、なぜ、仲忠は「手本」を作成できるようになったのであろうか。まずは、次節で『うつほ物語』に出てくる〈手〉について整理する。

二 『うつほ物語』における〈手〉

本節では、〈手〉を取り上げる。『うつほ物語』では、「手」を、化粧・舞・相撲の勝負・碁・楽譜・音楽の奏法・筆跡といった意味で使用している。ここでは、その中で「筆跡」を取り上げる。〈手〉とは、それを書く人物の教養を表わし、またそれを書く人物の何たるかを表わす。そのため、〈手〉を見ることで、その文を誰が書いたのかを特定できる。これら〈手〉の特徴を、『うつほ物語』はどのように活かしているのだろうか。『うつほ物語』の〈手〉に関する先行研究は僅かである。室城秀之は、「蔵開」「国譲」巻における〈手〉について、多少の言及をしているが[11]、それでも〈手〉全体を見渡した研究ではない。

『うつほ物語』において、〈手〉に関する記述は、物語の後半に偏っている。また、〈手〉についての言及がある人物は、登場人物の多いこの物語において十名未満と少ないが、そこから人物関係が見えてくることもある。本節では、『うつほ物語』に出てくる〈手〉の用例を全て取り上げた上で[12]、人物の〈手〉を通して、『うつほ物語』における人物同士のつながりについて考えていく。

二-一　文の書き手を判断する材料としての〈手〉

〈手〉の最初の例は、「藤原の君」巻で、実忠が、あて宮の乳母子である兵衛の君を使として、あて宮に花びらに書いた文を渡そうとする一連の場面である。

兵衛、「さらば、賜はらむかし。例の、おぼつかなうこそあらめ」とて、取りて、御前にて書きつく。

ほのかには風の便りに見しかどもいづれの枝と知らずぞありける

と書きて、「かく言ひたらば」など聞こゆれば、「誰ぞ、君を、かく言ふらむは」などのたまふ。兵衛、持て出でて、「御覧ぜさせつれば、『兵衛がもとに賜へるなり』と聞こえつれば、のたまひまぎらはして、笑ひ給へれば、御前にて、これかれが聞こえつるなり」と聞こゆれば、「さればよ。君の御手にこそあめれ」。（藤原の君　七三～七四）

あて宮宛ではなく兵衛の君宛の文だとして、あて宮に相手にされなかった兵衛の君は、実忠に「これかれが聞こえつるなり」と返事を渡すが、その筆跡を見た実忠は「さればよ。君の御手にこそあめれ」と兵衛の君の〈手〉だと判断している。

これと同様に、文の〈手〉を見て誰が書いたのかを判断する例は多い。同じ「藤原の君」巻で、滋野真菅があて宮に求婚するべく、あて宮の兄、忠澄の乳母である長門に文を書かせる場面がある（藤原の君　九七～九八）。長門は、孫のたてきに「殿の大君の御文[13]」とあて宮の元へ文を持って行かせるが、その筆跡は「鬼の目を潰しかけたるやうなる手」であり、あて宮は、「長門が得たるにこそあめれ」との判断を下して文を返す。また、あて宮の返事を心待ちにしていた真菅は、長門の差し出した報告書を、あて宮からの返事だと勘違いしたまま開いてしまう。この時、真菅も「媼の手なり(14)」と長門の手による文だと判断している(藤原の君 九八〜九九)。
しかし、長門の〈手〉のような劣悪な筆跡は他には出てこない。また、〈手〉によって文の差出人を判断する例も、物語の前半では「藤原の君」巻に出てくる三例のみである。逆に、物語の後半では、判断材料としての〈手〉、そして〈手〉に関する話題そのものも、その数を増す。

二-二 あて宮求婚譚以降、頻出する〈手〉

文が「誰」によって書かれたのかを〈手〉によって判断する例は、先に挙げた「藤原の君」巻の三例以外では、物語の後半「蔵開・上」巻以降に出てくる。資料を整理するために、以下に全て掲げる。

①いぬ宮の五十日の祝宴(蔵開・上 五一九)
御折敷見給へば、洲浜に、高き松の下に鶴二つ立てり。一つは箸、一つは匙食ひたり。松の下に、黄金の杙して、帝の御手して書かせ給へり(15)。

いぬ宮の五十日の祝宴に、いぬ宮の母方の祖父である朱雀帝から贈り物が届く。その中の一つである折敷の洲浜にある作り物の松の下の黄金の杙に、朱雀帝の筆跡で和歌が書かれている。「御折敷見給」ったのは大宮である。兄弟である朱雀帝の筆跡を知っている大宮が「帝の御手」と判断していることになる。

②俊蔭の〈手〉(蔵開・中 五三五)
俊蔭のぬしの集、その手にて、古文に書けり。

朱雀帝の御前で俊蔭や俊蔭の父である式部大輔の集を開けた際の場面である。この直前に「文箱を御覧ず」とあることから、俊蔭の集を見て、俊蔭の筆跡だと判断しているのは朱雀帝である。「俊蔭」巻において、俊蔭は、三十九歳で帰朝し、東宮学士になった。この時の春宮が朱雀帝である。ここでは、俊蔭に直接会ったことのない仲忠ではなく、俊蔭から学問を習い、その筆跡を知っている朱雀帝が、俊蔭自身の筆跡であると判断していることが重要である。

③藤壺からの贈り物（蔵開・中　五四五～五四六）

集まりて、興じて、皆取り据ゑて参るほどに、大いなる白銀の提子に、若菜の羹一鍋、蓋には、黒方を、大いなるかはらけのやうに作り窪めて、覆ひたり。取り所には、女の一人若菜摘みたる形を作りたり。それに、孫王の君の手して、かく書きたる、

「君がため春日の野辺の雪間分け今日の若菜を一人摘みつる……

清原家の家集進講の合間に、殿上の間で仲忠をはじめとした人々が語らっていた折に、藤壺から若菜の羹が届いた場面である。凝った細工を施した羹の鍋の蓋に、藤壺付の女房である孫王の君が和歌を書いている。孫王の君は、あて宮求婚譚時代から、あて宮（藤壺）と仲忠の仲介をしていた女房である。この場にいる人々の中で孫王の筆跡を確実に見分けられるのは、仲忠を置いて他にいない。さらに、この贈り物は鍋の蓋に凝った細工をしており、あたかも求婚譚時代に仲忠があて宮にした贈り物のような体裁である。人々が集まる会場に届いた贈り物であるが、その形態と孫王の筆跡であることから、間違いなく宛先は仲忠であるといえる。

④涼からの贈り物（蔵開・下　五八五）(16)

源中納言殿より奉り給へる物ども、糸を藁にて、白き組をあららかにて、絹一匹を腹赤にて、そを五葉の作り枝につけつつ十枝、鯉・鯛は生きて働くやうにて、同じ作り枝につけたり。雉の嘴には黒方、皆白銀どもなり。鳩は黄金、その嘴には黄金入れたり。小鳥には、黒方をまろがしたり。折櫃は白銀、沈の鰹、黒方の火焼きの鮑、海松・青海苔は糸、甘海苔に綿を染めて、下には綾、衝重二十六、蘇枋の物入れたり。洲浜を見給へば、中納言殿の御手にて、

行く水の澄む影君に添ふるまで汀の鶴は生ひも立たなむ

とあり。

涼とさま宮の間に生まれた子どもの七日の産養のお祝いの品への返礼が、仲忠たちの元へ届けられた場面である。これとは別に涼からの文もあるのだが、そちらには「中納言の御手」などの記述はない。洲浜に書かれた和歌にのみ、この記述があることが注目されよう。また、いうまでもなく、仲忠と涼は、互いの筆跡を知っているはずである。

⑤いぬ宮の百日の祝宴（蔵開・下　六〇五）

かくて、いぬ宮に餅参り給ふとて、女御の君折敷の洲浜を見給へば、例の、鶴二羽、しかよろひてあり。松、生ひたり。左大将の手にて書き給へり。

百日川今日と知らせつ乙子をぞ数へて千代となせよ姫松

いぬ宮の百日の祝宴に、いぬ宮の父方の祖父母にあたる兼雅・俊蔭の娘夫妻から贈り物がある。仁寿殿の女御が贈り物を見てみると、折敷の洲浜に、兼雅の筆跡で和歌が書かれている。[17] 兼雅の筆跡だと判断した仁寿殿の女御は、兼雅とたびたび文の遣り取りをしている。[18] 兼雅の筆跡を知っている仁寿殿の女御が、兼雅の筆跡を間違えることはない。

⑥兼雅の妻妾たちの筆跡（蔵開・下　六一三〜六一四）

かかるほどに、花盛り興あるに、おとど、大将に、「一条の、人気もなかなるを、『いかが住みなしたる』と、行きて見む。いざ給べ」とて、もろともにおはして、まづ、北のおとどに入りて見給へば、居給ひし所に、かの君の御手にて、

妹背川すまずなりぬる宿ゆゑに涙をもなほ流しつるかな

顧みられなくなった兼雅の妻妾たちが一条殿を去った後に、殿内の様子を兼雅と仲忠が見に行った場面である。ここに挙げたのは、兼雅の妹の歌だけであるが、この後に、梅壺、宰相の娘、千蔭の妹、仲頼の妹の歌が続く。かつての住居であるため、どこに誰がいたかということは兼雅には明白なことではあるが、筆跡を見ることで、かつてそこにいた女性の存在感がより強まっている。

⑦涼からの文（国譲・上　六四二）

かくて、その日暮れつ。つとめて、今日もよき日なれば、鍵の小唐櫃を開けて見給へば、白銀に塗物したる

鍵ども、ふさにつけつつ、いと多かりける中に、見給へば、源中納言の御手にてあり。
　君がためと思ひし宿のかきを見てあけ暮れ嘆く心をも知れ
とあり。見つけ給ひて、北の方見給ひて、「うたてあり」と思して、隠し給ひつ。

殿移りをした涼とさま宮夫妻から送られた部屋の鍵などが入った小唐櫃を、後日、藤壺が開けた場面である。恋文と取れる和歌が涼の筆跡で書かれており、それを偶然にも見つけてしまった藤壺は、「うたてあり」と思い、たまたま隣にいたさま宮に気づかれないように隠している。求婚譚時代に何度も涼から文を受け取っている藤壺は、いうまでもなく、涼の筆跡をよく知っている。

⑧藤壺から源実忠への文（国譲・上　六四五）
蔵人、かの君の近く使ひ給ひし侍の人に、「『これ、定かに参らせよ』となむ仰せられつる」とて取らすれば、「いみじう思し嘆くに、この文を御覧ぜば、少し思し慰めてむ」とて喜びて、物も聞こえで奉れば、「いづくよりぞ」。「知らず。『参らせよ』とぞ、人の申しつる」と申す。引き開けて見給ふ。かの御手なれば、見果てで、泣きに泣き給ふ。民部卿の、「藤壺のなりな。賜へ。見給へむ」。いらへ、「まだ見給へずや、目も見え侍らねば。親と聞こゆるものは、おはしまさぬ世にも、御徳うれしきものなりけり。ここらの年ごろ、身をいたづらになして侍りつれど、音もし給はざりつるものを」とて、いみじう泣き給ふ……

元あて宮求婚者の実忠の許に、藤壺から文が送られた場面である。藤壺は、「りやうの鈍色の薄らかなる一重に」「藤の花」を付けた文を、自分の乳母子である兵衛の君の兄で、今は春宮の蔵人になったこれはたを使として届けさせた。その際に、「これ、太政大臣殿に持て参りて、人々あまたものし給へらむ、源宰相に定かに奉れ」（六四四〜六四五）と命じている。その命を受け、これはたは、実忠が「近く使ひ給ひし侍の人」に文を渡している。この構造は、差出人が、自身にとって信用のおける使へと文を渡し、その使が受取人にとって信用のおける使へとさらに文を渡すという、読者の目線から見れば、差出人も受取人も明白な人物関係を構成している。しかし、実忠も侍も文がどこからのものかはわかっていない。それでも、文の筆跡を見た実忠は、それが藤壺からのものであることを理解するのだ。

この場面で興味深いのは、文を見た実忠の「泣きに泣」く姿を見ただけで、実忠の兄である実正（民部卿）が、実忠の持つ文の差出人が藤壺であることを見抜くことである。また、実正が文を見せるように言った後に、実忠は「親と聞こゆるものは、おはしまさぬ世にも、御徳うれしきものなりけり。」と述べ、「いみじう泣」いたとある。実忠のこの様子を見て、春宮妃である妹の宮の君は、同じく春宮妃である藤壺の悪口を言い始める。その直後、春宮から宮の君に文が来る。以下に、その場面を掲げる。

春宮より、宮の進を使にて、御文あり。喜びて見給ひて、声を放ちて、「わが親の、今々とし給ひしまで、『我は、きんぢを思ふにぞ、冥途も、え行くまじき。宮仕へに出だして、人数にもあらず、かかる折にだに、あはれとものたまはねば、おぼろけに、憎しと思すにあらざめり。かかるを見捨つること。いかさまに惑はむずらむ』と、泣く泣く隠れ給ひにし。あが君、今日の御文を見せ奉らずなりにし。かくぞたまへる。天翔りても見給へ」と、泣きののしり給ふ。（国譲・上　六四七〜六四八）

「親」を引き合いに出し、泣いている様子が、実忠が藤壺から文を受け取った際の様子に近いものがある。実正・実忠・宮の君の父である季明は、この場面よりひと月半からふた月ほど前に亡くなったばかりであるため、両者の言葉に「親」が出てくるのかもしれない。それにしても双方ともにあまりの嬉しさに激しく泣く様子は、全く同じである。さらにもう一つ付け足すならば、宮の君に来た春宮からの文は、筆跡についてはとくに書かれていないが、宮の君が「泣きののし」っていることから、代筆などではなく、春宮自筆の文であったであろうとわかる。

⑨藤壺が第四皇子を出産した際の仲忠夫妻からの贈り物（国譲・中　六九三）

一の宮の御方より、子持ちの御前のおととの御膳、稚児の御衣・襁褓、いと清う調じて奉れり。白き折櫃に、黄ばみたる絵描きて、白き、黄ばみたる銭積みたり。御石の台に、例の、鶴あり。洲浜に、

行く末も思ひやらるる石にのみ千歳の鶴をあまた見つれば

と、大将の君の手にて書き給へり。

藤壺が朱雀帝の第四皇子（藤壺自身にとっては第三子）を出産し、そのお祝いを仲忠・女一の宮夫妻が贈った場面である。藤壺と仲忠は「藤原の君」巻以降、ずっと文の遣り取りを続ける。仲忠の筆跡をよく知る藤壺が、洲浜に書かれた歌が仲忠の筆跡だと判断している。

⑩仲忠からの贈り物（国譲・中　六九六）

岩の上に立てたる二つの鶴どもを取り放ちつつ見給へば、沈の鶴は、いと重くて、取る手しとどに濡る、……白銀のは、金なれど、殊に重くもあらず、腹に物の下に入れたり。書きつけたる歌は、黄金の泥して葦

手なり。「これは、誰が手ぞ」と、集まりて見給へど、え知り給はず。御方、御覧じて、「大将の御手にこそあめれ。『若君に』とて、手本あめりし、同じ手なめり」

第四皇子を出産した藤壺に、仲忠が贈り物をした場面である。仲忠は孫王の君と示し合わせて贈り物をしたため、孫王の君は、何も知らないふりをしている。そのため、女房たちは「誰が手ぞ」と疑問に思うが、誰にも分からない。ただ一人、求婚時代に何度も仲忠から文や文字を書きつけた贈り物をされ、かつ若宮の手本を依頼した藤壺のみが、仲忠の筆跡であると分かる。

⑪石作寺での仲忠と宰相の上の遣り取り（楼の上・上　八三一）

取り入れさせて、見給へば、「大将の御手なめり。いといみじう恥づかしう。いかに見給ふらむ」とおぼえ給へど、「仏の御しるしもあらむ」と、うれしう思す。白き色紙に、「……」とも書き給へり。思ひ当てに、かの見給ひし手よりは、いとなまめかしう貴に書きたれど、「それなめり。げに、まがへる心かな」と思す。

物忌のために石作寺に出かけた仲忠が兼雅の妻妾の一人であった宰相の上と、その子である小君に会う場面である。宰相の上は、以前に仲忠の筆跡を目にしているため、文の差出人が誰かがすぐに分かった。対する仲忠は、「かの見給ひし手よりは、いとなまめかしう貴に書きたれど」と判断に困ってはいるが、宰相の上であろうとの判断を下している。仲忠は父兼雅の妻妾たちの筆跡を一通り見ている。ここでも「かの見給ひし手」と、宰相の上の筆跡も目にしていることがわかる。

同じ空間で文を遣り取りする場合とは違い、隔たった空間にいる人物間で文や物が遣り取りされる場合、そこに書かれた文字が誰の〈手〉であるかを見ることが、最重要事項になっている。これはごく当然の事象ではあるが、たとえば、⑦⑨のように、複数の人物から贈られた物に特定の人物からの和歌が書かれていた場合には、「誰」が書いたものなのかということがとくに重要になってくるのではないか。さらに、判断材料として〈手〉が有効に働くとき、その判断を下すのは、書いた人物とかなり近しい関係を持つ者であることがわかる。ただやみくもにその場にいた人物が判断しているのではなく、しかるべき人物が筆跡から書いた人物を判断する。これは、当たり前のことのように見えるが、たとえば、仁寿殿の女御が兼雅の筆跡をよく知っていたり、仲忠の筆跡を藤壺だけが分かることは重要である。

判断材料としての〈手〉の資料を一通り見たところで、他の〈手〉についても見ていく。

二-三 〈手〉の美しさへの評価

〈手〉に関する記述は主に物語の後半に偏っていることは先に述べた通りだが、〈手〉の美しさを評価する記述は、物語の前半にあたる「内侍のかみ」巻に出てくる。

仁寿殿は、うるせき人にこそありけれ。昔より後の世までの、いはゆる嵯峨の御時の女御ぞかし。今、それに殊に劣らぬ手など走り書きけり。など、正頼がもとに遣する文、これにおぼえたる筋の思ほえぬ(内侍のかみ 三九〇)

源正頼と藤原兼雅が、各々が持つ文の優劣を競う場面である。正頼は嵯峨院の承香殿の女御からの文を、兼雅は正頼の娘である朱雀帝の仁寿殿の女御からの文を持ち寄って、どちらの持つ文がより素晴らしいかを競っている。この場面は、『うつほ物語』において初めて〈手〉への批評が行なわれた場面でもある。結局、この勝負は引き分けとなってしまうのだが、このことから分かるのは、仁寿殿の女御の筆跡が、当代の一、二を争うほどのものであるということである。

仁寿殿の女御の筆跡については後に見ていくことにして、ここではその他の〈手〉の美しさに言及した例を見る。物語の後半になって、ある人物が能筆であったことが語られる場面が出てくる。「蔵開・上」巻では、「俊蔭の朝臣の、手書き侍りける人なりける盛りに」（五二七）と、俊蔭が能筆であったことが書かれ、「蔵開・中」巻では、「歌・手、限りなし。」「この母皇女は、昔名高かりける姫、手書き、歌詠みなりけり。」（五四八）と、俊蔭の母の筆跡の素晴らしさが述べられる。「国譲・下」巻では、「あはれ、源少将法師あらましかば、いかならまし。かたち・心めでたかりしはや。手を書き、歌をよく詠みしぞや」（七九六）と、源仲頼が能書の人物であったことが書かれる。

しかし、「楼の上」上下巻では、〈手〉を評価する際の表現は、「をかし」「うつくし」という表現に変わる。

これ見給へ。手をこそ、この気近く見し人々よりは、よく書きたれ。見所ある様に、をかしくぞ書きたるや。

（楼の上・上　八三五）

これは、宰相の上からの返事を見た兼雅が、俊蔭の娘に対して述べた言である。「内侍のかみ」巻で、正頼と文比べをした兼雅が、「この気近く見し人々よりは、よく書きたれ」と言うほど、宰相の上の〈手〉は素晴らしいのだ。

宰相の上の〈手〉が評価された例を見たが、その子息である小君の〈手〉も評価されている。

……この君、仲忠らが教へむことも聞きつべし、手などもいとうつくしう書き、声もいとをかしうぞ侍る（楼の上・上　八四六）

朱雀院と今上帝の要望により、仲忠が小君を連れて参内した場面である。涼もいる場で、仲忠と女一の宮の第二子である宮の君については「不用の者なり」と言っているが、兼雅と宰相の上の子である小君については、右記のように評価している。

また、梨壺の皇子の〈手〉も評価されている。

かの梨壺の宮は、いとなつかしううつくしげに、手も書き給ひ、書も読み給ふなれば、春宮、教へ奉らば、いとよく、さやうにおはしぬべきを、……（楼の上・下　八八八）(19)

藤壺が父正頼と話している場面である。梨壺の皇子を引き合いに出して、自身の皇子たちへの教育が行きとどいていないことをこの後に述べている。

これらの例は、各人物の〈手〉の評価は行なっているが、それらの人物の〈手〉の素晴らしさが語られるのは一回限りである。兼雅と正頼の文比べ（「内侍のかみ」巻）のような、文や〈手〉の比較も行なわない。そのため、良い〈手〉といっても、どの程度のものなのかが把握できない。そこで、以下に、〈手〉の美しさが複数回語られ、なおかつ比較される人々について見ていく。

二-四　仁寿殿の女御の〈手〉と藤壺の〈手〉

「内侍のかみ」巻で、初めて〈手〉が評価されたが、物語の後半部、「蔵開・上」巻以降、評価される〈手〉は頻出する。以下に、これらの例を見ていく。

> 左近の幄より鶴二つを出だして、その楽を、上下、揺すりてすれば、鳥も折れ返りて舞ふにはやされて、このおとど、……かはらけを見給へば、女御の君の御手にて、
> 　一よだに久してふなる葦鶴のまにまに見ゆる千歳何なり
> と、例よりもめでたく書き給へり。大将、「いとめづらしく、今年二十年あまりといふに、この御手を見るかな。いみじうかしこくもなりにけるかな」と見給ふ。（蔵開・上　四八九〜四九〇）

いぬ宮の七夜の産養の祝いで、人々が舞を舞っているさなか、仁寿殿の女御から文字が書かれた「かはらけ」が来た場面である。[20] ここでは、「女御の君の御手」とあるように、文字を書いた人物が特定されるための判断材料としての〈手〉の役割は健在であるが、それとは別に、「いとめづらしく、今年二十年あまりといふに、この御手を見るかな。いみじうかしこくもなりにけるかな」との評価が下されている。二十年以上前に仁寿殿の女御と文の遣り取りをしていた兼雅だからこその評価であるが、この文は当時以上に「いみじうかしこくもなりにける」とその上達ぶりが評されている。

仁寿殿の女御の妹にあたる藤壺（あて宮）の〈手〉も評価されている。

> 藤壺、見給ひて、「これこそ、わづらはしげなりけれ」などて、御返り、……白き薄様一重に、いとめで

たく書き給へり。

三の宮、取り給ひて、「よの御手や。そこの御手をこそ、『よし』と、世人も思ひためれ。これ、はた、こよなかめり。かかる折ならでは、心と、え見ずなりにしはや。『人にのたまはす』と見ましかば、つらくもあらまし」。（蔵開・上 四九三〜四九四）

いぬ宮誕生の祝いの品を送った藤壺に、仁寿殿の女御が返事をし、再びそれに対して藤壺が返事をした場面である。藤壺からの返事を見た三の宮が、藤壺の〈手〉を「よの御手や、そこの御手をこそ、『よし』と、世人も思ひためれ。」と評価している。ここでは、「世人」が藤壺の〈手〉を「よし」と思っており、評判になっていることが伺える。物語の前半において、藤壺の文の記述は数多くあったが、藤壺の〈手〉についての記述はここにきて初めて書かれるのだ。

また、仁寿殿の女御と藤壺の〈手〉を比較する記述もある。


中納言まだものし給ふほどにあり。北の方の、女御の御文見給ふ、中納言も、「まだこそ見給へね」とて見給ふ。「これも、いとよき御手にこそ」。父おとど、「昔より名取り給へる上手にて、藤壺のものし給ふに劣らざるらむ」。中納言、「一日見給へしかば、これにまさりてこそ侍りしか」などのたまふ。（蔵開・上 五〇四）(21)

いぬ宮の九日の産養の翌日、兼雅・俊蔭の娘夫婦とともに仲忠が三条邸に移った後に、仁寿殿の女御から文が届く。仲忠は、初めて見る仁寿殿の女御の〈手〉を見て「これも、いとよき御手にこそ」と述べる。ここでも、二十年以上前から仁寿殿の女御と文を交わしていた兼雅が、仁寿殿の女御が「昔より名取り給へる上手」であることを述べ、「藤壺のものし給ふに劣らざるらむ」と述べている。しかし、仲忠は先日藤壺の文を見たことを伝えた上で、やはり藤壺の〈手〉は仁寿殿の女御の〈手〉に「まさりてこそ侍りしか」との判断を下している。

仲忠が知り得ない昔の女性たちの〈手〉を知っている兼雅は、「内侍のかみ」巻では、正頼と共に文と〈手〉の優劣論を繰り広げていたが、この場面では、仲忠が知っている藤壺の〈手〉を兼雅が知らないことが明らかになる。兼雅は「藤原の君」「春日詣」「祭の使」「菊の宴」の各巻であて宮から返事をもらっているが、あて宮が藤壺となってからは文の遣り取りはしていない。「菊の宴」巻で兼雅があて宮から文の返事を貰ってからこの場面までは、四年間の隔たりがある。僅か四年前のあて宮の〈手〉を知っている兼雅が「藤壺のものし給ふに劣らざるらむ」と現在推量「らむ」を使用しているのはなぜか。これは、「藤壺」となった今、「あて宮」であった頃の筆跡とは変わっていると兼雅が考えているためであろうといえる。そして、あて宮であった時も、藤壺になってからも文の遣り取りをしていた仲忠は[22]、父とは違い、藤壺の筆跡を知っているため、仁寿殿の女御と藤壺の筆跡を比較し、「これにまさりてこそ侍りしか」との判断を下すことができる。ここは、〈手〉の判定者としての兼雅の地位が、仲忠にとって代わられた場面でもある。

また、仁寿殿の女御の〈手〉は他の人物とも比較される。

さて、御書仕うまつるほどに、宮はた、青き色紙に書きて、呉竹につけたる文を捧げて来て、「宮の御返り言」ともて騒ぎて、大将殿、「しばし、今」と言へば、上、「持て来や」とて取らせ給へば、大将殿、「いとかたはらいたく、苦し」と思ふめり。上、……「女御の君の御手の、貴に若くは見ゆれど、大人しくも後見おこするかな」と思して、押し巻きて、投げ遣はしつ。大将、賜はりて見て、「何ごとにか侍らむ」とて、懐に

入れつ。（蔵開・中　五三八〜五三九）

朱雀帝の命で仲忠が俊蔭の遺文集の進講を行なっているところに、女一の宮からの返事を持った宮はたが帰ってきた場面である。朱雀帝の命令により、自分宛の文を仲忠が朱雀帝に見せている。娘である女一の宮の文を見た朱雀帝は、「女御の君の御手の、貴に若くは見ゆれど、大人しくも後見おこするかな」と、母である仁寿殿の女御と女一の宮の〈手〉が似ていると感じる。

以上をまとめると、仁寿殿の女御と女一の宮の母子は〈手〉が似ており、仁寿殿の女御と藤壺の姉妹では、藤壺の〈手〉の方が勝っているということになる。

二‐五　仲忠の〈手〉

藤原仲忠の〈手〉の初例は、「内侍のかみ」巻にある（三八四）。この場面では、仲忠が正頼に見られた文を隠した時の話を、正頼が大宮に話している。仲忠が持つ、おそらくあて宮からの文に書かれた文字を、正頼は「こともなく走り書いたる手」であったと話している。ここでは、とくに〈手〉についての批評はない。

しかし、次に掲げる場面以降、仲忠の〈手〉への評価は頻出するようになる。

宰相の中将、藤壺にまうで給ひて、ありし御物語し給ふ。……宰相の君、「……昔の人の中に、『あはれ』と思ほすやありし。左衛門督なりけむかし。それにぞ、下臈なれど、返り言などし給ふなりし」。「それは、手のよかりしかば、『見む』とてこそ」。宰相、「今やは御覧ぜぬ。いとかしこくなりにて侍るめるを」。（蔵開・上　五一二〜五一三）

宰相の中将である祐澄と藤壺の兄妹の会話である。あて宮求婚時代、数多くの求婚者たちがあて宮に文を送ったが、その中であて宮は、身分が低いにもかかわらず仲忠には返事をしていたと、祐澄は指摘している。それに対し、藤壺は「それは、手のよかりしかば、『見む』とてこそ」と、理由を述べている。祐澄は、「いとかしこくなりにて侍るめるを」と今の仲忠の〈手〉がさらに素晴らしいものになっているだろうことを言い、藤壺は、先日それを見た旨を伝えている。また、あて宮求婚時代から仲忠の〈手〉が素晴らしかったことが、ここで初めて明かされることも、注目に値しよう。

仲忠の〈手〉の素晴らしさがどの程度のものなのかを示す例を次に掲げる。

これこそ、被け物を持ちて思ふやう、「これればかり賜はむとにやあらむ」とて、つくづく見る。腰の方に、文結ひつけられたり。……この文を、「いとうれし」と思ふ。「かくののしる御手持ちたる人もなきものを、内裏わたりの人、いかでか見むとこそすれ。これ、一行にても、持ちたる人は、心憎くせしものを」と思ひて、隠しつ。（蔵開・下　五八三〜五八四）[23]

承香殿の女御に仕えていた女童のこれこそは、仲忠から受け取った被け物に文が結びつけられているのを見つけ、「いとうれし」と思う。続くこれこその「かくののしる御手持ちたる人もなきものを、内裏わたりの人、いかでか見むとこそすれ。これ、一行にても、持ちたる人は、心憎くせしものを」という心内語から、仲忠の〈手〉が世間で評判になっていること、それを内裏の人々が見たがっていること、仲忠の〈手〉を一行でも持っている人間はそれを大事にするものだということが分かる。

また、仲忠は、物語内で唯一、他人の〈手〉を真似る人物でもある。

大将、三条殿に、米一石と炭二荷奉り給ふ。また、同じ数に、米も炭も、御厩の草刈・馬人召して仰せて、小さき童二人、大きなる童子請じ求めさせ給ひて、一条殿に、少将の妹に遣はす。……と書きて、ちうしのすくよかなるに包みて、「山より」と、少将の手にいとよく書き似せて、近く使ひ給ふ上童添へて、「栗出だしし所に教へ入れて、帰りまうで来ね」とて遣はしければ、至りて、「水尾より」とて入れたれば……（蔵開・下　五九六～五九七）[24]

仲忠が、兼雅の妻妾の一人である仲頼の妹に贈り物をした場面である。仲忠が仲頼の〈手〉を真似したのは、この後にある、仲頼の妹の所にいる御達の言に「『かの君の御もとの』と聞きて、行き集まりて、誓ひ呪ひぞせむ」とあることから、他の妻妾たちに気づかれて面倒なことにならないようにする必要があったからである。[25]また、この際に「小さき童二人、大きなる童子請じ求めさせ」たのは、仲頼からの使に見せかけるためである。[26]しかし、実際に文を託したのは、仲忠自身の側近くで使っている上童である。文は信頼のおける上童に託し、その上童を手配した童たちに紛らわせたところに、仲忠の慎重さが覗われよう。

さらに、もう一例、おそらく仲忠のものであろうと思われる例がある。

かかるほどに、孫王の君、藤壺にある夕暮れに、側離れて黒き水桶の大きやかなる、四つつい重ねて、女どもさし入れて往ぬ。局の人々、「あやしき物かな。御前に、かかる物をさし入れて往ぬる」とて見れば、大きなる葉椀を白き組して結ひて、五つさし入れたり。……葉椀の蓋に、なま嫗の手にて、「……」とあるを、孫王の君、「誰にか。例の人のすさびにこそあめれ。久しく、かやうのことなかりつるを」とのたまふ。（国譲・中　六九一〜六九二）

誰からの贈り物だかわからないが、書かれている文字は「なま嫗の手」である。それでも、孫王の君は心当たりがあるようで、「例の人のすさびにこそあめれ。久しく、かやうのことなかりつるを」と述べている。贈り物の形状や、孫王の君を使にしていること、孫王の君の反応、また、物語内で他人の〈手〉を真似るのが仲忠一人であることから、この贈り物は仲忠からのものであろうとの予想がつく。

以上を見ていくと、仲忠は〈手〉が素晴らしいばかりでなく、他人の〈手〉をも真似てしまえるという、他の登場人物が持たない能力を持った人物であることがわかる。

二-六　春宮・若宮の〈手〉

〈手〉を習う場面が多い人物として、春宮と若宮の例を見ていく。

かかるほどに、紫の色紙に書きて、桜の花につけたる文、宮より。御使、蔵人。開けて見給へば、「……」とあり。おとど、「この御手こそ、久しく見ね」とて見て、「いとよくなりにけり」とてさし入れ給へば、女御の君、「かしこけれど、この御手こそ、右の大将の御手におぼえ給へれ」。藤壺の、「ただ、その書きて奉られたる本をこそは、男手も女手も習ひ給ふめれ。『それ、昔のぞ』とて、今の召すめれど、まだ奉られざめりしかば、『それ驚かせ』などぞのたまはせし」。（国譲・上　六二五）

叔父である季明の喪に服するために里邸に戻った藤壺の元へ、春宮から文が届いた場面である。正頼は、春宮の〈手〉を見て、「この御手こそ、久しく見ね」、「いとよくなりにけり」と述べている。それに対し、藤壺は、春宮の〈手〉が仲忠の〈手〉に似ていると言う。続けて、仲忠が書いた手本を基に春宮が「男手も女手も」練習をしたこと、その手本は古いため、新しい手本を所望しているが、未だに仲忠から献上されていないことを伝えている。

この後日談が、第一節でも扱った「国譲・上」(六四一〜六四二)[27]である。「御手習ひなどはし給ふや」と聞いた藤壺に対し、若宮は、「何わざも、せさする人もなければ」と答えながらも、仲忠から「書」を習うと言う。これを聞いた藤壺は喜び、仲忠も「御書を仕まつらむ。」と言う。これに対し、藤壺は、「手なども、まだ習ひ給はざめるを、本をこそ、まづものせさせ給はめ。」と、手本を献上するように要請し、続けて「まことや、宮にも、『書きて』と聞こえ給ひける、『のかし聞こえ奉れよ。使がらか、見む』とのたまひしを、賜はりて奉らばや。」と、春宮も仲忠の手本を欲しがっていることを伝えている。

そして、この場面に続くのが、この章の冒頭でも扱った「国譲・上」(六五四〜六五五)である。仲忠の手をつくした若宮のための手本に対し、藤壺は「よろづのことに手惜しみ給ふ人の、さまざまに書き給へるかな」と言う。書かれた和歌には、未だ冷めやらぬ藤壺への思いが見て取れるが、それでも、非常に手の込んだ手本である。これまでに、仲忠は藤壺に対し、様々な趣向を凝らした贈り物をしてきたが、この手本はそれら以上の贈り物と言える。

この後、「国譲・中」巻において、仲忠が若宮たちに文と魚を贈ったところ、若宮からの返事があった。その〈手〉を見た仲忠は、「いとかしこうも書き給ひつるかな。ただ先つ頃こそ、手本召ししかば、奉れしか。いとよう似させ給へり」(国譲・中 七二三)と述べる。それを受けて、弾正の宮は、若宮たちが手習いをしていたことを話す。

先掲した場面では、仲忠が若宮の手本だけではなく、春宮の手本も届けたことが書かれている。こうして、ますます春宮の〈手〉は仲忠の〈手〉に似てくることになる。

内裏より、また、大将殿の御文、宮の御もとに、「……」と聞こえ給へり。藤壺、見給ひて、「いとよく、宮の御手に似たりかし」とて、「さし比べて見るに、まさりには、えぞあるまじき。……」（国譲・上　六六七）

藤壺を見舞った女一の宮へ、仲忠が内裏から文を送った場面である。仲忠の〈手〉を見た藤壺は、「いとよく、宮の御手に似たりかし」と言いはするが、両者の〈手〉を比べると、春宮が仲忠の〈手〉を超えることはないとも言っている。

二 - 七　卓越する仲忠

『うつほ物語』において、〈手〉の用例は、前半にはほとんどなく、後半になってから多出してくる傾向があることは述べた。また、前半後半関係なく、誰が書いた文字なのかを判断するための手掛かりとして〈手〉が働いていることもみてきた。「内侍のかみ」巻における正頼と兼雅の会話で、〈手〉の美しさが語られるようになり、その後、兼雅が〈手〉の美しさを評価する場面が何回か出てくるようになる。しかし、「蔵開・上」巻で、それまで判定者としてあった兼雅の地位は、仲忠にとって代わられる。

また、何人もの登場人物の〈手〉の美しさが評価されるが、それらはいずれも一回的なものであり、比較されることもほとんどない。その一方で、仲忠、藤壺、仁寿殿の女御の三人の〈手〉の美しさは繰り返し述べられ、また、この三人の〈手〉の比較も行なわれる。さらに仲忠はその〈手〉の素晴らしさを買われ、春宮、若宮の手本を作るまでになる。このようにみていくと、藤壺や仁寿殿の〈手〉が素晴らしいとされていたのにもかかわらず、物語の最後には仲忠の〈手〉が最も素晴らしいものとして位置づけられていることが分かる。仲忠の〈手〉が最も素晴らしく、そのために「国譲・上」巻において春宮・若宮の手本を作るということと、「蔵開・上」巻において〈手〉の判定者として父兼雅を上回ることは、仲忠自身が素晴らしい〈手〉になったということを示す。これらのことと、「蔵開・上」巻の冒頭において仲忠が俊蔭伝来の蔵を開き、清原俊蔭や俊蔭の父母といった人々の書物を手にし、その学問を習得することは関係があると考えられる。このことについて、次節で検討する。

三　俊蔭伝来の蔵から出てきた書物と仲忠の〈手〉

仲忠は、俊蔭伝来の蔵を開け、書物を入手する。仲忠が書物を入手したことに関しては、伊井春樹をはじめとした諸先行研究がある[28]。本節では、俊蔭伝来の蔵から出てきた書物と仲忠の〈手〉の評価の変化の関係を指摘したい。

仲忠は、「蔵開・上」巻（四六七〜四七一[29]）において、俊蔭伝来の蔵を開いた。仲忠は、母・俊蔭の娘が昔暮らしていた三条京極邸を改修して献上しようと考える。そうして赴いた屋敷跡の敷地の西北の隅には蔵があり、その扉は「世になく厳しき鎖かけ」、「その鎖の上をば、金を縒りかけて封じ」、「その封の結び日に、故治部卿のぬしの御名文字縒りつけ」てあった。これを見た仲忠は、「これは、書どもならむ。昔、累代の博士の家なりけるを、一枚書見えず。その道ならぬ琴などだに、世の中にも散り、ここにも残りたるものを。これ開けさせむ」と、蔵の中のものが書物であると見当をつける。実際に蔵を開け、目録を見てみると、とても貴重な宝物がたくさんある。とくに書物は豊富で、唐土でさえ人の目になかなか触れないようなことが全て書かれている。「薬師書・陰陽師書・人相する書・孕み子生む人」、つまり妊娠や出産に関する書物など、とても素晴らしく量も多い。仲忠はこれらを自邸に持ち帰る。また、翌年の睦月に女一の宮が身籠ったため、「かの蔵なる産経などいふ書ども」を取り出し、「女御子にてもこそあれ」と願い、「生まるる子、かたちよく、心よくなる」と書かれている食べ物を自身で調理して女一の宮に食べさせている。そのようにして、この年は、女一の宮の御前から「立ち去りもし給はず」それと同時に「書どもを見つつ、夜昼、学問をし」て過ごした。

この後、俊蔭伝来の蔵から出てきた書物は帝の御前で披露されることになる（蔵開・上　五二六〜五二八）[30]。いぬ宮誕生の後、右大将になった仲忠は、大将昇進の喜びを朱雀帝に奏上し、また俊蔭伝来の蔵を開いたことについても報告する。仲忠の「俊蔭の朝臣の、手書き侍りける人なりける盛りに、有職に侍りける、それが、皆書き読みて侍りける、俊蔭の朝臣の父書き読みて侍りける、全く細かにして侍るめり。」「家の記・集のやうなる物に侍る。俊蔭の朝臣、唐に渡りける日より、父の日記せし一つ、母が和歌ども一つ、世を去り侍りける日まで、日づけしなどして書きて侍りけると、俊蔭、帰りまうで来けるまで作れる詩ども、その人の日記などなむ、その中に侍りし。」という発言からも、俊蔭が能書の人物であったことと、蔵の中に入っていたものの詳細とが明らかとなる。それに対して、朱雀帝は、仲忠が「ありがたき物領ぜむとなれる人」になったと述べた上で、俊蔭や俊蔭の父母の書を「とく見るべき物」であると述べる。しかし、仲忠は、蔵は霊たちによって守られていたうえ、俊蔭の父の書の序に「唐の間の記は、俊蔭の朝臣のまうで来るまでは、異人見るべからず。その間、霊添ひて守る」とあり、さらに俊蔭の遺言に「俊蔭、後侍らず。文書のことは、わづかなる女子知るべきにあらず。二、三代の間にも、後出でまで来ば、そがためなり。その間、霊寄りて守らむ」として、なかなか帝の希望にそえないことを言う。この話を聞いた朱雀帝は、「朝臣の読みて聞かせむには、その霊ども、よも祟りはなさじ。」と、俊蔭の子孫で男性である仲忠が読み聞かせるぶんには問題がないであろうと述べる。そして、「今日は、府の者ども労ることあらむを、今日過ぐして、しめやかならむ時に、その家集ども・道の抄物ども持たせてものせられよ」と、近いうちに蔵から出てきた書物を進講するようにと要請する。

そして、「蔵開・中」（五三五）[31]で清原家の家集進講が始まる。この進講は最初、朱雀帝と仲忠の二人のみで行なわれた。朱雀帝が文箱を開けさせてみると、「唐錦を二つに切りて、えふしそそめて、厚さ二、三寸ばかりに作れる、一箱づつあり。俊蔭のぬしの集、その手にて、古文に書けり。今一つには、俊蔭のぬしの父式部大輔の集、草に書」いてあった。このことから、俊蔭の集は古い字体、俊蔭の父大輔の集は草書体で書いてあったことがわかる。

清原家の家集進講は、四日目の暁まで行なわれた（蔵開・中　五四七〜五四八）[32]。三日目の亥の時になって、俊蔭や俊蔭の父の集を一度脇に置き、小唐櫃に入った俊蔭の母の草子を見ている。俊蔭の母の草子は、「唐の色紙を、中より押し折りて、大の冊子に作りて、厚さ三寸ばかりにて、一つには、例の女の手、二行に一歌書き、一つには、草、行同じごと、一つには、片仮名、一つは、葦手」で書かれていた。そして、この草子の「歌・手」は「限りなし」と評価されている。この場には、朱雀帝と仲忠だけではなく、仲忠の従兄弟にあたる春宮と五の宮もいる。三人を前にして、朱雀帝は、「かかる、理なり。この母皇女は、昔名高かりける姫、手書き、歌詠みなりけり。院の御妹の、女御腹なりけり」と、俊蔭の母が能筆の人物であったこと、そして、清原一族[33]が皇族から分かれたものであることを述べる。また、この俊蔭の母の歌集は、仲忠が藤壺の若宮に献上したものと、様々な字体で書いているという点において一致することも注目に値する。ただし、俊蔭の母の歌集は、「女の手」「草」「片仮名」「葦手」で書かれている上、その形態は大冊子であるのに対し、仲忠の手本は「真」「草」「仮名」「男にてもあらず、女にてもあらず」「男手」「女手」「さし継ぎ」「片仮名」「葦手」で書かれ、巻子装であるという違いがあることにも注意したい。

俊蔭伝来の蔵を開いたことにより、仲忠は、自身が清原一族であることを再認識する。そして、蔵から出てきた書物の進講において、朱雀帝の口から、清原一族が皇族から分かれた一族であったことが明かされる。これらの事項はここで初めて語られるものであり、仲忠が蔵を開いたことによって、俊蔭の父母から仲忠までの系譜を、仲忠だけではなく、朱雀帝・春宮・五の宮に示したことになる。また、春宮と五の宮は、共に后の宮腹の皇子であるため、この場にいる仲忠以外の人物は、いずれも皇統に直接関わる人物だと言える。そして、この三人を前に一族の書物を進講したということは、仲忠が蔵から持ち出したものが至上のものであり、朱雀帝が認めたように、仲忠が「ありがたき物領ぜむとなれる人」となったことを示す。

このように、「蔵開・上」巻から「蔵開・中」巻にかけて、俊蔭伝来の蔵から出てきたものが何度も朱雀帝によって評価されることで、清原一族が皇族から分かれた一族であり、さらに能筆家の多い一族であることが示される。また、筆跡が評価されている俊蔭と仲忠は顔を合わせたことはなく世代も隔たっており、仲忠の母である俊蔭の娘の筆跡への評価は皆無であることから、俊蔭伝来の蔵を開くまで、仲忠が清原家の能筆家たちの筆跡を見ることはかなわなかった。このことと、物語の後半において仲忠の筆跡が素晴らしいものであり、そのことが宮廷社会においては周知の事実となっていることを考え併せると、仲忠は、俊蔭伝来の蔵から出てきた書物によって学問を修得すると同時に、優れた〈手〉をも修得したと考えられる。

四　仲忠が作成する「手本四巻」

朱雀帝も認める能筆家の多い清原一族であり、自身も筆跡の素晴らしさを何度も語られる仲忠が、若宮のために書いた「手本四巻」は、至上のものであることは疑いない。しかし、俊蔭伝来の蔵から出てきた書物と仲忠の「手本」、それぞれの仲忠の扱い方を比較すると、仲忠にとって「手本」はさほど重要ではないことに気付く。たとえば、書物の進講は、蔵から出てきた書物そのものを用いて、「音読」によって行われる。[34]「音」はあとには残らない。そして、このときに朱雀帝の御前に持っていかれる書物は、その場で仲忠によって読まれはするものの、書き写されることはなく、進講が終わり次第、仲忠が持って帰る。つまり、書物は、他人の手に渡ることはないのだ。それに比べ、この「手本」は、春宮や若宮に献上される。

俊蔭伝来の蔵から出てきた書物と手本の違いについて、もう少し考えていきたい。仲忠が俊蔭の書を使用する場面が「楼の上・下」巻に二場面ある。

一つ目は、七月七日に、楼にて俊蔭の娘・仲忠・いぬ宮が琴を弾く場面である（楼の上・下　九〇六）。俊蔭の娘・仲忠・いぬ宮が揃って琴を弾いた後、仲忠は「治部卿の集の書の中に、唐土より、知らぬ国に至りて、下りて、道を行き給ひけるに、いみじうあはれに面白き所々に、四季の花咲き乱れ、ある所には、恐ろしくいみじきかたちしたる者集まりてあるわたりを過ぎ給ふとて、道のままに長く思ひ続けてあはれなる、声を出だして」誦み、また、俊蔭が帰朝した後、両親のいなくなった家の寂しさを眺めて作り集めた詩も誦んだ。朱雀帝への進講の場面で、仲忠の声が良いことは「声いと面白き人」（蔵開・中　五三五）、「書読む声、誦ずる声も、いとあはれに面白し。」（蔵開・中　五三七）、「いと面白く読みなす。その声、いと面白し。しろくあり。声うち静めて、いと高く面白く誦する声、鈴を振りたるやうにて、雲居を穿ちて、面白きこと限りなし。」（蔵開・中　五四二）というように、再三にわたり、強調されている。そして、仲忠が読むと、朱雀帝や春宮は「泣」く（蔵開・中　五四八）。さらに、面白き声の仲忠が「読む」のではなく「誦む」と、「聞こし召す帝も、御しほたれ」「大将も、涙を流」し（蔵開・中　五三五）、この場面でも、「聞き知らぬ人だに、涙落とさぬはなきに、まして、大将のこの所にて誦じ給へるは、声より始めて、面白うあはれなるに、御直衣の袖、まして、絞るばかりになる」。程度の差はあれど、清原一族の書を仲忠が読（誦）むことにより、仲忠自身を含めた人々は、泣くのだ。

二つ目は、秘曲伝授に行く意思を示す朱雀院の言を聞いた仲忠が、嵯峨・朱雀の両院を迎える準備をする場面である（楼の上・下 九一四）[35]。「治部卿の集の中にある、唐土よりあなた、天竺よりはこなた、国々の詩を、その年ごろの有様を、かの大将書かせ給へる屛風、例に似ず、清らに麗し、皆ながら唐綾に描きて、縁の錦、裏より始めて、清ら」であることから、ここでは、仲忠が俊蔭の集から詩を選び、書き写していることがわかる。ここで注意したいのは、この場面では「清ら」「麗し」という言葉が使用されていることである。

これらの例から、俊蔭や俊蔭の父母が作った物を仲忠がそのまま読（誦）み、書く場合には、その素晴らしさが語られていることがわかる。それに対し、同じく、俊蔭や俊蔭の父母の集から学んだ文字を書いた「手本」には「清ら」「麗し」という言葉は使用されず、藤壺や若宮が泣くこともない。俊蔭の漂流中の集や詩には人々を感動させるものがあるが、仲忠が書いた歌にはそれがない。つまり、人々を感動させる俊蔭の集や詩を仲忠の「声」で読（誦）み、能筆揃いの清原一族らしい筆跡で書くことで素晴らしさが相乗されるのだ。以上のことから、仲忠が若宮に献上した「手本四巻」は、俊蔭伝来の蔵から出てきた書物そのものではなく、仲忠が書物から文字だけを借りて作った、いわば二次創作品だと言える。そして、二次創作品としての「手本」は、清原一族の書物からは隔たったものとなっているのだ。つまり、仲忠が藤壺の若宮に献上した手本は、他人の手に渡ってもよいものとして位置付けられているといえる。仲忠は、手本は献上するが、書物は献上しない。俊蔭の書物そのものを用いながらも、書写をさせて手元には置いておくことはできず、音のみで行なわれる朱雀帝の御前での進講と、自分の手元に置いておけはするものの、俊蔭の書物を元に、仲忠が二次創作をした手本では、その差は大きいといえるだろう。仲忠が若宮に献上した手本というのは、清原一族の書物からは切り離されたものと考えてよい。

ただし、このような手本の位置付けは、あくまで仲忠の視点においてであり、藤壺を筆頭とした他の人々にとっては、やはり、仲忠の手本は至上のものとして位置付けられている。

五　すれ違う仲忠と藤壺の思惑

仲忠が「蔵開・上」巻において俊蔭伝来の蔵を開け、それを、朱雀帝をはじめとした皇統の人物たちに見せたことで、清原一族が天皇の一族と近い関係であったことが示されたことと、これらの事柄と時を同じくして、仲忠の筆跡が褒められるようになったことは、既にみてきたとおりである。

ここで、第一節でも確認した、藤壺の若宮出産後に仲忠が贈り物をする場面を今一度見るべく、以下に引用する（国譲・中　六九六～六九七）。

……「これは、誰が手ぞ」と、集まりて見給へど、え知り給はず。御方、御覧じて、「大将の御手にこそあめれ。『若君に』とて、手本あめりし、同じ手なめり」と聞こえ給へば、おとど、「げに、さなめり。異人のすべきわざにはあらず。これを見知らぬやうなるは、いと心なきわざかな。いかにせむ」とのたまひて、御薫炉召して、山の土所々試みさせ給へば、さらに類なき香す。

藤壺が、贈り物に書かれた字が仲忠のものであることを見抜いた後、正頼は、「げに、さなめり。異人のすべきわざにはあらず。これを見知らぬやうなるは、いと心なきわざかな。いかにせむ」と述べている。やはり、宮廷社会において、仲忠の筆跡は、知らなくてはならないほどに称賛されるものであり、これこその言うように、「一行にても、持ちたる人は、心憎くせしもの」（蔵開・下　五八四）だということがわかる。[36] このように筆跡を称賛される仲忠は、物語の前半・あて宮求婚譚においては、俊蔭→俊蔭の娘→仲忠と引き継いできた琴の「手」が上手であることが多く書かれる。しかし、物語の後半に入り、俊蔭伝来の蔵を開いて、俊蔭の父母からの系譜が明らかになってからは、同じ「手」でも、筆跡を褒められるようになるのだ。

以上のように考えると、仲忠が藤壺の若宮に献上した「手本」が、清原一族を背負った仲忠によって書かれていることの重要性が分かるのではないだろうか。しかし、藤壺は、それだけでは満足しない。それは、先掲した、藤壺が仲忠に若宮と春宮の手本を要請する場面（国譲・上　六四一～六四二）からも明らかである。

母君、「いとめづらしう、あはれ」と見奉り給ひて、「心地こそ、頭白くなりにたるやうなれ、かく大きになり給ひにたれば。御手習ひなどはし給ふや。何わざかし給ひつる」と問ひ聞こえ給へば、若君、「何わざも、せさする人もなければ。かしこに、『書習はさむ』とのたまひしかば」。母君、「いとうれしきことかな。かの御弟子になり給ひて、よろづのわざし給へ」なんど聞こえ給へば、……

若宮が、仲忠から書を習うと言ったのを聞いた藤壺は、「いとうれしきことかな。かの御弟子になり給ひて、よろづのわざし給へ」と述べている。ここでは「書」の話をしていたはずなのだが、藤壺は、「よろづのわざし給へ」と言う。この「よろづのわざ」とは何だろうか。仲忠が様々なことができる、素晴らしい人物であることは、物語の随所で語られているが、「御弟子にな」って教えてもらえるもの、とくに、仲忠といえば、これが抜きんでて素晴らしいとされるものは、「琴」と「書」である。つまり、ここでの藤壺の発言は、「仲忠の弟子になって、「書」だけではなく、「琴」も習いなさい」と受け取れる。

また、この後日譚である「手本四巻」を献上する場面（国譲・上　六五四〜六五六）にも、同様の藤壺の発言がある。若宮への手本は使に持たせ、自身は春宮へ手本を持っていったということを書いたあとで、仲忠は「さて、御私には、何の本か御要ある。」と述べている。この言葉と、後に若宮の手本として書かれた和歌から、仲忠の、未だ絶えぬ藤壺への思慕と、なんとか繋がりを濃くしたいという意志が汲み取れる。それに対しての藤壺の言葉、「なほ、この人々は御弟子にし給ひて、これならぬことも知らせ給へ。」は、仲忠への返事はさておき、若宮を教え子にして、「これならぬこと」つまり「書ではないこと」、すなわち、「琴」も若宮たちに教えるようにと解釈できる。

以上をまとめる。俊蔭伝来の蔵を開いたことにより、仲忠は、多くの価値ある書物を手に入れる。この書物には「清原一族」の存在を物語内に再登場させる働きがあった。また、仲忠の朱雀帝への進講を通して、仲忠と朱雀帝の口から、「清原一族」が皇族の血を引く一族であり、能書・能筆の一族であることが語られる。これらのことを受けるかのように、仲忠の筆跡が素晴らしいことが物語内で語られるようになる。

つまり、仲忠は、琴とは別の、新たな「手」を入手したといえる。そして、書物によって明らかになった系譜と、朱雀帝の言葉、そして、世間の評価が重なり合い、仲忠が、能書・能筆の人物であり、「手本」を書くに相応しい人物として位置付けられていったといえる。

手本を要請する場面、及び「手本四巻」を献上された場面にあったように、藤壺は、仲忠に対し、諦めることなく「琴」を若宮に教えるように要請する。しかし、「俊蔭一族」である仲忠は、それに応えることはしない。それは、「手本四巻」を献上する場面での、「いとほしく、よろづのことに手惜しみ給ふ人の、さまざまに書き給へるかな」という藤壺の発言からも推察される。また、俊蔭は、春宮に琴を教えることを拒んだ人物である。祖父と同様、「琴」を教えることを拒んだ仲忠が、代わりに若宮に献上したのが、この上ない〈手〉を持つ自身が書いた「手本」だったのだ。だが、前節で確認したように、「手本」は清原氏を背負った仲忠によって書かれてはいるものの、あくまで清原一族の書物からは切り離された二次創作品でしかない。

「手本」によって藤壺とのつながりを求める仲忠と、「手本」ではないもの、すなわち、「琴」を所望する藤壺というように、仲忠と藤壺の思惑はすれ違いを起こしている。この二人は、婚姻状態にはないものの、これまで、周囲の人物たちにはない、特別な方法でコミュニケーションを行なってきたことは第一章で見た通りである。しかし、「国譲」巻に至ってその均衡は崩れ、繋がっていたはずの意思疎通はすれ違いを起こす。そして、最高の贈り物である「手本四巻」を最後に、仲忠は、藤壺に対し、藤壺の第三皇子の産養の贈り物以外の贈り物をしなくなる。

ここで、今一度、「手本四巻」献上場面に戻る。仲忠からの手本の贈り物を見た藤壺は、「この返り言は、我せむ。」と述べ、「白き色紙の、いと厚らかなる一重に」「例より、めでたう、筋つきて、大きやかに」文字を書いたとある。藤壺の仲忠に対する評価は、「よろづのことに手惜しみ給ふ人」であり、仲忠が若宮へ手本を献上するかどうかは確信が持てずにいたが、そこに、仲忠からとても豪華な手本が届いたことで、このように、喜びを表している。この喜びとは、これだけすばらしい手本をくれるのだから、琴も教えてくれるかもしれない、という藤壺の期待をも表しているといえる。

この場面は、さらに以下のように読み解くことができる。それは、とても貴重なものをもらったと思い、喜ぶ藤壺に対し、仲忠はそう考えてはいない。それは、俊蔭伝来の蔵から出てきたもの、つまり、一番大事なものは献上していないためである。この「手本」は、「琴」を教えて欲しいと要請する藤壺に対する、仲忠の最大限の譲歩であるといえる。だとすれば、藤壺の若宮は、決して仲忠から琴を習うことはできない。それにもかかわらず、藤壺は、「よろづのことに手惜しみ給ふ人」である仲忠からすばらしい手本をもらったと思い、琴の伝授にまで思いを馳せている。この場面は、仲忠と藤壺との意思のズレが大きく出てくる場面としても読むことができるのである。

1　異同が多いこの箇所の本文については、大友信一「「右大将殿より」の「手本四巻」考」(『就実論叢』第二六号　其の一(人文篇)一九九七年二月)が詳しい。また、「女手」については、藤本憲信「女手考」(『国語国文学研究』三二、一九九七年二月)が詳しい。

なお、以下に、この場面全体の前田家本の異同(一三〇九〜一三一四)を載せておく。

「……さて、御私には、何の本か御要ある。ここには、世の例になむ」とて奉れ給へり。御前に持て参りたり。見給へば、黄ばみたる色紙に書きて、山吹につけたるは、真にて、春の詩。青き色紙に書きて、松につけたるは、草にて、夏の詩。赤き色紙に書きて、卯の花につけたるは、仮名。初めには、男にてもあらず、女にてもあらず、あめつちぞ。その次に、男手、放ち書きに書きて、同じ文字を、さまざまに変へて書けり。

わがかきて春に伝ふる水茎もすみかはりてや見えむとすらむ

女手にて、

まだ知らぬ紅葉と惑ふうとふうし千鳥の跡もとまらざりけり

さし継ぎに、

飛ぶ鳥に跡あるものと知らすれば雲路は深くふみ通ひけむ

次に、片仮名、

いにしへも今行く先も道々に思ふ心あり忘るなよ君

葦手、

底清く澄むとも見えで行く水の袖にも目にも絶えずもあるかな

と、いと大きに書きて、一巻にしたり。見給ひて、「いとほしく、よろづのことに手惜しみ給ふ人の、さまざまに書き給へるかな。一日、戯れにものせしに、宮の、年ごろ召しつるも、今日こそは奉るなれ。この返り言は、我せむ。使は、誰ぞ」と問はせ給へば、「奉り置きてまかりにけり」と聞こゆれば、「いと心地なき、所の人かな。かれよりかかる物あらむ使遣る心よ」とのたまひて、白き色紙の、いと厚らかなる一重に、「賜はせためれど、『人を訪ふとも』と言ふなればなむ。この本どもを、かくさまざまに書かせて賜へるなるなむ、限りなく喜び聞こえ。なほ、この人々は御弟子にし給ひて、これならぬことも知らせ給へ。まことに、後に求められたるは、何ごとにかあめる。以下原本ニ、二行半ホドノ余白アリ『我ならぬ人にや』と思ふこそ、後ろめたけれ」と、例より、めでたう、筋つきて、大きやかに書かせ給ひて、「これ、また、心あらむ者して奉らせて、帰り来ね」とて奉れつ。

2

「手本」という言葉を『日本国語大辞典』（日本国語大辞典第二版編集委員会、小学館国語辞典編集部編、小学館、二〇〇〇年-二〇〇二年）で引くと、以下のように出ている。

て-ほん【手本】〔名〕
①文字や絵画などを習うときに、そばに置いて模範とするために書かれた本。臨本。
宇津保〔九七〇~九九九頃〕国譲上「『右大将殿より』とて、て本四くわん、いろいろのしきしにかきて」源氏〔一〇〇一~一四頃〕若紫「いまめかしきてほむ習はば、いとよう、書い給ひてん」……
②物事を行なうのに、模範とすべき人や物、または行ない。見ならうべきこと。模範。
平家〔一三C前〕九・木曾最期「是を見給へ、東国の殿原、日本一の甲の者の自害する手本とて」……
③標準となる型、様式。また、商品などの見本。
評判記・野郎虫〔一六六〇〕玉木権之丞「面体はにんぎゃう屋につかはして、わかしゅ人形の、手本（テホン）にさせたき人なり」……

3

『大漢和辞典』（諸橋轍次、大修館書店、一九八九年-一九九〇年）には、「【手習】112シュシウ」と「【手本】259シュホン」という項目があり、それぞれ、以下に引用するように出ている。

【手習】112シュシウ

㊀手で練習する。主として習字にいふ。又、手づから練習する。〔論衡、程才〕文吏幼、則筆墨手習、而行無二篇章之誦一、不レ聞二仁義之語一。

㊁テナラヒ ㋑文字を書くことを練習すること。習字。㋺轉じて、学問・修業・稽古。

【手本】259 シュホン

㊀下級官吏が上官に見える時、又、門生が初めて座師に見える時に差し出す名刺。折本の形をしてゐる。〔通俗編、儀節、手本〕五石瓠、官司移會用、六扣白束、謂二之手本、萬曆間、士夫朝亦用二六扣一、自稱二、名帖一、後以二青殼、粘二前後葉一、而綿紙六扣、稱二手本一、爲下下官見二上官一所上レ投、其門生初見二座師一、則用二紅綾殼一、爲二手本一、亦始二萬曆末年一。〔燕子箋、入幕〕作下見末叩首掌二手本一見介上。〔服恵全書、筮仕部、書憑領憑〕具二脚色手本互結供狀、京官印結一。

㊁テホン ㋑手習のかたとなるべき文字を書いた本。習字帖。臨本。〔源氏、梅枝〕手本多くつどへたりし中に、中宮の母御息所の、心に入れず走り書いたまへりし。㋺倣って作るべき基となるもの。先例。模範。〔太平記、十、高時幷一門以下於二東勝寺一自害〕早早御自害候へ、高重先きを仕りて、手本に見せ進らせ候はん。

さらに、論者が調べたところによると、中国漢籍には「手本」という言葉は多用はされておらず、使用されている場合でも、以下のようなものしかない。

・「詩品」　　→　訴状
・「重刊宋本十三經注疏附校勘記」（十三經）（宋）　→　公文
・「關漢卿戲曲集」（戲劇）（十三世紀）　→　覚書
・「金史」（正史）（十三〜十四世紀）　→　覚書
・「醒世姻縁」（小説）（清）　→　名刺・手帳・上申書
・「閱微草堂筆記」（筆記）（清）　→　覚書

4

前田家本では「おとど、「この御手こそ、久しく見ね」とて見て、「いとよくなりにけり」とてさし入れ給へば、……藤壺の、「……まだ奉られざめりしかば、『それ驚かせ』などぞのたまはせし」」（一二六七〜一二六八）となっているが、ここでは問題にしない。

5　前田家本では「……若君、「……かしこに、……」。……大将、うち笑みて、「大人しう、目に見す見す、人の親げにならせ給ひて。……「『早う奉りけるをこそ、……』」（一二八〇～一二八二）となっている。

6　「蔵開・中」巻で、仲忠は朱雀帝、春宮、五の宮の御前で清原家の書物の進講をしている。なお、進講については第五章を参照のこと。

7　前田家本では「……一日は、……御厨子に納めさせ給ひてき。かくはしたなき目をなむ見給へてし」。藤壺、「……その喜び聞こえさせしぞや。」」（一三二七～一三二八）となっている。

8　前田家本では「かうて、大宮は、孫王の君に、……岩の上に立てたる二つの鶴どもを……御方、御覧じて、「……『若君に』とて、手本あめりし、同じ手なめり」と聞こえ給へば、おとど、「げに、さなめり。異人のすべきわざにはあらず。これを見知らぬやうなるは」（一三九六～一三九七）となっている。「すはうの宮」という人物は物語に見えず、また、仲忠と藤壺の仲介人が孫王の君であることから、「すはうの宮」は「孫王の君」と校訂する考えに従う。また、「わが君」であっても「若君」であっても、春宮も藤壺の若君も手本を貰っており、底本は「わかきみ」と清音であるはずであることから、この箇所は「我が君」「若君」のどちらでも解釈は可能である。

9　前田家本では「弾正の宮、「……」。（いとおかしげにおはすや、は、にこそ○うちの宮・わか君よりはこの君を）……帥の宮、「若宮よりは、この君こそ、生ひ出で給ひぬべかめれ。いとらうらうじく優にぞ生ひ出で給ひぬべかめる」など。」（一四七八～一四七九）となっており、異同が多い。ただ、異同の多い箇所は「手本」という単語が出てくる発話部分の続きの箇所であるため、ここでは問題にしない。

10　前田家本では「「……かの梨壺の宮は、いとなつかしううつくしげに、手も書き給ひ、……」。……「手ばかりは、大将の本あめりし。……帝のたまふめり。」」（一七九四～一七九五）となっている。「なゝかしう」「みいし」では意味が通じないため、「なつかしう」「帝」と校訂する説に従う。また、前田家本には「手」が書かれていないが、この箇所は、朱雀帝の御前での進講の話題・いぬ宮の秘曲伝授・藤壺の若宮たちが遊びにしか興味を示さないことという話の流れがあるため、必然的に「書く」ものは絵ではなく字であると考えられる。また、この物語においては「字を書く」という言い方はなく、「手を書く」が使用されているため、この箇所も「手も書き給ひ」で統一してよいと考えた。「もと」については、本文に「大将のもと」「いとよう書き似せ給へるめり」とあることから、この「もと」は「国譲・上」巻で仲忠が若宮に献上した「手本」だと解釈して問題ないと考えた。

11　室城秀之「『うつほ物語』の手紙文――特に、「蔵開」「国譲」の巻について」（『古代文学論叢』一四、一九九七年七月）

12　『うつほ物語』に出てくる全ての〈手〉の用例を表にすると、次のようになる。

巻名	判断材料としての手	評価される手	その他
俊蔭			
藤原の君	3		
忠こそ			
春日詣			
嵯峨の院			
祭の使			
吹上・上			
吹上・下			
菊の宴			
あて宮			
内侍のかみ		1	1
沖つ白波			
蔵開・上	1	5	
蔵開・中	2	2	
蔵開・下	3	1	1
国譲・上	2	2	1
国譲・中	2	1	1
国譲・下		1	
楼の上・上	1	1	
楼の上・下		2	

13　「殿の大君」が誰を指すのかという問題があり、諸注釈は以下のように述べている。河野多麻（日本古典文学大系、一九五九年）は、「あて宮の姉大君（弘徽殿女御）の御文」と注をつけている。ただし、あて宮の姉大君は仁寿殿の女御であるので、「弘徽殿」とあるのは間違いである。塚本哲三（有朋堂、一九一八年）と宮田和一郎（朝日古典全書、一九五一年）では、「仁寿殿」としている。原田芳起（角川書店、一九六九年）は「仁寿殿女御ではあるまい。長兄忠澄でないとたてきが文使いをする理由がない。これも言語の偏向」と述べ、中野幸一（新編日本古典全集、小学館、

一九九九年）と室城秀之（『うつほ物語　全　改訂版』おうふう、二〇〇一年）でも同様の注をつけている。これより前に長門の発話で「御文を賜はりて、あて宮に参らむ。嫗は、男君になむ仕うまつりて侍る。孫なむ、この御方に仕うまつり侍る」（藤原の君　九六）とあることから、「殿の大君」は男性として採るのが妥当であろう。

14　前田家本では「女の手なり」（一八七）となっている。ただし、この場面において、室城秀之（おうふう）で「嫗」としている箇所がすべて「女」となっていること、文を見た真菅が怒っていることから、この「女の手」は「あて宮の手」ではなく、「嫗の手」として解釈するべきである。

15　この場面は、以下のように続く。

……とて、一の宮に奉り給へば、物ものたまはず。これかれ、「いかでか」などのたまへば、

食ひ初むる今日や千代をも習ふらむ松の餅に心移りて

と書き給へれば、女御の君、折敷ながら、中納言の御もとにさし入れ給へば、取りて見るやうにて、

千歳経る松の餅は食ひつめり今は御笠の劣らでもがな

と書き給ふを、弾正の宮、「見む」と聞こえ給へば、「いとかしこき御手侍れば、え見給はず」とてさし入れつ。

この部分は、室城秀之（おうふう）の注には「『いとかしこき御手に侍れば』に同じ。女一の宮の筆跡を戯れて言ったものか」とあり、中野幸一（新全集）の注には「女一の宮の筆跡を戯れにいったもの、と解す説に従った」とある。論者はこれらの注に従った。この「いとかしこき御手」は仲忠の戯れの上での発言であり、また「判断材料」にもなっていないため、今回の例からは省いた。

16　前田家本では、「絹一匹を腹赤（いらか）にて、そ（す）を五葉の作り枝につけつつ……鳩（いと）は黄金、……黒方の火焼（つぼ）きの鮑、海松・青海苔は糸、甘海苔に綿（はら）を染めて」（一一六五）となっており、異同が多い。だが、ここでは「中納言殿の御手にて」という部分に異同がないため、とくに考察しない。

17　①では、大宮、仁寿殿の女御、女一の宮、仲忠、忠康（弾正の宮）、大輔の乳母が、紙に和歌を書いて、朱雀帝から贈られた黄金の杙に順々に貼っていく。一方、⑤では、この後、仁寿殿の女御、俊蔭の娘、女一の宮、仲忠が和歌を詠んだことは書かれているが、①の例とは違い、それをどこかに書いたなどの記述はない。

18　第二章「紙に書きつく」参照。

19　前田家本には「手も書き給ひ」（一七九四）となっている。ただし、この箇所は、朱雀帝の御前での進講の話題・いぬ宮の秘曲伝授・藤壺の若宮たちが遊びにしか興味を示さないことという話の流れがあるため、必然的に、「書く」ものは絵ではなく字であると考えられる。また、この物語においては「字を書く」という言い方はなく、「手を書く」が使用されているため、この箇所も「手も書き給ひ」で統一してよいと考えた。

20　「かはらけ」に和歌を書くことについての論考には、宮谷聡美「「かはらけ」に書かれた歌――『うつほ物語』実忠物語における歌物語の継承と発展――」（『叢書想像する平安文学』四巻、一九九九年五月）、「『伊勢物語』における歌物語の達成――「狩の使」の場合――」（『国文学研究』一一一集、一九九三年一〇月）などがある。

21　前田家本では「藤壺のものし給ふに劣らざるらむ」（一〇〇二）となっている。この箇所について、河野多麻（『日本古典文学大系』）は、他の異同「藤壺の物しに」「藤壺のもこれに」が共に藤壺の手の意になり、本文としては「藤壺の物の師」の方が良いとする。だが、本文においてあて宮の師が出てこないことと、他の異同においては「手」の話であることから、ここはあて宮の「手」として解釈した。

22　仲忠が藤壺の文を見た例は「沖つ白波」巻（四五二）にある。

宮の君の御もとより、一の宮に、かく聞こえ給へり。……宮、見給ひて、うち笑ひ給ふ。中納言、「何ごとならむ。見給へばや」と聞こえ給ふ。「あらずや」とて見せ給はず。手を擦る擦る聞こえ取りて見るに、心魂惑ひて、いとをかしく思ふこと昔に劣らず、思ひ入りて物も言はず。宮、「をかし」と思ほして、御返り聞こえ給ふ……

また、藤壺からの文を見た後にそれに返事をする場面が「蔵開・上」巻にある。

かかるほどに、「藤壺より」とて、……御文あり。……宮、開けさせ給ひて、見給ひて、うち笑ひ給ふ。中納言、「何ごとにか侍らむ。見侍らばや」。「『人に、な見せそ』とあれば」とて見せ給はねば、「わが君は、思し隔てたるこそ」とて、手をさし入れて取りつ。見れば、かく書き給へり。……君、見給ひて、うち笑ひて、「久しく見給へざりつるほどに、かしこくも書き馴らせ給ひにけるかな。この御返りは、仲忠聞こえむ。まだ、御手震ひて、え書かせ給はじ。さらぬ時だに侍るものを」とて、ほほ笑みつつ見るに、あはれに、昔思ひ出でられて悲しければ、ゆゆしくて置きつ。

さて、赤き薄様一重に、……と書きて、同じ一重に包みて、面白き紅葉につく。宮、「見ばや」とのたまへば、「さぞ、見給へまほしう侍る」とて出ださせつれば、召し寄せて、はた、え見給はず。（蔵開・上　四八二～四八三）

23　前田家本では、「かくののしる御手（て）持ちたる人もなきものを」（一一六二）となっている。「の丶しる御て」「の丶しるつて」の他に「の丶しりつ丶」「の丶しりつて」という異同もあるが、この続きが「持ちたる人」となっていることから、「の丶しりつ丶」は不適切だと考えた。また、「の丶しるつて」「の丶しりつて」では文意が通らないため、「の丶しる御て」で解釈した。

24　前田家本では「大きなる童子（ほうし・ざうし）請じ求めさせ給ひて」（一一九一）となっている。「大きなるほうし」である方がより仲頼からの使らしさがあるが、「ざうし」がいるのは不可解である。ここは「大きなるほうし請じ」であっても問題ないか。

25　室城秀之（おうふう）の注には「仲忠は、手紙の上書きを仲頼からと見せかけて書いて、一条殿に残された、ほかの女性たちの目を配慮したのである。」とあり、また、中野幸一（新全集）の注にも「手紙上書きを仲頼からと偽装して、他の妻妾たちに気づかれぬように配慮する」とある。

26　室城秀之（おうふう）の注には「『童子』は、寺などに仕える剃髪得度前の少年。仲忠は、仲頼からの使と見せかけるために、童子を選んだのである。」とあり、また、中野幸一（新全集）の注には「底本『ほうし』を改めた。寺などに働く剃髪得度前の少年。仲忠は、仲頼の使いに見せかけるため、わざわざ童子を選んだのである」とある。

27　前田家本では「……かしこに（う）、『書習はさむ（さら）』とのたまひしかば」（一一八一）となっている。「かしこう」では意味が通らないため、「かしこに」と校訂する説に従った。

28　伊井春樹「俊蔭の家集と日記類――『うつほ物語』蔵開巻の意義」（『中古文学の形成と展開――王朝文学前後』一九九五年四月）、芦田優希子「際立ちゆく〈琴の一族〉――「蔵開」の巻より」（『詞林』二一、一九九七年四月）、中野幸一「うつほ物語　うつほ物語と源氏物語（特集：伊勢物語とうつほ物語）」（『國文學』四三、一九九八年二月）、大井田晴彦「俊蔭一族復興――「蔵開」における〈書物の力〉」（『書物と語り（新物語研究）』五、一九九八年三月）、大井田晴彦「物語における主人公の系譜――『うつほ物語』から『源氏物語』へ（文学史上の「源氏物語」）」（『国文学解釈と鑑賞』六三（別冊）一九九八年六月）

29　前田家本では「……世になく厳しき鎖かけたり。その鎖の上をば、金を縒りかけて封じたり。その封の結び目に、故治部卿のぬしの御名文字縒りつけたり。……雪を戴きたるやうなる嫗・翁、……国々の受領などの、さしつべきを、対一つづつ預け、……」（九二一～九三二）となっている。「上」は「鎖」の「しやう」の音と共通するため、この字が使われたのではないか。また、「みなりし」では意味が通じないが、「故治部卿のぬしの」とあることから、「みな」に「御名」という漢字を当てるという解釈は肯える。また、前田家本においては「嫗」であるはずの箇所の多くが「女」となっていること、白髪で這うように来たという表現から、「嫗・翁」で良いと考えた。「だいひとつ、」は意味が通じないため、「対一つづつ」と校訂する説に従った。

30　前田家本では「大将の君、蔵人して、……「……いと見つけがたくて取り出でて侍り、『累代の書の抄物といふ物見給ふ』とてなむ、……」。上、「……昔のごとくかしこき者どもも、……吏部の朝臣をこそは頼もしきことには。『それを離れては、かしこしと思ふ者どもぞあらぬ』と思ふに、……」。大将、「皆具して、なき書なく侍りけり。……俊蔭の朝臣の父書き読みて侍りける、……」。……大将は、「家の記・集のやうなる物に侍る。俊蔭の朝臣、唐に渡りける日より、父の日記せし一つ、母が和歌ども一つ、世を去り侍りける日まで、日づけしなどして書きて侍りけると、俊蔭、帰りまうで来けるまで作れる詩ども、……」……。上、「……かれ、とく見るべき物なり」。大将、「……『俊蔭、後侍らず。文書のことは、わづかなる女子知るべきにあらず。二、三代の間にも、後出でまで来ば、そがためなり。……』となむ申して侍る。それに慎みて、今まで奏せで侍りつる」。……上、「……よも祟りはなさじ。……その家集ども・道の抄物ども持たせてものせられよ」とのたまふ。」（一〇五〇～一〇五五）となっており、異同が多い。「侍り、『累代（いさい）の書……』」については、「侍。るいさいの書」と読点の打ち方を変え、「るいさい」は「るいたい」と校訂する説に従って、「侍る。『累代の書』……」と校訂するべきかと考えた。この他の校訂については、「蔵開・中」巻での朱雀帝の御前での進講で読んだものとの比較をした結果、『うつほ物語　全　改訂版』（おうふう）の校訂に従ってよいものと判断した。

31　前田家本では「俊蔭（をしかげ）のぬしの集」（一〇六二）となっている。俊蔭伝来の蔵から出てきた集で、「〜のぬし」と呼ばれるのは清原俊蔭以外には考えられないため、「俊蔭のぬしの集」で良いか。

32　前田家本では「一つには、例の女の手、二行に一歌（かた）書き」（一〇八九）となっている。「う」を「か」に誤写したものと考えた。

33　「俊蔭一族」という用語が一般的だが、本論では、「清原一族」と「俊蔭一族」を使い分ける。俊蔭伝来の蔵から出てきた書物には清原俊蔭の父母と俊蔭の書物が収められていたため「清原一族」を使用し、俊蔭が異郷で入手した琴と奏法には「俊蔭一族」を使用する。

34　伊藤禎子「書物の〈音〉」（『うつほ物語』と転倒させる快楽』森話社、二〇一一年。二〇〇七年一二月初出）

35　前田家本では「「…さらば、」……国々の詩（かみ）を、」（一八五一）となっている。

36　「蔵開・下」巻に、承香殿の女御に仕えていたこれこそという女童が、仲忠から文を受け取る場面がある。

これこそ、被け物を持ちて思ふやう、「こればかり賜はむとにやあらむ」とて、つくづく見る。腰の方に、文結ひつけられたり。……この文を、「いとうれし」と思ふ。「かくののしる御手持ちたる人もなきものを、内裏わたりの人、いかでか見むとこそすれ。これ、一行にても、持ちたる人は、心憎くせしものを」と思ひて、隠しつ。（蔵開・下　五八三〜五八四）

これこそその思考から、仲忠の〈手〉が世間で評判になっていること、それを内裏の人々が見たがっていること、仲忠の〈手〉を一行でも持っている人間はそれを大事にするものだということが分かる。

第四章　書の継承——「うつほ」をはじめとした籠りの空間と継承者

『うつほ物語』首巻「俊蔭」巻では、清原俊蔭の父が式部大輔で左大弁であったこと[1]、また俊蔭自身も漢学の才があったために遣唐船に乗ることになったということが語られる。しかし、俊蔭が異郷から帰ってきてからは、清原家の学問に関する記述はない。それが、「蔵開・上」巻で、俊蔭の孫にあたる藤原仲忠が俊蔭ゆかりの地、三条京極邸を思い起こし、そこにあった蔵を開いてからは、清原家が学問の家であることがことさら強調されるようになる。

たとえば、三田村雅子は、「琴の技能のみで俊蔭に連なっていた仲忠は、漢才の方面でも清原家累代の学業を継ぐ存在となる。」と指摘し[2]、大井田晴彦もこれに同調している[3]。また伊井春樹も、「人々を拒み続けていた蔵は、仲忠の手によって、あっけなく開いた。……この出来事は仲忠に清原一族の後継者としての自覚と誇りを覚醒させたのである。」と述べる[4]。猪川優子は、「蔵の発見は、仲忠に自らの出自に対する問い直しを呼び起こし」、「自らが蔵すなわち学問を受け継ぐ者であるという自覚を持って蔵の中へと入って行く。」と述べた上で、学問の家の後継者については、いぬ宮が入内した後に産んだ皇子が受け継ぐのではないかと結ぶ[5]。

また、俊蔭伝来の蔵を開いた後、朱雀帝や春宮、五の宮の前で仲忠が進講を行なった場面について、三田村雅子は、「俊蔭の集の発見とその進講によって、琴の一族としての俊蔭一族の神話性は復活し、琴の持つ意味が再生産される。あて宮でさえ獲得できなかった琴の妙技の価値の下落を、辛うじて喰いとめ、上昇させたのは、書かれた物としての日記や家集の力であった。」と述べ[6]、大井田晴彦は、「わずか仲忠・帝・春宮・五宮の四人のみによる、密室的なこの講書は、俊蔭一族と朝廷との過去のかかわりを問いなおさずにはおかない。」と指摘する[7]。また伊藤禎子は、進講が仲忠の声によって行なわれていることに着眼した上で、「〈蔵開き〉の行為は、学問の物語の再始発であったわけではなく、音楽と学問の相互の越境を語り、互いに「書かれた物」でありつつも「音声」でもあるという、新たな展開へと進んでいたのである」と述べている[8]。

忘れ去られていた学問が、俊蔭伝来の蔵について語り出されることによって物語に再登場してくる意味、そして清原家が学問の家であることを再提示する必要性とは何だろうか。『うつほ物語』には、清原俊蔭を始祖とした琴（きん）の系譜があることは、先行研究で何度も論じられたところである。だが、系譜と呼べるものは、琴だけではないのではないだろうか。本章では、仲忠が受け継いだ「書」の系譜を確認したい。

一　蔵開

「蔵開・上」巻は、仲忠が京極邸を思い出す場面、「昔より、祖の伝はり住み給ひける所にこそありけれ。わが親の御時になくなりにたるを、我造らせて、母北の方に奉らむ」（蔵開・上　四六七）から始まる。京極邸を「昔より、祖の伝はり住み給ひける所」と言っていることから、仲忠が、京極邸を「清原氏」の土地であると認識していることがわかる。そして、訪れた京極邸は、「昔の寝殿一つ、巡りはあらはにて、塗籠の限り見ゆ」（蔵開・上　四六七）という状態であった。他は荒廃してしまっているにもかかわらず、塗籠だけは残っているという不可思議な状態である。その塗籠とは別に、仲忠は敷地の西北の隅に蔵があるのを見つける。西北の隅、つまり乾の方角というのは、陰陽道では福神を祀る意味合いがある。その蔵には、「世になく厳しき鎖かけたり。その鎖の上をば、金を縒りかけて封じたり。その封の結び目に、故治部卿のぬしの御名文字縒りつけたり」（蔵開・上　四六七）とあり、ここでも、この蔵が清原家のものであることが確認できる。また、「故治部卿のぬしの御名文字縒りつけたり」とあることから、この蔵を最後に閉めたのが俊蔭であることが明瞭である。それを見た仲忠は、「これは、書どもならむ。昔、累代の博士の家なりけるを、一枚書見えず。その道ならぬ琴などだに、世の中にも散り、ここにも残りたるものを。これ開けさせむ」（蔵開・上　四六七）と、初めて清原氏が博士の家であることの証明を目の当たりにしている。
仲忠が蔵を見ていると、河原の方から、九十歳ほどの嫗と翁が来て、昔語りを始める。この二人の語りは、この京極邸が清原氏のものであることを一層印象付けている。また、この二人の語りの、「世に聞こえぬ音声楽の声なむ絶えざりし。その音声楽を聞く人は、皆、肝心栄えて、病ある者なくなり、老いたる者も若くなりしかば、京の内の人は巡りて承りし。」（蔵開・上　四六八）により、俊蔭と俊蔭の娘の琴の霊異が顕される。嫗と翁の語りの、「その父母隠れ給ひにしかば、かの御娘は聞こえ給はずなりにき。」（蔵開・上　四六八）までは仲忠も知る内容であるが、俊蔭の娘と自身が北山に籠った後の京極邸については、ここで初めて知る。「まかり寄る者は、やがて倒れて、多くの人死に侍りぬ。」「夜は、人にも見え侍らで、馬に乗りて来つつ、弓弦打ちをしつつ、夜巡りするやうになむ侍る。」（蔵開・上　四六八）とは、俊蔭の霊が守ってくれていることの証である。また、「この嫗・翁の見奉り侍るに、わが国に見え給はぬ姿がおはする玉の男の見え給へる」（蔵開・上　四六八）は、嫗と翁にとって、仲忠の容姿が俊蔭の再来であることを示す。

蔵の周りを清め、自身も装束を改めた仲忠は、蔵を開けることにする。「承れば、この蔵、先祖の御領なりけり。御封を見れば、御名あり。この世に、仲忠を放ちては、御後なし。母侍れど、これ女なり。この蔵、先祖の御霊、開かせ給へ」（蔵開・上　四六九）と、自身が清原一族の者であり、蔵を開けるに値する人物は自分しかいないのだということを俊蔭の霊に言い聞かせるかのような祈りの後、鎖に手をやると、蔵は開き、それによって仲忠は「これは、げに、先祖の御霊の、我を待ち給ふなりけり」（蔵開・上　四七〇）と確信する。蔵の中に入っていたものは「書ども、麗しき帙簀どもに包みて、唐組の紐して結ひつつ、ふさに積みつつあり。その中に、沈の長櫃の唐櫃十ばかり重ね置きたり。奥の方に、よきほどの柱ばかりにて、赤く丸き物積み置きたり。」（蔵開・上　四七〇）といったものであった。仲忠は、「口もとに目録を書きたる書」（蔵開・上　四七〇）だけを取り出し、元のように鎖をさして帰っていく。

三条殿にて、仲忠は、母である俊蔭の娘に蔵を開いたことを伝え、目録を見せる。そこには、「いといみじくありがたき宝物多かり。書どもはさらにも言はず、唐土にだに人の見知らざりける、皆書きわたしたり。薬師書・陰陽師書・人相する書・孕み子生む人のこと言ひたる、いとかしこくて、多かり。」（蔵開・上　四七〇）とある。俊蔭の娘は、何故、父である俊蔭が自分にこれらの宝物を残してくれなかったのかと不満を言うが、仲忠は、「いとかしこくものし給ひける人なりければ、思すやうこそありけめ。これらをそこに持ち給ひては、いかにかはせさせ給はまし。今まではありなましやは」（蔵開・上　四七〇）と、その理由を推測している。

この一連の出来事から、京極邸、そしてその西北の隅にあった蔵が、清原一族のものであり、蔵を作ったのが清原俊蔭であること、また、仲忠は「藤原仲忠」と名乗ってはいるものの、少なくともこの場面においては「清原氏」の子孫であると認識されていると言えるだろう。さらに、嫗と翁の語りにより、首巻「俊蔭」巻が再びここで思い起こされていることも重要である。

「清原氏」の子孫であることを認識した仲忠は、この後にどのような行動をするのか。次節でみてゆく。

二　女一の宮の懐妊からいぬ宮の産養まで

前節でみた、俊蔭伝来の蔵を開く場面は「霜月」のことだが、翌年の「睦月」に、仲忠の妻である朱雀帝の女一の宮が妊娠する。そして、女一の宮の懐妊からいぬ宮の産養までの間、仲忠は「入る」ことを繰り返す。この間の仲忠の「入る」用例を以下にみてゆく。

①女一の宮の懐妊（蔵開・上　四七一〜四七二）

かくて、返る年の睦月ばかりより、一の宮孕み給ひぬ。中納言、かの蔵なる産経などいふ書ども取り出でて、並べて、「女御子にてもこそあれ」と思ほして、「生まるる子、かたちよく、心よくなる」と言へる物をば参り、さらぬ物も、それに従ひてし給ふ。参り物は、刀・俎をさへ御前にて、手づからと言ふばかりにて、我、なほ、添ひ賄ひて、参り給ふ。

かくて、その年は、立ち去りもし給はず、かつは書どもを見つつ、夜昼、学問をし給ふ。

女一の宮の懐妊から出産直前までを描いた場面である。仲忠は、俊蔭伝来の蔵から出てきた「産経などいふ書ども」を取りだし、「女御子にてもこそあれ」と思い、「生まるる子、かたちよく、心よくなる」と書かれた物を、全て自らの手で調理して女一の宮に差し出している。後にいぬ宮が誕生することを踏まえた上で、この場面を見てみると、俊蔭伝来の蔵から出てきた書物の中に「産経」があり、それに従ったがために、女一の宮は女児を産んだかのように読める。また、仲忠は、「かくて、その年は、立ち去りもし給はず。かつは書どもを見つつ、夜昼、学問をし給ふ。」とずっと屋敷から出ていない。それは、この直後の「かの朝臣、まかり歩きもせで、この頃は侍るなるを」という朱雀帝と仁寿殿の女御の会話からも確認できる。

つまり、女一の宮が妊娠したと判明すると同時に、仲忠は俊蔭伝来の蔵から出てきた書物を読み、そこに書かれた通りに女一の宮の世話をし、一方で、自身も籠って学問に打ち込んでいるのだ(9)。またここで重要なのは、俊蔭伝来の蔵から出てきた書物を仲忠が読む行為を指して、「学問」といういい方がされていることである。これは、清原家が「学問」の家であることを再度強調する言葉である。蔵から出てきた書物は、漢文で書かれたものだけではなく、「蔵開・中」巻において御前進講される家集もあり、その全てが「学問」の対象になるものではない。

そして、この場面以降、仲忠は「学問」を修めた人物となり、なおかつ家集も所持する人物と位置づけられる。

②いぬ宮誕生（蔵開・上　四七三～四七四）

かかるほどに、寅の時ばかりに生まれ給ひて、声高に泣き給ふ。中納言も驚きて、御帳の帷子を掻き上げて、給へば、「何ぞや、何ぞや」と聞こえ給へば、尚侍のおとど、「あなさがなや。あらはなり」とて、女御の君に居隠れ白き綾の御衣を奉りて、「仲忠は、今宵は、目も見侍らず」と言ふものから、女御の君に、宮懸かり奉りて騒ぎ給ふを見れば、て、御髪揺り懸けたり。耳挟みをして、惑ひおはす。いと宿徳に、もののしきものから、気高く、子めき籠れりける所かな」と見給ふに、わが親も、いづれとなくめでたし。同じ白き着給へり。中納言、「なほ、物、はた、後の物も、いと平かなり。

女一の宮の出産が近づき、未明についにいぬ宮が誕生する。いぬ宮が「声高に」泣く声を聞いて、仲忠は、御帳の帷子を掻き上げて、「何ぞや、何ぞや」と中を覗いている。この仲忠の行為を、母俊蔭の娘が咎めてはいるものの、仲忠は「見る」ことをやめない。さらに、続きには、仲忠が「わが親も、いづれとなくめでたし」と述べていることから、仲忠の御帳の内側を「見る」という行為が継続していることがわかる。さらに、後産まで見ていたことから、仲忠は、いぬ宮の産声を聞いてから女一の宮の出産終了までの全てを見ていたということになる。

③いぬ宮の臍の緒を切る俊蔭の娘（蔵開・上　四七四）

尚侍のおとど、「生まれ給へる君の御臍の緒切り給はむ」とて、「ただ、人は候へ。人のするわざをこそはせめ。賜へや。この物、見苦しの蝸牛や」とのたまへば、つい居て、「何を召すぞ」。おとど、「下なる物一つ」とのたまへば、指貫を脱ぎて奉り給へば「否や、今一種を」とのたまへば、白き袷の袴一襲を脱ぎて奉りて、「あな、命長や」とて、御衣架のもとに立ち寄りて、入りて見給へば、御達笑ふ。

俊蔭の娘がいぬ宮の臍の緒を切る際に、人を特定せずに呼び掛ける声を挙げた場面である。俊蔭の娘の声を聞いた仲忠は、「つい居て」御帳の側に来る。そして、俊蔭の娘の要望に従い、指貫と白き袷の袴一襲を脱ぎ、「御衣架のもとに立ち寄りて、入りて見」ている。この部分から、やはり仲忠は御帳の内に入っていっていることがわかる。

④琴の継承者となったいぬ宮（蔵開・上　四七五〜四七七）(10)

中納言、御帳のもとに寄りて、つい居て、「まづ、賜へや」と聞こえ給ふ。尚侍のおとど、「あなさがなや。いかでか、外には」とのたまへば、帷子を引き被きて、土居のもとにて抱き取りたれば、いと大きに、首も居ぬべきほどにて、玉光り輝くやうにて、いみじくうつくしげなり。「いと大きなるものかな。かかればこそ、久しく悩み給ひつるにやあらむ」と思ひて、懐にさし入れつ。右のおとど、「いで、いで」とて寄りおはすれば、「ただ今は、さらに、さらに」とて見せ奉らず。おとど、「今からも、はた」とて笑ひ給ふ。

中納言、「かの龍角は、賜はりて、いぬの守りにし侍らむ」。……稚児を懐に入れながら、琴を取り出で給ひて、「年ごろ、『この手を、いかにし侍らむ』と思ひ給へ嘆きつるを、後は知らねど」などて、はうしやうといふ手を、はなやかに弾く。

ここでも、「中納言、御帳のもとに寄りて、つい居て」という表現から、相変わらず仲忠が御帳のすぐ傍にいることが分かる。そして、いぬ宮を抱き取るべく、「帷子を引き被きて、土居のもと」にまで来る様子が描かれている。これらの記述から、仲忠は、御帳の内には入っていないものの、御帳の境まで入ってきていることがわかる。さらに、仲忠はいぬ宮を抱き取ったまま、いぬ宮を見せてほしいと頼む兼雅にも見せようとはしない。また、仲忠は「かの龍角は、賜はりて、いぬの守りにし侍らむ」と、いぬ宮を琴の継承者として位置付けるかのような発言をしている。そして、三条殿にある琴を取りに行かせると、「稚児を懐に入れながら、琴を取り出で給ひて、『年ごろ、「この手を、いかにし侍らむ」と思ひ給へ嘆きつるを、後は知らねど』などて、はうしやうといふ手を、はなやかに弾く」と、新生児を膝に抱えたまま、琴を弾き始める。

しかし、仲忠が弾琴すると空が荒れてしまった。このため、この続きの場面では俊蔭の娘が琴を弾く。俊蔭の娘の琴は「病ある者、思ひ怖ぢ、うらぶれたる人も、これを聞けば、皆忘れて、面白く、頼もしく、齢栄ゆる心地す」るものであり、これを聞いた女一の宮は、普段よりも若い気分になり、出産後だというのに苦しい思いもせず、起き上がってきたとある。これは、三条京極邸の嫗・翁が語ったこと――「世に聞こえぬ音声楽の声なむ絶えざりし。その音声楽を聞く人は、皆、肝心栄えて、病ある者なくなり、老いたる者も若くなり」（蔵開・上四六八）――と同じ状況である。また、「琴は、弾き果て給へれば、袋に入れて、宮の御枕上に、御佩刀添へて、置きつ。」と、先にあった仲忠の言の通り、龍角風をいぬ宮の守りとするかのように、御佩刀と共に置く。そして、夜が明け、正頼やその子供たちなど、多くの人間がやってきたとき、仲忠は、「中納言の君は、かくし給へども、『あなかしこ』とも聞こえで、なほ、稚児抱きて居給へり」と、未だにいぬ宮を抱えたまま、外に出て行っていない。

⑤いぬ宮に薬を与える仲忠（蔵開・上　四七八）

かかるほどに、御乳参るべき時なりぬ。御薬、父の中納言の懐にて含め奉り、御乳付け、左衛門佐殿の北の方、御几帳のもとに候ひ給へば、女御の君、掻き抱きて、御衣着せ奉り給ふ。

いぬ宮に薬を飲ませる場面だが、その際にも、仲忠はいぬ宮を自身の懐に抱いている。前の場面でもずっといぬ宮を抱き続ける仲忠が描かれたが、ここでも、いぬ宮を抱いたまま離さない仲忠が描かれている。

⑥御湯殿に入り込む仲忠（蔵開・上　四七九）

中納言、「見給へ放たねば、さもあらむ」。「典侍候ひてましかば。いとかしこかりけり。親にはおはしますとも、立たせ給へや。女にこそおはしますめれ」と聞こゆれば、「何か、そは。『そのわたりをもよく繕ひ給へ」と聞こえむ』とぞや」とのたまふ。

典侍と俊蔭の娘によって行なわれる御湯殿の儀の場面である。仲忠は、湯殿に入り込み、その場から出て行かずに様子を見守っている。さすがに見かねた典侍が、いぬ宮が女児であることを理由に「親にはおはしますとも、立たせ給へや」と出て行くように言うものの、仲忠はやはり出て行かない。

⑦御湯殿の儀の後、御帳に入る仲忠（蔵開・上　四七九）

中納言御帳の内へ入り給へば、尚侍のおとど、「あなさがな。あらはなるに」とのたまへば、「何か。かかる宮仕へ仕うまつる人には、内外をこそ許し給はめ」とて慎み聞こえ給はねば、女御の君、外にゐざり出で給ひぬ。

いぬ宮を抱きたいと思う仁寿殿の女御であるが、仲忠がいるためにそれが叶わない。代わりに俊蔭の娘がいぬ宮を抱いて、女一の宮の側に寝かせる。それを見た仲忠は、「御帳の内へ入」ってしまい、いぬ宮が生まれた場面の時と同じ言葉で俊蔭の娘に叱られているが、やはり出て行く様子はない。このため、仁寿殿の女御は諦めて外に出てしまう。一方の仲忠は、「久しく寝も寝侍らねば、乱り心地、いと悪しう侍る。罪許し給へ」と、女一の宮といぬ宮の傍で寝てしまう。

⑧東の廂にいない仲忠（蔵開・上　四八二）

中納言は、例ものし給ふ東の廂に、儀式して、御手水・物の賄ひなどし据ゑたれど、母屋の隅より、頭もさし出で給はで、宮の御おろしをのみ参る。昼間の人なき折には、這入りつつ、宮の御傍らにうち休み、これかれおはすれば、御帳の外の土居に押しかかりて、居眠りし給へり。夜は、弓弦走り打ちつつ寝ず。

仲忠は本来、東の廂にいるべきなのだが、そこには用意しておくべきものを置いておくだけで、仲忠自身は、「母屋の隅より、頭もさし出で給はで」、昼間、人がいない時には御帳の内に「這入り」、そこに誰かが来ると、「御帳の外の土居に押しかか」っている。つまり、仲忠は、外側にあたる東の廂にはおらず、内側にあたる母屋から外に顔も出さずに、御帳の内にいるか、人が来ても御帳の境の部分にいるのだ。そして、夜になると弓弦打ちを何度もして警護にあたっている。

⑨いぬ宮の七日の産養（蔵開・上　四八六）

藤中納言、「僻みたるやうなり。かはらけ取りてまうでむ」とて、紫苑色の織物の指貫、同じ薄色の直衣、唐綾の掻練襲着て出で給ふ。この頃、例よりも、かたち盛りなり。下襲の裾、いと長く走り引きて、かはらけ取りて出で給ふ。兵部卿の宮、「あなめづらしや。いみじくも木深くも籠られたりつるかな」とて、目を研ぎて、皆まもり給ふ。さらに難なき、帝の御婿なり。「源中納言、なずらひたり」と言ひしかど、今は、いとこよなし。

いぬ宮の七日の産養に、多くの人々が集まってきて宴を開いている様子が描かれた後の場面である。「藤中納言、……出で給ふ」という部分から、母屋の中にずっと籠っていた仲忠が、やっと出てきたことがわかる。この場面までに仲忠が「外に出た」という記述はない。女一の宮がいぬ宮を出産する直前、仲忠がいない時に仁寿殿の女御が女一の宮の様子を見に来た、という記述はあるものの、それだけである。このことから、仲忠は、少なくとも半年ほどもの間、建物の中にいたとわかる。それは、兵部卿の宮の発言でも証明される。「いみじくも木深くも籠られたりつるかな」は、仲忠がうつほ育ちだということと掛けているのだということは先行研究で述べられているが(11)、今、ここで重要なのは、母屋の内に籠ったままずっと出てこないことが「木深し」という言葉から推察できるということである。母屋の内に籠もった仲忠は、学問をし、またいぬ宮を琴の継承者として位置づけていた。これらの事柄を「木深し」という、北山の木のうつほを連想する言葉で示されていることは重要視すべきである。

⑩七日の産養の後、酔って女一の宮の許に戻る仲忠（蔵開・上　四九二）(12)

右大将よろぼひて入り給へば、中納言、しどろもどろに酔ひて、西の御方に御送りして、「酒を食べて、食べ酔ひて」と、いと面白き声に歌ひて入りおはすれば、女御の君、いぬ宮掻き抱きて、御局へ入り給ひぬ。

久々に母屋から出ていぬ宮の七日の産養に参加し、泥酔した仲忠が、いぬ宮と女一の宮のいる御帳の内に戻ってくる場面である。七日の産養の饗宴に遅れた仲忠は、正頼から「闕巡」を強いられる。何杯も飲酒して泥酔した仲忠は、「いと面白き声に歌ひて」、女一の宮といぬ宮がいる御帳の内に入っていく。しかし、すかさず女御の君がいぬ宮を抱いて、御帳のすぐ傍にあったと思われる大宮の元に連れていってしまう。仁寿殿の女御の手によっていぬ宮は連れ出されてしまうが、仲忠が御帳の内に入ったときには、いぬ宮は女一の宮とともにいた。やはり、仲忠は、いぬ宮のいるところに戻ってきている。

⑪東の廂の間に「入る」仲忠（蔵開・上　四九六）(13)

あるじのおとど、「いづ方か。中納言の居給ふ座なるや。誰をしるべにてか、正頼も侍らむ」。「中納言は、候ひにくければ」。あるじのおとどの、「仰せ言にて請じ入れ給へ」と、父おとどに申し給へば、「はや、まかり入れ」とのたまふ。あるじのおとど、「忠澄の朝臣も、今宵は、なほ、まかり入れ」とのたまへば、二所ながら入りて居給ひぬ。

仲忠の案内が必要であるのに、正頼と兼雅が訪ねてきた東の廂に仲忠はいない。兼雅の呼びかけにより、母屋の中に居た仲忠は東の廂の間に出てくる。

ここまでに仲忠の「入る」という行動をみてきたが、①から⑩までは、仲忠は、母屋の中において、「入る」「出ずにそのままそこに居る」という行為を繰り返している。しかし、⑪では、母屋から東廂へ「出る」という状況にもかかわらず「入る」という表現が使用されている。この場面では、忠澄とセットにした「二所」という表現であるため、忠澄に合わせた「入る」という表現になっているのであろうが、やはり、①から⑩までの「入る」とは違う。では、①から⑩までの、仲忠の「入る」という行為には、どのような意味があるのか。次節で考えてゆく。

三　籠る仲忠

仲忠は、二十代後半のある年の十一月に京極邸にある俊蔭伝来の蔵を開いた。そこで真っ先に取り上げられてくるのが「薬師書・陰陽師書・人相する書・孕み子生む人のこと言ひたる、いとかしこくて」（蔵開・上　四七〇）といったものである。そして、その翌年の一月に妻女一の宮が懐妊し、生まれてくる子が女の子であればよい、容姿も心も良い子になればよいと、仲忠は蔵にあった書物、とくに「産経」を活用する。これは、「いぬ宮」という絶世の美少女が生まれてくるためには、仲忠が蔵を開け、何が蔵に入っているのかを把握し、そこにあった書物を読み、なおかつそこに書かれたことを実践しなければならないと仲忠が思っていたということになる。

仲忠は女一の宮の世話をする一方、「書どもを見つつ、夜昼、学問を」していた（蔵開・上　四七二）。このようにして仲忠が屋内に籠っていた期間は、少なく見積もっても一月から八月までの半年以上にわたる。この期間に、仲忠は清原一族の学問を継承しているのだ。

また、確かに仲忠は、女の子が生まれるように、その子の容姿・心が良くなるようにと努力はしたが、それが結果に結びつくかどうかは定かではない。ただ、仲忠は、よく言われているように琴の系譜を担う者であり、清原家の学問を担う者であり、さらには、第三章で指摘したように〈手〉の系譜を担う者でもある。このように考えると、仲忠の子は、何かしらの系譜を担う者である可能性が非常に高くなる。

しかし、女一の宮がいぬ宮を身籠った時点で仲忠が次世代に継承できるのは琴のみであった。生まれてくるのが女の子と決まっていれば、琴だけで良いのだが、男の子であった場合には、その直前に開いた俊蔭伝承の蔵から出てきた書物や集といった「書」を継承させた方が良い。そのために、仲忠は、女一の宮が出産するまでの間、籠って清原一族の書を継承していたのではないだろうか。

三条京極邸で嫗と翁が昔語りをする場面では、「俊蔭」の巻が回想され、「清原家」が全面に出てくる。また、いぬ宮が誕生し、七日目の産養にやっと仲忠が表に姿を現した時に、兵部卿の宮は「いみじくも木深くも籠られたりつるかな」と、仲忠が俊蔭の娘から秘琴を伝授された時に籠っていた木のうつほを想起させるかのような発言をしている。さらに、仲忠が任大将の喜びを朱雀帝に奏上した際の会話でも、仲忠が出仕しなかった理由を答えるときに、仲忠自身が学問をしていたことについて「籠る」という表現をしている。このように注意してみると、仲忠が学問をして籠っていた半年ほどの時間は、仲忠自身が清原家の書を継承する時間であると同時に、次の世代に継承させるものを、琴以外にもう一つ獲得する時間でもある。そして、仲忠が書を継承するためにいた母屋は、もうすぐ生まれてくる我が子に継承させるためのものとしての書を、まずは自身が継承するための籠りの空間であったと考えられる。

一方、女一の宮がいぬ宮を出産してから七日の産養まで、仲忠は、屋内どころか母屋の中からも出ず、さらには御帳台の傍にいる様子が何度も描かれる。そして、この七日の間に、仲忠は龍角風をいぬ宮の守りとし、生まれたばかりのいぬ宮を膝に抱えて琴を弾く。これは、いぬ宮こそが、俊蔭を始祖とする琴の継承者であるということを示す行為以外のなにものでもない。「いぬ宮」が女の子であるから、琴を継承させる。そして、琴の継承者として育てようと決めたがために、仲忠は、膝にいぬ宮を抱いたまま琴を弾き、その琴に御佩刀を添えて守りにしているのだ。

俊蔭伝来の蔵に入って行けるのは、蔵を開いた仲忠ただ一人である。そして、その蔵から持ち出した書物を持って仲忠は籠りの空間に入り、半年ほどの間に清原家の書を修得する。このようにして、仲忠は書を継承する者となった。また仲忠は、母屋という空間の中で、御帳台や御湯殿といった、さらに区切られた空間に入っていき、ついにはそこからいぬ宮を抱き上げてしまう。そして、いぬ宮を抱えたまま弾琴し、その琴と御佩刀を添えていぬ宮の守りとすることで、いぬ宮を、琴を継承する者としたのだ。

仲忠の行動を見ていくと、『うつほ物語』とは、継承されていくもの——ここでは琴と書を指す——を継承する者が、いかにして継承者となるか、というところを描いているといえる。継承する者は、籠りの空間において継承者となるのだ。『うつほ物語』という名がついたのは、「俊蔭」巻において「うつほ」の中で仲忠が琴を継承したことからであろう。しかし、「うつほ」のみが継承の場としてあるのではなく、継承の場である籠りの空間の代表として、仲忠が琴を継承した「うつほ」があるのではないだろうか。このように考えると、仲忠が籠もった書の継承の場とは、「俊蔭」巻の「うつほ」に通じると言える。

四　朱雀帝への進講

ここでは、俊蔭伝来の蔵から出てきた書物を、仲忠が朱雀帝に進講する場面を見て行く。

①仲忠、朱雀帝に家集の存在を奏上する（蔵開・上　五二七〜五二八）(14)

大将、「皆具して、なき書なく侍りけり。俊蔭の朝臣の、手書き侍りける人なりける盛りに、有職に侍りける、それが、皆書き読みて侍りける、俊蔭の朝臣の父書き読みて侍りける、全く細かにして侍るめり。それをぞさるものにて、いといみじき物をなむ見給へつけたる」。上、「いかなる物ぞ」。大将は、「家の記・集のやうなる物に侍る。俊蔭の朝臣、唐に渡りける日より、父の日記せし一つ、母が和歌ども一つ、世を去り侍りける日まで、日づけしなどして書きて侍りけると、俊蔭、帰りまうで来けるまで作れる詩ども、その人の日記などなむ、その中に侍りし。それを見給ふるなむ、いみじう悲しう侍る」など奏し給ふ。上、「などか、今までものせられざりつる。有職どもの、いみじき悲しびをなしてし置きたる物、げに、いかならむ。なほ、朝臣は、ありがたき物領ぜむとなれる人にこそ。かれ、とく見るべき物なり」。大将、「見給へしすなはち奏すべく侍るを、かの書の序に言ひて侍るやうにも、『唐の間の記は、俊蔭の朝臣のまうで来るまでは、異人見るべからず。その間、霊添ひて守る』と申したり。俊蔭の朝臣の遺言、先の書には、『俊蔭、後侍らず。文書のことは、わづかなる女子知るべきにあらず。二、三代の間にも、後出でまで来ば、そがためなり。その間、霊寄りて守らむ』となむ申して侍る。それに慎みて、今まで奏せで侍りつる」……上、「朝臣の読みて聞かせむには、その霊ども、よも祟りはなさじ。今日は、府の者ども労ることあらむを、今日過ぐして、しめやかならむ時に、その家集ども・道の抄物ども持たせてものせられよ」とのたまふ。

　これは、いぬ宮が生まれ、仲忠が右大将に昇進した後の場面である。実子が生まれただけであるならば、男性である仲忠は参内できるはずである。しかし、先にも確認したとおり、仲忠は半年ほども母屋から出てこなかった。このため、朱雀帝は仲忠に「などか、いと久しく。先つ頃、節会などありしに、『参られやする』と思ひしに、さもあらざりしかば」と、節会にも来なかった理由を聞いている。それに対し、仲忠は、「仲忠が先祖に侍る人々のし置きて侍りける書ども」を得て、世間のことも忘れて「籠り侍りぬる」と答えている。これは、前節で述べた、仲忠が屋敷から出ずに書物を読み続ける様子を「籠る」と解釈したことの根拠でもある。続く朱雀帝の、書物は皆あるか、どういったものがあるのかという問いに対し、仲忠は、全てあると答えた上で、「俊蔭の朝臣の、手書き侍りける人なりける盛りに、有職に侍りける、それが、皆書き読みて侍りける、俊蔭の朝臣の父書き読みて侍りける、全く細かにして侍るめり。それをぞさるものにて、いといみじき物をなむ見給へつけたる」、「家の記・集のやうなる物に侍る。俊蔭の朝臣、唐に渡りける日より、父の日記せし一つ、母が和歌ども一つ、世を去り侍りける日まで、日づけしなどして書きて侍りけると、俊蔭、帰りまうで来けるまで作れる詩ども、その人の日記などなむ、その中に侍りし。それを見給ふるなむ、いみじう悲しう侍る」と奏上する。ここで注意したいのは、蔵を開いたときにあった「薬師書・陰陽師書・人相する書・孕み子生む人のこと言ひたる」（蔵開・上　四七〇）ではなく、俊蔭・俊蔭の父母が書いたものを奏上しているということである。朱雀帝にとって、仲忠の妻である女一の宮は娘であり、いぬ宮は孫である。しかし、朱雀帝に奏上する際には、いぬ宮誕生に際して必要なものであったであろう「薬師書・陰陽師書・人相する書・孕み子生む人のこと言ひたる」については触れられない。清原家の人々が書いた書物、とくに、俊蔭が遣唐船に乗った日以降の日記や詩・歌という、朱雀帝にはおよそ関係のないものばかりである。だが、朱雀帝は、「なほ、朝臣は、ありがたき物領ぜむとなれる人にこそ。かれ、とく見るべき物なり」と、清原一族の書物を褒め、興味を示す。

また、仲忠は、宮中に赴くことができなかった理由として、書物を守っている「霊」にはばかったためと述べている。俊蔭の父の書物の序には、俊蔭が唐に行っている間の日記を、俊蔭が帰ってくるまでに他人が見ることを禁止しており、しかも俊蔭が帰ってくるまでは「霊添ひて守る」とあった。また、俊蔭自身の遺言にも、俊蔭には文書を引き継ぐ男子がいないこと、文書は「わづかなる女子」が知るべきではないこと、俊蔭の二、三代後にも、文書を引き継げる男子が生まれたならば、その子に引き継がせることが述べられ、それまでは、やはり「霊寄りて守らむ」とあった。さらに、仲忠は、嫗・翁から聞いた、書物に近づいた人々が死んだ話を朱雀帝にする。これに対して朱雀帝は、仲忠が書物を読み聞かせるならばその霊たちは祟りはしないだろうと述べ、「しめやかならむ時に、その家集ども・道の抄物ども持たせてものせられよ」と、書物を進講するように命令している。

②進講開始（蔵開・中　五三五）(15)

かくて、一、二日ありて、大将殿、内裏の仰せられし書ども持たせて参り給ひて、そのよし奏せさせ給ふ。……俊蔭のぬしの集、その手にて、古文に書けり。今一つには、俊蔭のぬしの父式部大輔の集、草に書けり。「手づから点し、読みて聞かせよ」とのたまへば、古文、文机の上にて読む。例の花の宴などの講師の声よりは、少しみそかに読ませ給ふ。七、八枚の書なり。果てに、一度は訓、一度は音に読ませ給ひて、「面白し」と聞こし召すをば誦ぜさせ給ふ。何ごとし給ふにも、声いと面白き人の誦じたれば、いと面白く悲しければ、聞こし召す帝も、御しほたれ給ふ。大将も、涙を流しつつ仕うまつり給ふ。

朱雀帝に家集の存在を奏上し、進講を命じられてから一、二日ほど経った日に、仲忠が家集を持って参上した場面である。俊蔭の集を読むようにと朱雀帝に言われた仲忠は、「古文、文机の上にて読む。例の花の宴などの講師の声よりは、少しみそかに読」んだ。「みそかに読」んだのは、殿上に集まっている人々には聞かせないようにするためである。つまり、ここは、朱雀帝と仲忠の二人だけがいる空間で、仲忠は俊蔭の集を見て読み、それを朱雀帝が聞いているという状況である。この直後、夜の御膳の時に、后の宮腹の五の宮が加わる。そして、翌朝、朱雀帝は五の宮を使にして春宮を進講の場に呼び寄せるが、春宮は正午になってから参上し、遅れて仲忠が参上して、二日目からは、進講はこの四人で行なわれる。

③進講二日目の夜（蔵開・中　五四二）(16)

大将、「いとほし」と思ひて、かい直して、いと面白く読みなす。その声、いと面白し。しろくあり。声うち静めて、いと高く面白く誦する声、鈴を振りたるやうにて、雲居を穿ちて、面白きこと限りなし。

一日中進講を行ない、そして夜も進講を行なって、朱雀帝、春宮、五の宮は楽器を弾き、仲忠は書を読む。仲忠は、春宮のところに来た藤壺の手紙を見て動揺し、「僻読み」を多くするが、それを朱雀帝に指摘され、気を取り直して「いと面白く」読みなおした。それは、「声うち静めて、いと高く面白く誦する声、鈴を振りたるやうにて、雲居を穿」つという、押さえた声ながらも高く突き抜けるような澄んだ声であり、「面白きこと限りな」かった。

④進講三日目の夜から四日目の暁まで（蔵開・中　五四八）(17)

「かかることあり」とて、御簾のもとに后の宮おはせば、上は、大将に御目くはせて、みそかに読ませ給ふ。后の宮、「内裏こそ、聞かせ給はざらめ。講師は、心せよ」とのたまへば、え読までとりくひもて候ふ。上、「いと悪き朝臣なりけり。かくな憶せられそ。ただ、言ふに従ひて読め。これは、誰も誰も読みつべけれど、そゑに異人の読むまじき由のあれば、まづ読まするぞ」とのたまへば、少し高く読む。所々は、声にも読む。后の宮、いみじう憎み給ふ。されど、いとよく聞こし召す。異人は、え聞き知らず。

后の宮が進講を聞きにきたために、朱雀帝は仲忠に合図して、よりいっそう、小さな声で読ませている。これに対し、后の宮は「講師は、心せよ」と、もっと大きな声で読むようにと仲忠に言う。しかし、朱雀帝は「いと悪き朝臣なりけり。かくな臆せられそ。ただ、言ふに従ひて読め。」と仲忠を叱り、清原家の家集は、血縁の者以外が読んではいけないからこそ仲忠が読むのだという。その言葉を受けて仲忠は、「少し高く読む。所々は、声にも読」んだ。后の宮は、仲忠のこの行為を憎たらしく思いはするものの、理解はできている。一方、后の宮以外の女性たちは仲忠の読む声を聞いても内容を理解できない。

このように見てくると、朱雀帝の要請によって行なわれることとなった俊蔭の書物の進講は、朱雀帝、春宮、春宮の同母兄弟五の宮と、全て、皇統に関わる人物が聴衆として集められ、それ以外の人物の介入が許されていないことがわかる。唯一、后の宮だけが、仲忠が「声にも読」んだ際に内容を理解しているが、この后の宮こそが、春宮と五の宮の母であるので、皇統に密に関わる人物として考えて良い。

五　書の系譜

前節において、仲忠による朱雀帝をはじめとした皇統関係者たちへの進講をみてきた。この仲忠の進講については、伊藤禎子が、声によって行なわれている学問であると指摘している。(18) 確かに、学問が声によって行なわれているということは重要だが、ここでは、別のことに着目したい。前節の③の進講二日目の夜の場面で、仲忠の声が大きくなったという記述があるが、その声が涼に聞こえたという場面がこの後にある。

殿上には、源中納言・右大弁・中将、異人もいと多かり。……源中納言、大将の君に申し給ふやう、「などか、君は、昔より、いかばかりかは契り聞こゆる、『この御書を承らむ』とて、妻の懐を捨てて、かく寒きに、震ふ震ふうちはへ候ふ効なく、一文字をだに聞かせ給はぬ。少し高くだにやは仕うまつり給はぬ」。大将、「仰せ言あれば、高くは、え。そがうちに、苦しう侍れば、声も出でず」。中納言、「さて、いかで、昨夜は、ひととは、雲を穿ちて、空には上りし。このぬしこそは、『わが世の末の博士』とは思ひつれ。……」。（蔵開・中　五四四〜五五五）[19]

一部の許された人間しかいない空間で、仲忠による清原家の家集進講は行なわれていたが、その場からは排除されていた涼にもただ一度のみ、仲忠の声は聞こえていた。しかし、その内容までは聞えていない。このように、清原家の家集進講は、琴と同様、公開と非公開の狭間[20]にあって、人々の関心を惹き寄せている。そのように考えると、この、進講の場とは、規模こそ違うものの、楼の上における秘琴披露の場と同様、家集披露の場であると言える。

このように、「清原氏」を始祖とした系譜と、その系譜が継承してきた物を求める皇統を担う者たちがあり、彼らが「清原氏」の系譜を求めることによって周囲の人物たちも系譜の存在を知り、系譜を担う者たちが持つ物や技法を求めてゆくという構造は、琴だけではなく、家集でも同じことであると言える。論者は、これを書の系譜と考えたい。そして、蔵を作り、そこに書物を納めて鎖をさしたのは俊蔭だが、書の系譜の始祖は、俊蔭の両親であるということに注意しておきたい。物語の「主人公」として位置付けられる藤原仲忠は、藤原氏でありながらも、琴と書という、清原家を象徴する二つの「系譜」を担っているのである。

1　『うつほ物語　全　改訂版』の注には、「「式部大輔」は、式部省の次官で、儒者で、御侍読をした者の中から選ばれた。」「左弁官局の長官。『職原抄』には、「文才なき人これに居らず」とある。」とある。

2　三田村雅子「宇津保物語の〈琴〉と〈王権〉――繰り返しの方法をめぐって――」（『東横国文学』一五、一九八三年三月）

3　大井田晴彦「仲忠と藤壺の明暗――「蔵開」の主題と方法」（『うつほ物語の世界』風間書房、二〇〇二年。一九九八年二月・一九九八年三月初出）。この他に、蔵開きに関係する大井田晴彦の論文として、「蔵開巻梗概」（『国文学』一九九八年二月）、「「国譲」の主題と方法――仲忠を軸として――」（『うつほ物語の世界』風間書房、二〇〇二年）、「『うつほ物語』国譲巻の主題と方法――仲忠を軸として――」『国語と国文学』一九九八年三月）などが挙げられる。

4　伊井春樹「俊蔭の家集と日記類――『うつほ物語』蔵開巻の意義」（『中古文学の形成と展開――王朝文学前後』一九九五年四月）

5　猪川優子「『うつほ物語』宮の君と小君――次世代の確執――」（『古代中世国文学』一八、二〇〇二年一二月）

6　注2の三田村論に同じ。

7　注3の大井田論に同じ。

8　伊藤禎子「書物の〈音〉」『『うつほ物語』と転倒させる快楽』（森話社、二〇一一年。二〇〇七年一二月初出）。なお、〈蔵開き〉とは、俊蔭伝来の蔵を開くことである。

9　中嶋尚は「うつほ物語論（6）琴の族序説」（『東洋大学大学院紀要』三九、二〇〇二年）において、「あたかも京極旧庫を開いて貴重品の発見を見たことと、仲忠家における一女子を儲けた慶事とが、どこかで連なっているようにさえ受取れる」と述べている。

10　前田家本では「……おとど、「今から（う）も、はた」とて笑ひ給ふ。……声、いとほこりかに、にぎは（は）しきものから、また、あはれにすごし。……尚侍のおとど、御床（みゆか）より下り給ひて、琴を取り給ひて、曲一つ弾き給ふ。……中納言の御手（見て）は、面白く、凝（ち）しきまで、」（九三九～九四三）となっている。

11　『新編日本古典文学全集　うつほ物語』（中野幸一校注、小学館、二〇〇一年）は、「木深くも籠られたりつるかな」

について、「奥深い、の意から転じて、ひっそりと目立たないさま。仲忠が北山のうつほに幼児期を過した過去を念頭に置いたものか」と注する。

12 前田家本では「右(左)大将よろぼひて入り給へば、中納言、しどろもどろに酔ひて、西の御方に御送りして、「酒を食(たゝ)べて、食べ酔ひて」と、いと面白き声に歌ひて入りおはすれば、女御の君(女君・大君)、いぬ宮掻き抱きて、御局へ入り給ひぬ。」（九七六）となっている。この時の左大将は源正頼であり、正頼が俊蔭の娘のいる西の御方に入っていくことはないため、「左大将」は「右大将」とするべきである。「酒をたゝへて」は「酒を讃へて」としてとくに問題はないが、『うつほ物語　全　改訂版』の注にあるように催馬楽の「酒を食べて」による表現だと考えると、「酒を食べて」とするべきであろう。「女君・大君」は、仲忠が女一の宮といぬ宮を掻き抱いて御局に入ったと解釈した場合、あるいは、女一の宮がいぬ宮を抱いて御局に入ったと解釈した場合、続く文章「中納言、入りおはして、宮の、鳥の舞見給ふとて、御帳の柱を押さへて立ち給へるを」と辻褄が合わない。この箇所について、女御の君が十の皇子を抱いて御局に入ったとするもの（塚本哲三、有朋堂書店、一九一八年・宮田和一郎『朝日古典全書』朝日新聞社、一九五一年）もあるが、河野多麻『日本古典文学大系』（岩波書店、一九五九年）の補注に従い、機転をきかせた仁寿殿の女御がいぬ宮を抱いて御局に入ったと解釈する。

13 前田家本では「あるじのおとど、「いづ方か(の)。中納言の居給ふ座(の給さへ)なるや。誰をしるべ(人)にてか、正頼も侍らむ」。」（九八四〜九八五）「いづ方の中納言のの給さへや」では意味が通じないため、『うつほ物語　全　改訂版』の校訂に従った。「誰をしる人にてか」は、全く意味が通じないわけでもないため、このまま解釈しても問題ないと考えた。

14 この箇所の異同は第五章の注で確認しているため、前田家本との異同は載せない。

15 前田家本では「「手づから点し(天三)、読みて聞かせよ」……七、八枚の書なり(や)。果てに、一度は訓、一度は音(こゑ)に読ませ給ひて、」（一〇六二）となっている。「天三」では意味が通じないことから、「点し」と校訂する説に従った。「也」は「や」とも「なり」とも読めることからくる間違いと取り、また「や」では不自然なため、ここも「なり」のままで解釈した。

16 前田家本では「声(うへ)うち静めて」（一〇七六）となっている。「うへうち静めて」では、朱雀帝が誦んだことになってしまう。「こゑ」ではよく分からないが、その直前が「訓」となっていることから、「音」と解釈する説に従う。

まうことから、「声」と校訂する説に従った。

17　前田家本では「后の宮、「内裏（たち）こそ、聞かせ給はざらめ。講師は、心せよ」……上、「……そゑ（そら）に異人の読むまじき由のあれば、まづ読ます（さ）るぞ」」（一〇九〇）となっている。

18　注8の伊藤論文に同じ。

19　前田家本では「殿上には、源中納言・右大弁（中）・中将（中納言）、異人もいと多かり。」」（一〇八二）となっている。諸注釈は一貫して「右中弁」を「右大弁」と校訂し、藤英のこととしている。しかし、「中納言」については、そのまま「中納言」とし、源忠澄とするもの（塚本哲三、有朋堂書店、一九一八年・宮田和一郎『朝日古典全書』朝日新聞社、一九五一年・河野多麻『日本古典文学大系』岩波書店、一九五九年）と、「中将」に校訂し、良岑行正だとするもの（原田芳起、角川書店、一九六九年・室城秀之、おうふう、一九九五年、改訂版二〇〇一年・中野幸一『新編日本古典全集』小学館、一九九九年）がある。この場面の後に仲忠との会話に参加するのが「右大弁」と「中将」であること、また、忠澄は「右の大殿の君達」にも該当することから、「中将」と校訂することに異論はない。ただし、ここで敢えて正頼の長男である忠澄の名前を出すことで、正頼一族も仲忠の進講に興味を持ったことを強調した表現だと捉えても良いように思う。

20　注8の伊藤論文に同じ。琴における公開と非公開の狭間とは、音は公開されているものの、誰が弾琴しているかは公開されていない状況を指す。

第五章　清原家の家集進講

『うつほ物語』「俊蔭」巻では、清原俊蔭の父が式部大輔で左大弁であったこと、[1]また俊蔭自身も漢学の才があったために遣唐船に乗ることになったことが語られる。しかし、俊蔭が異郷から帰ってきてから後、物語前半中には、清原家の学問に関する記述は出てこない。物語後半の最初の巻である「蔵開・上」巻で、俊蔭の孫にあたる藤原仲忠が俊蔭ゆかりの蔵を開いて初めて、清原家が学問の家であることが再度語られ、ことさら強調されるようになる。蔵を開くことにより、仲忠は、自身が清原一族の人間であり、学業を受け継ぐべき存在であると認識する。[2]

また、俊蔭の蔵を開いて出てきた書物を用いて、朱雀帝や春宮、春宮と同腹の五の宮の御前で仲忠が行なった進講[3]は、「あて宮でさえ獲得できなかった琴の妙技の価値の下落を、辛うじて喰いとめ、上昇さえさせ[4]」、「俊蔭一族と朝廷との過去のかかわりを問いなおさずにはおかない」ものである。[5]

このように、蔵を開いたことで清原一族であることを認識した仲忠は、「楼の上」巻において秘曲伝授および秘琴披露をし、これをもって物語は終わる。楼での秘曲伝授、秘琴披露においては琴（きん）の「音」が重要である。しかし、音は後に残らず、視認することができないため、音そのものによって系譜を伝えることはできない。ここにおいて、俊蔭伝来の蔵を開いたことによって出てきた書物、中でも俊蔭の日記が意味を持ってくる。俊蔭の日記には、異郷での秘琴の入手と秘曲の習得がこと細かく書かれていた。俊蔭の日記によって秘琴の出所が裏付けられて初めて、秘琴披露は意味を持つ。つまり、秘琴披露をするためには秘琴の出所および秘曲の習得を証明する必要があり、その証明として俊蔭の日記があるのだ。このことにより、「蔵開・上」巻において仲忠が三条京極邸を思い起こし、蔵を開くことの最大の意味が、俊蔭の日記を入手することにあるとわかる。

だが、俊蔭伝来の蔵から俊蔭の日記を中心とした書物が出てきたというだけでは、秘琴披露の裏付けにはならない。書物を秘琴披露の裏付けにするためには、確かに清原家の書物であるということ、また、その存在そのものを公開し、証明する必要がある。「蔵開・中」巻において、俊蔭の日記は、俊蔭の父や皇女である俊蔭の母が書いた書物とともに朱雀帝の御前で進講される。ここにおいて、俊蔭・俊蔭の父母の書物が「清原家のもの」であるという証明が朱雀帝によってされたことは確かである。では、朱雀帝への進講によって、清原家の書物はどのように位置付けられたのであろうか。また、仲忠に清原家の書物を進講させる契機を作ったのは朱雀帝であるが、朱雀帝は、進講によって何を得たのか。本章では、この二つの視点から、清原家の書物の進講について考えてゆく。

一　清原家の書物の進講における春宮

まず、清原家の家集進講に参加していた人々の様子を確認したい。仲忠による進講は、初日の夕暮れまでは朱雀帝と仲忠の二人だけで、俊蔭の集と俊蔭の父の集を読んでいる。[6] この時、仲忠の声が「何ごとし給ふにも、声いと面白き人の誦じたれば、いと面白く悲し」かったので、「聞こし召す帝も、御しほたれ」なさったとあり、また、仲忠自身も「涙を流しつつ」誦んでいる（蔵開・中　五三五）。夕暮れに休憩し、夜になってから進講が再開される。この時に、后の宮腹の五の宮が加わり、しばらく誦んでいると、「女御・更衣」が来て、宿直の承香殿も参上している。朱雀帝は、仲忠の誦む声に合わせて琴を弾き、俊蔭の話をする。この日の進講は丑の刻まで続く。

進講二日目は、朝から朱雀帝・五の宮・仲忠の三人で行なっている。朱雀帝は、五の宮を使にして春宮に進講に参加するように言う。春宮は巳の刻に返事をし、正午頃に参上している。だが、これより前に宿直所に下りたらしい仲忠は正午には参上しなかった。ここで注意したいのは、春宮が参上したことを伝えられた仲忠は即座に進講を行なうべく参上することはなく、「暗きほどになりて」（蔵開・中　五四一）さらにそこから食事をした上で参上しているということだ。朱雀帝から進講の要請があった際には数日で準備を整え応じているのに対し、春宮が参上してからの仲忠の動きは遅い。あて宮を入内させて以降、春宮の行動には難がある。妻女一の宮の元へ帰りたいという気持ちとは別に、やはり、あて宮を入内させた上、その後の行動も褒められたものではない春宮への、仲忠の感情は良いものではないようである。

こうして、二日目の夜からの進講は、朱雀帝・春宮・五の宮・仲忠の四人で行なわれることとなる。しかし、春宮は、朱雀帝が「あからさまに入らせ給へる」間に「『今宵は、書聞け』とのたまへば、心にもあらでなむ。」と藤壺に文を書き、同じく朱雀帝が「傍目し給へる間」に藤壺からの返事を読むという状態で、集中していない。この場面までに誦んでいたものは俊蔭の集であり、続いて俊蔭の父の集が出される。その場面を次に掲げる。

夜一夜、面白き句ある所を誦ぜさせ給ひて、御琴どもに合はせさせ給ふ。暁方に、いと面白き所あり、大将に誦ぜさせ給ひ、我も誦じ給ふ。五の宮に、「誦ぜよ」とのたまへば、ともかくものたまはで、うち出でて誦じ給ふ声、いと面白し。春宮、誦し給はず。（蔵開・中　五四二）

この記述から、夜に始めて暁方までずっと進講が行なわれていたことがわかるが、重要なのは、俊蔭の父の集の面白い所を朱雀帝が仲忠に誦ませ、自身も誦み、五の宮も声良く誦んだにもかかわらず、春宮だけが誦んでいないということである。進講の場にいるのは、仲忠と、皇統に直接関係のある朱雀帝・春宮・春宮の同母兄弟の五の宮である。このことから、仲忠の進講の重要性および皇統への関わりが読みとれるのだが、「誦む」という行為において、ただ一人それをしない春宮は、一見すると皇統から外れた人物のように見える。その一方で、「ともかくものたまはで」誦んだ五の宮が、春宮を押し退けて皇統に入り込む可能性も浮上してくるのだ。ここには、次期天皇の座をめぐる人間模様が仄見えている。

進講を始めてから三日目の朝、仲忠は殿上にいて、饗宴を行なっている。この際、朱雀帝からはやはり召しがあるが、仲忠は「空酔ひをし、空言をして」（蔵開・中　五四七）参上しなかった。そして、正午近くになってからやっと参上し、俊蔭の集を亥の時まで誦んでいる。

俊蔭の集を誦んだ後は、俊蔭の母の和歌集を開けることとなる。この集は、様々な書体で書かれており、「歌・手、限りなし」（蔵開・中　五四八）と評価される。そして、「四所さし向かひて、人に聞かせで聞こし召」している。俊蔭の集を誦んだ際には朱雀帝の目を盗んで藤壺と文の遣り取りをし、俊蔭の父の集を誦んだ際には他の人物たちが「誦」んでいる中、一人だけ誦まなかった春宮が初めて興味を引かれている様子が描かれているのだ。さらに、「聞こし召し知りたる限りは、上も春宮も泣」（蔵開・中　五四八）いており、これまで進講に興味すら持たなかった春宮が、涙している。この違いは何であろうか。この場には、后の宮もおり、朱雀帝は仲忠に目配せをして、女性たちにはわからないように「声にも」誦ませている。[7] このことから、俊蔭の集、俊蔭の父の集よりもさらに、秘すべきものとして俊蔭の母の和歌集が位置付けられていることが窺える。ただし、秘すべきものであるということがそのまま春宮の興味を引くものとは言えないため、他の原因が考えられる。

かくて、暁方になりて、上、「かかる、理なり。この母皇女は、昔名高かりける姫、手書き、歌詠みなりけり。院の御姉の、女御腹なりけり。さりける人の、さる折々にし置きたりけることなれば、かくいみじきなり。……」（蔵開・中　五四八）

これは、俊蔭の母の和歌集を誦んだ直後の場面である。「俊蔭」巻の冒頭は「昔、式部大輔、左大弁かけて、清原の大君、皇女腹に男子一人持たり。」(俊蔭 九)であり、俊蔭の母が皇女であったことは述べられているが、俊蔭の母への言及はこの一度きりであり、どのような人物であったかについては、この場面が初見となる。春宮が興味を持ったのは、俊蔭の母が皇女であったためではないか。このように見てくると、皇統とは直接関係のない俊蔭の父、皇女の子ではあるが官・位を辞した俊蔭の集の際には涙せず、祖父嵯峨院の異母姉妹の和歌集の時のみ涙を流す春宮は、朱雀帝の次を担う者としては不適格ではあるものの、古代的な天皇であるともいえる。[8][9]

しかし、やはり朱雀帝は、春宮に難があるとみている。実際に、俊蔭の母皇女の和歌集を誦み、俊蔭の日記を誦んで夜が明けると、朱雀帝は春宮に対し、為政者としての教訓を授ける。その際に、「この朝臣こそあめれ。それは、行く先の御後見すべき人なめれば」(蔵開・中 五四九)と、進講を行なった仲忠が先々重要な位置に付くことを述べ、また「世保ち給ふべきこと近くなりぬるを、平らかに、そしられなくて保ち給へ」(蔵開・中 五五〇)と、春宮への譲位が近いことを述べながら、春宮を正しているのだ。

朱雀帝にとって、清原家の書物の進講は、藤原仲忠という有能な臣下の重要性を春宮に説き、また、日頃の春宮の行動を諌める場となっているといえる。

二 朱雀帝によって創られた清原家の書物公開の場

仲忠による清原家の家集進講は、朱雀帝の要請によるものである。朱雀帝は、「朝臣の読みて聞かせむには、その霊ども、よも祟りはなさじ。」(蔵開・上 五二八)と、仲忠自身が書物を読めば、俊蔭の霊が怒らないであろうと自身の見解を述べている。ここには、もう一つ、注意すべき指示が入っている。それは、仲忠を「講師」と[10]

するということである。仲忠は文章博士ではない。そのような仲忠に「講師」をさせるということは、異例である。では、なぜ仲忠は「講師」なのか。ここで、『うつほ物語』における「講師」の例を一通り見ておく。

「蔵開・中」巻において、朱雀帝・春宮・五の宮の御前で仲忠が清原家の書物を読むことは、本文では「御書」（蔵開・中　五三五、楼の上・下　九一三）「講」（国譲・下　八一七）などと表記され、また仲忠は「講師」（蔵開・中　五四八）と呼ばれる。また、この他にも、「国譲・下」巻の詩宴で仲忠は講師を任せられる。その一方で、「沖つ白波」巻では、「史記の講書」「かの講書」（沖つ白波　四五九）と、「史記」は「講書」と表記される。『うつほ物語』において、「講書」という言葉が出てくるのは、「沖つ白波」巻の二例のみである。

「講書」を行なう者は「講師」と呼ばれるが、「講」「書」を行なう仲忠も「講師」と呼ばれる。では、「講」「書」が「講書」と書かれることはないのはなぜか。これは、単に、『史記』が漢文であるのに対し、清原一族の「書」が漢文だけではなく仮名によるものが多いからではないだろうか。仮名によって書かれた日記や和歌集を天皇の御前で読むことを「講書」とは呼べず、しかし、『史記』の進講と同等のものとして扱うべく、仲忠を「講師」と呼んでいるのだ。このように考えると、仲忠の進講は、「講書」とは呼べないものでありながらもそれと同等の扱いをされ、さらにその禄が「貞信公」の石帯であるということから、清原家の書物は、『史記』と同等かそれ以上のものとして位置付けられているといえる。博士ではなく、また、博士になる予定もない者を「講師」にするということは、清原家の家集進講に大きな意味を持たせているといえる。

また、家集進講の場にいる人々も、朱雀帝によって選ばれた人々である。仲忠の進講を直接聞いていたのは、朱雀帝・春宮・五の宮であった。この他に、承香殿の女御や后の宮、更衣や「異人」といった人々が入れ換わりいるが、朱雀帝は仲忠に対し、キサキたちには聞こえない程度の音量で進講するように、「御目くはせて、みそかに読」（蔵開・中　五四八）むように指示している。さらに、朱雀帝は、「これは、誰も誰も読みつべけれど、そゐに異人の読むまじき由のあれば、まづ読まするぞ」（蔵開・中　五四八）と、仲忠に対し、女性たちに分からないような読み方をするようにも指示している。これは、漢字を読めない女性たちにはわからないようにするための行動だと考えられる。言い換えると、進講を聞く人の区別であると捉えられる。[11]

また、すぐ近くには多くの人々が参集していた。

上達部・殿上人あり。大将の、仰せにて、御書講ぜさせ給ふに、参り集ひ給へり。されど、「人に聞かせじ」とて、高くも読まず、御前には人も参らせ給はず。誦ぜさせ給ふばかりをぞ、わづかに聞きける。（蔵開・中　五三五）

進講が行なわれた場にはいないものの、進講が行なわれるにあたって上達部や殿上人が集まっている。「上達部・殿上人」の詳細は、「源中納言・右大弁・中将、異人もいと多かり。右の大殿の君達、あまた」（五四四）と、後に書かれている。だが、この人々は殿上の間にいるのみで、進講の行なわれている「昼の御座」には入ってこられない。キサキたちに分からないような読み方をすることや、上達部や殿上人たちが殿上の間よりも奥に入ってこられず、進講の声のみを聞いていることは、学問の公開の論理が琴の公開の論理と同じものであり、「音」[12]のみの公開であることを意味するのだろう。さらに、進講が行なわれた後には、殿上の間で饗宴が行なわれている（蔵開・中　五四四〜五四七）。進講の場にはいないものの、声がわずかに聞こえるほどすぐ近くに上位の人物たちが集まっていること、俊蔭・俊蔭の父の日記の進講の後に行なわれた飲食がただの飲食風景ではなく饗宴を描いたものであることから、清原家の書物の進講は、「清原」という一氏族の書物の枠を超えた、大々的な催しであったといえる。そして、その催しを作ったとともに、その場に入れる人物を選定したのは朱雀帝であった。

三　菅原道真の献家集と仲忠の家集進講

仲忠が俊蔭伝来の蔵から出てきた書物を用いて行なった家集進講は、しばしば、菅原道真の献家集を踏まえていると指摘されている。(13) そこで、まずは「献家集状」(14)を確認する。

奏状
獻家集状
　　合二十八巻
　　　菅家集　六巻　　祖父清公集
　　　菅相公集十巻　　親父是善集
　　　菅家文草十二巻　道真集

①右臣某伏惟陛下始御東宮、有令求臣讃州客中之詩。臣寫取兩軸、啓進既訖。登極之後、侍臣或人勸臣、令獻文草多少。臣蒙或人之勸、捜覓元慶以往藁草。
②臣先在讃州之間、書齋漏濕、典籍皆損。就中損之甚者臣文草也。或擧軸黏腐、舒之如粉。或篇中破缺、數字消滅。其詞不足誦之、人亦不載于口。無由尋得、默然而已。或人告云、賀州別駕平有直、雖非詩人文士、有好寫天下詩賦雜文。疑是汝草同在篋中歟。臣怱（怱字、疑怱字）然大悦、招取有直、以或人語殷勤請託。有直一諾歸去、經數日乃寫贈文筆數百首。瓦礫之報、金玉甚輕。破顔謝之、合眼感之。其猶所缺者、就腐殘之半邊餘點、叩會首尾、補之綴之。恐往々背前令人意疑之。伏勒昌泰三年、内宴應制以上詩并先後雜文等

且成十有二巻。

③臣十五歳加冠而後二十六、對策以前、垂帷閉戸、渉獵經典。雖有風月花鳥、蓋言詩之日尠焉。秀才登科、則不經幾年爲戸部侍郎戸部主務、專縈案牘。遷吏部之年、兼文章博士、令講後漢書。講書之煩亦妨詩興。今之所集、多是仁和年中、讃州客意、寛平以降、應制雜詠而已。客意者以敍微臣之失道也。應制者以遇天子之好文也。觸物之感、不覺滋多。詩人之興、推而可量。

④臣伏惟臣家爲儒林文苑尚矣。臣之位登三品、官至丞相、豈非父祖餘慶之所延及乎。既頼餘慶、何掩舊文。爲人孫不可爲不順之孫焉。爲人子不可爲不孝之子矣。故今獻臣草之次、副以奉進之。伏願陛下曲垂照覽。臣某不勝感歎之至。誠惶誠恐、頓首々々。死罪々々。謹言。

昌泰三年八月十六日正三位守右大臣兼行右近衛大將菅原朝臣某上。

重請罷右近衛大將状。

道真は、昌泰三年八月十六日に、祖父清公の『菅家集』六巻、父是善の『菅相公集』十巻、自身の『菅家文草』十二巻を醍醐天皇に献上した。「献家集状」には、①「或人」の勧めにより自身の漢詩をまとめることにしたこと、②その際に平有直の助力を得たこと、③仁和年間の漢詩が多い理由、④不順の孫、不孝の子にならないために祖父と父の集も献上することが書かれている。道真の献家集に対し、醍醐天皇は、「見右丞相献家集」[15]という詩で、菅原家を評価している。さらに、この醍醐天皇の詩に対し、道真は「奉感見献臣家集之御製、不改韻、兼叙鄙情」[16]という丁寧な返礼詩を詠んでいる。ここだけをみると、道真と醍醐天皇の間にはとくに問題がないように見える。しかし、翌昌泰四年一月二十五日に道真は大宰府への左遷を命じられ、二月一日には都を出ている。

道真が左遷されるまでの先行研究は膨大だが、ここでは献家集にのみ焦点を合わせる。まず、献家集をした際の道真は五十六歳で、位は右大将を兼ねた右大臣であった[17]。そして、道真は家集を献上はしているものの、御前進講はしていない。さらに、献家集をしてわずか半年足らずで道真は左遷された。

これに対し、仲忠が家集進講したのは二十代であり、右大将になったばかりであった。仲忠が俊蔭伝来の蔵から出した祖先の書物には祖父・父の集だけではなく祖母の集もあった。つまり、これらは「学問」ではない。俊蔭伝来の蔵から出てきたのは、清原一族の「書」なのである。また、これらの書物は進講され、献上されることはない。そして、仲忠は、講師として御前進講をした。この御前進講により、仲忠は、春宮の後見人を任され、次の御代を担う重要人物として位置づけられたのである。

四　清原家の書物の進講と史実の進講

楼での秘琴披露をするにあたり、琴の一族の系譜を示す必要があることは先に述べた。この時、清原家の書物は有効な裏付けとなりうるが、それが確たるものとなるためには、「進講」が必要であった。また、朱雀帝が春宮の行動を諫め、譲位の意向を伝える場として「進講」の場を選んでいる。このような重要な場となる「進講」とは何かを考える必要がある。そこで、歴史上の進講をみてみることとする。『うつほ物語』が成立したと考えられる十世紀末までに行なわれた進講に関わる資料をみてゆく。なお、史実の進講の一覧はこれまでの研究史にはない。独自で調べた結果、史実の進講は、次に挙げた表のようになる。

表・十世紀末までの進講一覧

	開始	和暦	終了	竟宴	講師	書物	場所
①	888 10/9	仁和四年			大学博士善淵愛成	周易	—
②	899 5/11	昌泰二年			式部少輔藤原菅根	史記	—
③	900 6/13	昌泰三年			文章博士三善清行	史記	—
④	904 8/21	延喜四年	906 閏 12/17		前下野守藤原春海等	日本紀	宜陽殿
⑤	916 7/13	延喜十六年			博士八多貞紀	春秋穀梁伝	大学寮
⑥	919 11	延喜十九年	922 冬	933 3/7	文章博士菅原淳茂	漢書	—
⑦	925 5/8	延長三年			伊予権守橘公統	史記	大学北堂
⑧	935 11	承平五年			文章博士大江維時	文選	大学北堂
⑨	936 12/8	承平六年			阿波介矢田部公望	日本紀	宜陽殿
⑩	939 4/26	天慶二年			矢田部公望	日本紀	宜陽殿
⑪	942 8/30	天慶五年			大学頭大江維時	洛中集	清涼殿
⑫	949 10/16	天暦三年			文章博士紀在昌	史記	—

⑬	947	天暦年中	957		図書頭藤原篤茂	漢書	―
⑭	965 8/13	康保二年			摂津守橘仲遠	日本紀	宜陽殿

右に挙げた表には、法華八講などの僧侶が行なうものは含まない。また、用例が康保二年までなのは、康保二年以降で『うつほ物語』が成立したと思しき十世紀中に行なわれた進講が見当たらなかったためである。このことを踏まえて、以下に詳細をみてゆく。

【周易】①

仁和四年十月九日の進講[18]は、二十二歳の宇多天皇の命によって行なわれている[19]。宇多天皇は、仁和三年八月二十六日に立太子し、同日に父光孝天皇が崩御したため践祚し、十一月十七日に即位した。それから一年もしないうちに進講が行なわれているということになる。また、講師を務めた善淵愛成（六人部愛成）は、仁和二年に大学博士となった人物である。善淵愛成はこの時、正六位であるにもかかわらず、昇殿を許されている[20]。さらにこの時、進講が行われている間であっても公卿が昇殿を許されたとある[21]。

【史記】②③⑦⑫

②昌泰二年五月十一日の進講は、醍醐天皇の命によって行なわれている。講師を務めた藤原菅根はこの時従五位上で式部少輔と文章博士を兼任していた。また、指令を下したのは右大臣菅原道真である[22]。

③昌泰三年六月十三日の進講も醍醐天皇の命によって行なわれている。講師の三善清行は、進講の前の月の十

五日に文章博士となっている。またこの進講は、②の藤原菅根が読み残した箇所を読むようにとのものであった。(23)⑦⑫については、進講を行なったという記述が『日本紀略』にあるのみで、詳細がわからない。これらに共通することは、進講がいつ終わったかが書かれていないうえ、「大学北堂」で行なったという⑦以外は場所も書かれていないということである。

【春秋穀梁伝】⑤

延喜十六年七月十三日の進講は、博士で従五位上の八多貞紀が大学寮の本堂で行なっている。

【漢書】⑥⑬

⑥延喜十九年十一月には、菅原道真の五男である文章博士菅原淳茂による進講が行われている。なお、これが終わったのは三年後の延喜二十二年の冬であり、竟宴は翌延長元年三月七日のことであった。(24)また、⑬の記事には詳細が載っていない。延喜十九年以前に『漢書』の進講が行なわれていないこと、延喜十九年の進講開始と延喜二十二年の進講終了の詳細な日付が不明なことや、⑬の記事の正確な日付が残っていないことから、『漢書』は天皇にとってさほど重要なものではなかったと思われる。

なお、『西宮記』巻十一には、以下のようにある。

延喜三年七月廿八日、頭菅根仰云、始自来月三日、令文章生藤原諸蔭講漢書、令所人勤読、其後自来九月、毎月試其所学、三度以上及第者加褒賞、落題者奪先労三日者、出納有輔、(旬イ)

竟宴

延喜十々廿九、所漢書竟宴、別当右大将、左大弁道明、右大弁清貫以下、殿上人預座、数盃後、探題召詠史、御侍御覧、道明朝臣講詩、絲竹間奏、寅三刻宴了、公卿以上給禄有差、博士絹六疋、尚復一人三

疋、内蔵寮賜、

【日本紀】④⑨⑩⑭

日本紀を講ずる場は、「宜陽殿」と決まっている。④延喜四年八月二十一日には、醍醐天皇の命で日本紀の進講が行なわれている。『釈日本紀』によると、この進講は宜陽殿の東廂で行なわれた。ここには、博士として前下野守藤原春海、尚復として紀伝学生谷田部公望・明経生葛井清鑒、その他に三善文明などがいた。また、この進講は、延喜六年（九〇六）閏十二月十七日に終わっており、この時藤原春海は、大学頭となっている。さらに、侍従所において竟宴が行なわれている。[25] また、延喜四年の進講では尚復として参加していた谷田部公望を講師とした宜陽殿における進講については⑨⑩の記述が残っている。ただ、承平六年は十二月八日に講じたことしか書かれていない。これは、「開講後に、天慶二年の東西の兵乱のために一時中絶した」ためである。[26] しかし、⑩の天慶二年四月二十六日以降は、次に掲げた『本朝世紀』にあるように何度も進講が行なわれ、その月日が詳細に書かれている。

四月廿六日、丁酉、諸卿参陣、但中納言師―、九、参議是茂、淑光等、就日本紀講所

四月廿八日、己亥、諸卿就日本紀講所、

五月三日、　申辰、また上卿著日本紀講所、

五月十日、　辛亥、上卿著日本紀講所、

五月十九日、庚申、また上卿已下著宜陽殿東廂日本紀講所、

五月廿二日　癸亥、又公卿就日本紀講所、

これらの日時に、具体的に誰が進講を聞きにきていたのかは『日本紀竟宴和歌』に詳しい。また、⑭康保二年八月十三日の記述でも、宜陽殿で日本紀を講じている。この進講の準備の記述もあり、康保一年二月二十五日には「散位正五位下橘仲遠」に日本紀を講ぜさせるべく、大学寮に尚復学生を進めさせたとあり、また、同年三月九日には、陰陽寮が日本紀を講ずべき日時を述べている。

【文選、洛中集】⑧⑪

承平五年一一月には、文章博士大江維時が、文選を大学北堂で講じている。なお、この進講は天慶二年（九三九）一〇月に終わっていることも伝わっている。⑪天慶五年八月三〇日には、大学頭となった大江維時が清涼殿で、洛中集を講じている。清涼殿で行なわれる進講は、右記した進講の中では珍しい。

①から⑭までの中で、清原家の家集進講のように天皇が進講の場にいる可能性があるのは、「清涼殿」「宜陽殿」といった内裏の中で行なわれた『洛中集』『日本紀』の進講のみである。『洛中集』進講については、『西宮記』に「天慶五年八月卅、於殿上、大学頭維時初講洛中集、内記文範読発題、侍従講」とあるのみで、内容はほとんどわからない。さらに、『洛中集』がどのようなものであったかも、現在はほとんどわからなくなってしまっている。唯一、『菅家後集』の「詠樂天北窓三友詩」という七言詩に出てくる。(27) 日本古典文学大系によると、「「白氏洛中集」は、文集、香山寺白氏洛中集記に「白氏洛中集は、楽天の洛にありしとき著せし書なり。太和三年の春、楽天始めて太子の賓客を以て東都に分司となりてより、茲に及るまで十有二年なり、其の間、格、律の詩を賦ること凡て八百首、合せて十巻となす」。つまり、『洛中集』とは、白居易が五十七歳から六十九歳までの晩年

に作った八百首の詩を指すのだ。『洛中集』の進講が、『洛中集』の内容もわからず、進講の詳細もわからず、一度しか行なわれていないのに対し、『日本紀』進講は複数回行なわれている上に、資料が充実している。よって次節では、『日本紀』の進講についてみていく。

五　『日本紀』の進講と清原家の家集進講

『日本紀』の進講については、その竟宴も含め、先行研究が多いため、以下にまとめておく。『釈日本紀』の開題には「日本紀講スル例」とあり、ここには養老五年・弘仁三年・承和六年六月一日・元慶二年二月二十五日・延喜四年八月二十一日・承平六年十二月八日・康保二年八月十三日の七回にわたり、日本紀の進講があったことがわかる。坂本太郎は『六国史』において、この七例のうち、養老・弘仁年間の進講については、資料が少ないながらも確かにこの年に日本紀の進講があったとしている。しかし、承和六年六月一日の進講は、『続日本後紀』承和十年六月戊午朔と同十一年六月丁卯（十五日）の記述から、承和十年の間違いであると指摘する。承和十年は弘仁三年からちょうど三十一年目にあたる年で、「こののち講書は大体三十年ほどを間隔として開かれているが、その初めの例を開いたものとして意義が深い」。この承和の進講は、宜陽殿ではなく「建春門ノ南腋ノ曹司」で行なわれた。元慶二年二月二十五日の進講は『三代実録』に詳細が載っており、一度取りやめた時期はあるものの、藤原基経が熱心に聴講したため、三年余りをかけての念入りの進講となったのだろうと坂本は述べる。また、元慶の進講は、初めて竟宴が行なわれた進講でもあった。「これは漢籍講読のさいの慣例をここに移したものである。漢籍の場合は詩を賦したが、この場合は和歌を詠じた」。またこの時の和歌は三首ほどしか残っていないが、歌人は親王をはじめ三十人程度いたと「日本紀講例」にある。延喜四年八月二十一日から始まった進講と承平六年十二月八日から始まった進講の竟宴では、やはり親王をはじめとした四十人程度の歌人がいたことがわかっている。このうち、承平六年十二月八日から始まり、一度乱のために中止して、天慶二年から再開し、天慶六年に終わった進講の竟宴の記事が『日本紀竟宴和歌』に詳細に載っている。これを見ると、この竟宴で和歌を詠んでいるのは、藤原利博、秦敦光、橘仲遠、葛井清鑒、三善文明、三統公忠、大江朝望、源公輔、藤原近相、平齊章、源泉、源俊、菅原在躬、橘実利、紀在昌、藤原有相、源治、藤原師尹、小野好古、大江朝綱、藤原俊房、大江維時、源公忠、源仲宣、源由道、藤原有聲、源國淵、藤原在衡、源庶明、伴保平、源高明、源清蔭、藤原師輔、藤原實頼、重明親王、矢田部公望である。親王とは別に、正七位から正三位までが列席していることが分かる。そして最後に、康保二年八月十三日から始まる進講があるが、ここでは竟宴が開かれておらず、この後に進講は行なわれなくなる。

以上のことから、『日本紀』進講は、三十年周期で内裏にて行なわれること、親王をはじめとした多くの人々が集まること、和歌を詠ずる竟宴が行なわれることがいえる。しかし、進講そのものが天皇の下命にあった場合であっても天皇が進講の場にいたかどうかは定かではない。むしろ、『日本紀』進講の記述が細かく残っているのにもかかわらず、天皇の存在が書かれていないということは、つまり、天皇の不在を意味するのではないか。

そもそも『日本紀』進講はなぜ行なわれるのか。長谷部によると、それは「確立した権威の固定化」(28)のためだという。すなわち、『日本紀』進講は、天皇制の根幹に関わるものであり、その天皇の御代の正当性・権威を確立するものである。しかし、これをそのまま『うつほ物語』の進講に転用することはできない。なぜなら、そこには、固定化すべき「確立した権威」がないからだ。その一方で、史実の進講と清原家の歌集進講が重なる部分がある。それは、進講に至るまでの準備が記されるという点である。『日本紀』進講の場合は、たとえば誰を尚復学生にしたのか、『日本紀』を講ずべき日時はいつかといった準備が大々的に行なわれている。同様に、『うつほ物語』でも進講が行なわれるまでの経緯として、まず、俊蔭伝来の蔵を開き、朱雀帝の女一の宮との間にいぬ宮を設けて右大将になった仲忠が講師に任命され、日取りを決めて家集進講を行なっている。清原家の家集進講に至るまでのこれらの事柄は、進講の準備として捉えることができる。

六　家集進講――清涼殿にできた籠りの空間

朱雀帝が用意した清原家の家集進講において、春宮は朱雀帝から為政者としての教訓を授けられた。また、朱雀帝の言により、清原家の祖先には皇女がいて、皇族と清原家が近しい関係であることが明らかになり、清原家の血を引く仲忠は春宮の後見人になった。これは、朱雀帝が安心して譲位するための準備である。「あて宮」巻において、あて宮が春宮に入内することが決定した際に、出家してしまった者（仲頼・実忠）、財産に火を放つ者（三春）、天皇に直訴する者（滋野）など、政治情勢を大きく揺るがさんとする動きがあった。原因はもちろんあて宮の入内であるが、元凶は春宮である。あて宮求婚者は数が多く、仲頼・実忠・三春・滋野以外の者は都に残ったが、やはり朱雀帝からすれば、自身が譲位した後のことが心配になる。この状況を脱するためには春宮の権威を確立する必要がある。しかし、朱雀帝は、史実の進講のように博士を呼び、多くの臣下を集めて『史記』や『洛中集』などといったものを講ずるといった方法で春宮の権威を確立することはせず、仲忠を講師にして清原家の家集進講を行なった。つまり、朱雀帝は清原家を利用して春宮の権威を確立し、同時に仲忠を後見人にすることで、その権威を磐石なものにしようとしたのである。

一方、家集進講によって、清原家の書物は一氏族の書物という位置付けを大きく越え、清原家の書の系譜が明確になる。そもそも仲忠が俊蔭伝来の蔵を開くまで、清原家が学問の家であったことは忘れ去られている。「俊蔭」巻を見ると、俊蔭の漢学の才の素晴らしさについては書かれているものの、俊蔭の父は式部大輔で左大弁であったことのみが語られ、俊蔭の母については漢学についてはもちろん、その他のいずれの才についても言及されていない。しかし、朱雀帝の要請により、仲忠が持ちだした書物は、俊蔭・俊蔭の父の日記、俊蔭の母の歌集であった。そして、俊蔭の母の歌集を誦んだ際に、朱雀帝により、清原家が天皇家と深い関わりのある家だということが示される。このことにより、清原家の学問の家としての権威が確立される。清原家の学問の家としての権威が確立されると、清原氏の血を引き、進講を行なった仲忠の権威も確立する。「楼の上・下」巻で、三条京極邸において秘琴披露が行なわれて、『うつほ物語』は終わる。神田は、「楼の上」巻を「音の現前でなく、大演奏会にむけて都中の人々の気分をいやましに高めていくことを問題にして」いると述べる[29]。人々の気分が高まるのは、素性・系譜が明らかになっている「清原家」が秘匿してきた琴の披露だからである。そして、琴の系譜を明らかにしたのは俊蔭伝来の蔵から出てきた書物であった。

つまり、朱雀帝は清原家を利用しようとしたが、結果として清原家が皇族を利用したという構造を物語は作っているといえる。なぜ、清原家は皇族を利用できたのか。それは、清原家の書物が菅原道真の献家集では行なわれなかった進講に用いられたこと、その進講に史実の進講の場には居なかった天皇が出席していたことが要因であろう。すなわち、物語は、清原家の家集進講を、菅原道真の献家集も、史実の進講も超えたものとして位置づけたのである。

ここでもう一歩踏み込んでみたい。清涼殿の昼の御座で行なわれた清原家の家集進講では、朱雀帝が次の天皇である春宮に教訓を授けた。一方、家集進講が行なわれたことにより、仲忠が清原家の「書」を継ぐ者であることが大々的に示された。朱雀帝により選定された人々しか入れない昼の御座という締め切った空間で、次代の為政者と清原家の書を継ぐ者が決まったということである。このように考えると、昼の御座というのも、首巻「俊蔭」巻の北山の木のうつほに代表される、継承者が継承者たりうる籠もりの空間だといえるのである。

1 『うつほ物語　全　改訂版』（室城秀之、おうふう）の注には、「「式部大輔」は、式部省の次官で、儒者で、御侍読をした者の中から選ばれた。」「左弁官局の長官。『職原抄』には、「文才なき人これに居らず」とある。」とある。

2 三田村雅子「宇津保物語の〈琴〉と〈王権〉――繰り返しの方法をめぐって――」（『東横国文学』一五、一九八三年三月）、大井田晴彦「仲忠と藤壺の明暗――「蔵開」の主題と方法」（「俊蔭一族復興――「蔵開」における〈書物〉の力」の主題と方法」『書物と語り（新物語研究）』五、一九九八年三月、「うつほ物語巻々論（梗概付）第二部」『国文学』一九九八年二月）（『うつほ物語の世界』、二〇〇二）、大井田晴彦「蔵開巻梗概」（『国文学』一九九八年二月）、大井田晴彦「「国譲」の主題と方法――仲忠を軸として――」（『うつほ物語の世界』、二〇〇二年、「『うつほ物語』国譲巻の主題と方法――仲忠を軸として――」『国語と国文学』一九九八年三月）、伊井春樹「俊蔭の家集と日記類――『うつほ物語』蔵開巻の意義」（『中古文学の形成と展開―王朝文学前後』一九九五年四月）、猪川優子「『うつほ物語』宮の君と小君――次世代の確執――」（『古代中世国文学』一八、二〇〇二年一二月）などに指摘がある。

3 先行研究において、朱雀帝・春宮・五の宮の御前で仲忠が清原家に伝わる書物を読む行為は「進講」もしくは「講書」と呼ばれる。『日本国語大辞典』によると、「講書」は「書籍を講義すること」、「進講」は「天皇、貴人の前で学問を講義すること。御前講義。」とあり、この場合は「進講」が意味としては近い。しかし、用例を見ると「講書」という言葉が平安時代から使用されているのに対し、「進講」という言葉は江戸中期から使用され始める。一方歴史書を見てみると「進講」という言葉が実際には仁和年間から使用されていることがわかる。よって、本論では、天皇の御前で行なわれる講義のことを全て「進講」という言葉で表す。

4 注2の三田村論に同じ。

5 注2の大井田論に同じ。

6　『うつほ物語　全　改訂版』頭注によると、俊蔭の集は古体の漢字、俊蔭の父の集は草書体で書かれているとある。また、俊蔭の父の集に関しては、「蔵開・上」巻に「父の日記せし一つ」（五二七〜五二八）とあったが、ここでは実際に読んだ「集」で意味をとる。

7　『うつほ物語　全　改訂版』の頭注では、「「声」は漢字の音だろうが、仮名の歌をどのように読むのかよくわからない」としている。

8　ただし、朝廷側から一方的に「治部卿かけたる宰相」（俊蔭　一二）にされている

9　たとえば、『万葉集』巻頭の雄略天皇御製と伝えられている歌は求婚歌である。進講の間、藤壺と和歌の遣り取りを繰り返し、漢文や漢詩には見向きもしなかったにもかかわらず、皇女の和歌には興味を示す春宮は、ある意味古代的である。

10　前田家本では「その霊ども、よも祟りはなさじ」（一〇五五）となっている。

11　前田家本では「そゑに異人の読むまじき由のあれば、まづ読まするぞ」」（一〇九〇）となっている。

12　伊藤禎子「〈耳〉の音響」（「『うつほ物語』と転倒させる快楽』森話社、二〇一一年。二〇〇八年三月初出）

13　中丸貴史は、「テーマ　学問論」（『うつほ物語大事典』勉誠出版、二〇一三年）において、道真が醍醐天皇に、自身の詩文集『菅家文草』、祖父清公の『菅家集』、父是善の『菅相公集』を献上したことについて、「道真の「学問の家」意識と父祖への「孝」意識がうかがえる」ことを述べ、「仲忠の「孝」と「学問の家」意識が連動して講書が展開される」と指摘する。

14　本文中の算用数字は論者が振ったものである。

15　「見右丞相献家集（右丞相の家の集を献るを見る）　御製。」（菅家後集　巻第十三）の全文は以下の通り。

門風自古是儒林　今日文華皆盡金　唯詠一聯知氣味　況連三代飽清吟
琢磨寒玉聲々麗　裁制餘霞句々侵　更有菅家勝白様　從茲抛却匣塵深
平生所愛、白氏文集七十巻是也。今以菅家不亦開帙。

【書き下し】門風は古よりこれ儒林　今日の文華はみな盡くに金なり　ただ一聯をのみ詠じて気味を知んぬ　況

むや三代を連ねて清吟に飽かむや
琢磨せる寒玉　聲々麗し　裁制せる餘霞　句々侵す　更に菅家の白様に勝れることあり　茲れより
抛ち却てて匣の塵こそ深からめ
　平生愛する所、白氏文集七十巻これなり。今菅家あるを以て、亦帙を開かざらむ。

【現代語訳】菅原家は清公から三代、儒家の家柄である。今日の菅原家の漢文作品はことごとく黄金に匹敵する。ただ一聯（二句）を吟じただけでその素晴らしさがわかるものであるが、まして清公・是善・道真の三代の素晴らしい漢詩集を読むことができて、飽きがこない（ほど素晴らしい）。磨き上げた玉にも似た詩の音は麗しい。裁断された彩雲のような句は心に入ってくる。そのうえ、菅原家の漢詩は白居易の詩よりも優れている。今後は白居易の漢詩集は投げ捨ててしまい、その箱には塵が厚く積もることだろう。

　私（醍醐天皇）が普段愛読しているのは『白氏文集』七十巻である。今後は、菅原家の家集があるために、『白氏文集』の帙を開くことはないだろう。

16

「奉感見献臣家集之御製、不改韻、兼叙鄙情（臣が家集を献るを見そなはす御製に感じ奉りて、韻を改めずして、兼ねて鄙情を叙ぶ）一首。」（菅家後集　巻第十三）の全文は以下の通り。

反哺寒烏自故林　只遺風月不遺金　且成四七箱中巻　何幸再三陛下吟
犬馬微情叉手表　氷霜御製遍身侵　恩覃父祖無涯岸　誰道秋來海水深

【書き下し】哺むことを反す寒いたる烏は自らに故林　ただ風月を遺して金を遺さず　且がつ四七と成る　箱の中の巻　何ぞ幸なる再び三たび陛下の吟じたまふこと
犬馬の微情は手を叉きて表す　氷霜の御製は身に遍く侵す　恩は父祖に覃びて涯岸なし　誰か道はむ秋來りて海水深しと

【現代語訳】祖父や父は漢詩文を教えたので、文才の貧弱な私も自然と漢詩文を作るのです。父祖は風月の才を遺してくれたが金銭は遺してくれませんでした。箱の中の漢詩集の数は総計二十八巻になりました。

なんという幸運でしょうか。再三にわたり、陛下が我が家集を吟じてくださったことは。
犬や馬が飼い主に忠実であるように、私も手を組んでその忠誠を表します。氷霜のごとく鋭利です
ばらしい御詩は私の全身に響きます。陛下の恩は父祖に及び、果てがございません。誰が言うので
しょうか、秋が来たから海が深いのだと。

題に「不改韻」とあるとおり、押韻している「林」「金」「吟」「侵」「深」の五字は、醍醐天皇の「見右丞相獻家集」と韻が同じであるどころか、字が同じである。これは、最上級の返礼歌である。

17 道真は右大将も兼ねていたが、昌泰三年十月十日に辞表「重請罷右近衛大将状」を提出している。

18 島田忠臣の『田氏家集』によると、この進講は、寛平元年十月九日に始まり同三年六月十三日に終わったとあるが、他の資料が仁和四年と伝えていることや、先行研究——金原理「嶋田忠臣考」(『語文研究』二〇号、一九六五年)——においても仁和四年で捉えていることから、本論でも仁和四年と捉える。

19 『日本紀略』には仁和四年十月九日の記事に「癸酉。天皇始読二周易於大学博士善淵朝臣愛成一也。」とある。また『康富記』(増補史料大成刊行会編『康富記　増補史料大成』臨川書店、一九六五年)には、以下のようにある。

宇多御時読、博士善淵愛成、仁和四年十月十九日、以周易奉授天皇之日、敍正□中使右近少将源希銜命至廬、
授其位記

右は、宇多天皇の御代に善淵愛成が『周易』を講じたことを伝えている。その時の功績により、欠字により詳細は分からないが、位を授かったとある。

20 『釈日本紀』には「或ハ召ス二非殿上ノ者一ヲ当日早且ニ蔵人奉レテ仰ヲ行事ス」と、清涼殿の殿上の間に入れない者を召し上げたとあり、その詳細が書かれている。

21 『新儀式』(『群書類従』)第四「仁和四年。下二宣旨於左右近衛陣一。御読書間。公卿許二昇殿一者。」とある。

22 『類聚符宣抄』には、以下のようにある。

右大臣宣。令下二従五位上行式部少輔兼文章博士藤原朝臣菅根一講中史記上者。
昌泰二年五月十一日　少外記小野保衡奉
同日仰二大学少允菅野君房一訖

23　『類聚符宣抄』には、以下のようにある。

被二右大臣宣一偁。令下二文章博士従五位下三善宿祢清行一。講中竟前文章博士藤原朝臣菅根所二読遺一之史記上者。

昌泰三年六月十三日　大外記三統理平奉

即日仰二大学少属時原有平一訖

24　『本朝文粋』には、以下のようにある。

我君之馭二天下一也。憲二章六籍一。捜二獵百家一。留二玄覧於鳥策一。傾二清聴於蠹簡一。延喜十九年仲冬十一月。以二此書経レ国之常典一。命二翰林菅学士一講レ之。……廿二年冬。篇軸漸盡。披授始畢。明年暮春。聊展二宴席一。

25　日本紀竟宴については、梅村玲美『日本紀竟宴和歌の研究――日本語史の資料として――』（風間書房、二〇一〇年）が詳しい。

26　坂本太郎『六国史　坂本太郎著作集第三巻』（吉川弘文館、一九八八年）。なお、第五節「『日本紀』の進講と清原家の家集進講」での引用も、これに拠る。

27　道真が大宰府で詠んだという「詠樂天北窓三友詩」の最初のみ掲げる。

白氏洛中集十巻　中有北窓三友詩　一友彈琴一友酒　酒之與琴吾不知

吾雖不知能得意　既云得意無所疑　酒何以成麹和水　琴何以成桐播絲　……

【書き下し】白氏が洛中の集十巻　中に北窓三友の詩あり　一の友は弾琴　一の友は酒　酒と琴と吾れ知らず

吾れ知らずとも　能く意を得たり　既に意を得たりと云ふ　疑ふところ無からむ　酒は何を以てか成す　麹水に和す　琴は何を以てか成す　桐絲を播す　……

ここでは、白居易が友とした琴・詩・酒のうち、詩のみが自分の手許に残るものだとしている。

28　長谷部将司「『続日本紀』成立以降の『日本紀』――『日本書紀』講書をめぐって――」（『歴史学研究』八二六号、二〇〇七年四月）。なお、長谷部は「確立した権威の固定化」を図るべく読まれる書物が『日本紀』であることについて、以下のように述べる。

真に中国的な王朝交代がないという状況下では、王権が公認しうる天智天皇を始祖とする「王朝」成立の物語は、いつの時代であっても常に『書紀』ということになる。そのため、両統迭立的な状況が解消された直後に実施された二度の講書では、『書紀』の注釈を行う過程で『書紀』が本来的に有していた「王朝」成立の記憶を再び浮上させ、その記憶を新たに官人層に共有させたのである。これは、『書紀』によって主張され、一世紀近くを経てようやく浸透しつつあった皇位の「万世一系」の末端に、政争に負けた皇統を排除しつつ、同時に勝ち残った新皇統を直結させるための行為といえよう。

29　神田龍身「エクリチュールとしての〈音楽〉――『宇津保物語』論序説」(『源氏研究』八、二〇〇三年四月)

第六章　琴を支える書

——公開の場の論理

『うつほ物語』は、漢学の才に長けた清原俊蔭が唐に行く船に乗り、難波して異郷に辿り着き、秘琴を入手するところから始まり、俊蔭の娘と孫の仲忠、曾孫のいぬ宮が楼の上で弾琴をする場面で終わる。このことから、『うつほ物語』は音楽、琴の物語であると言われてきた。しかし、俊蔭は漢学の才に長けていたからこそ遣唐船に乗ったのだし、仲忠は俊蔭伝来の蔵を開いたことで、学問の家の者というステイタスを再獲得し、宮中での地位を高くしている。中丸貴史は、学問の論理が「琴と同様の論理構造をもつことに注意すべきである[1]」と指摘しているが、これは、徹底的な秘密主義に対して述べている。すなわち、学問も琴も、限られた親族間で相伝される。そして学問の内容、つまり書の公開、琴の演奏の披露は限られた人々に対してのみ行なわれる。本章では、二つの書の公開の場面と二つの琴の公開の場面を比較してゆく。なお、本章においては、琴の公開は、八月十五日に楼を降りてから行なったものではなく、七月七日の、奇瑞が起こる弾琴を指すものとする。七月七日の記述は秘琴公開ではないが、琴の音を源涼や人々が聞いていること、また、七月七日の弾琴によって奇瑞が起きていることから、ここでは琴の公開と捉える。

一　二つの書の公開と二つの琴の公開

まず、仲忠が琴を弾くことによって奇瑞が起こる場面を見てみる[2]。

①神泉苑の紅葉の賀にて、仲忠と涼の合奏（吹上・下　二九一〜二九二）
かかるほどに、涼・仲忠、御琴の音等し、右大将のぬし、持たせ給へる南風を、帝に、「これなむ、仲忠が見給へぬ琴に侍るなり、仕うまつらせむ」と奏し給ふ。賜はりて、何心なく掻き鳴らすに、天地揺すりて響

く。帝より始め奉りて、大きに驚き給ふ。仲忠、「今は限り、この琴、まさに仕うまつり静まりなむや。ねたくくちをしきに、同じくは、天地驚くばかり仕うまつらむ」と思ひぬ。涼、弥行が琴、南風に劣らぬあり、このすさの琴を、院の帝に参らす。帝、同じ声に調べて賜ふ。仲忠、かの七人の一つてふ山の師の手、涼は、弥行が琴を、少しねたう仕うまつるに、雲の上より響き、地の下より響み、風・雲動きて、月・星騒ぐ。礫のやうなる氷降り、雷鳴り閃く。雪、衾のごと凝りて、降るすなはち消えぬ。仲忠、七人の人の調べたる大曲、残さず弾く。涼、弥行が大曲の音の出づる限り仕うまつる。□天人、下りて舞ふ。仲忠、琴に合はせて弾く。

　朝ぼらけほのかに見れば飽かぬかな中なる乙女しばしとめなむ

帰りて、今一返り舞ひて、上りぬ。

ここでは、仲忠が「南風」を「何心なく掻き鳴ら」しただけで天地が揺れている。この直前に、兼雅は俊蔭の娘に対し、「紀伊国の源氏、御供に率て上り給へりしに、神泉の御行幸、院の帝もおはしまして、御遊びあるべかなるに、侍従も琴仕うまつるべきに、同じくは、人にまさらむこそよからめ。かの、『しばし』とのたまひし琴は出だされじや」（吹上・下　二八八）、「世にありがたき物の音、一度、この侍従の仕うまつりたらむに。来し方・行く先あるまじきことをせさせむ」（吹上・下　二八九）と、涼に対抗することと嵯峨院と朱雀帝が行幸することを理由に、今まで人前に出すことのなかった「南風」を出すように言っている。これまで人前で弾琴をほとんどしてこなかった仲忠は、兼雅に勧められて秘琴中の秘琴である「南風」を帝たちの御前で弾いて奇瑞を起こす。また、この時に源涼も弾琴しているが、涼一人の演奏で奇瑞が起きたかどうかは明確にされていない。

帝……せた風を、胡笳に調べて、仲忠に賜ふ。花園を、同じ声に調べて、源氏の侍従に賜ふ。……仲忠、かしこまりて、仰せを承りて、涼と擬し合ひて、なほ声立てず。帝、「いかがはせむ。涼、声」と仰せらる。涼、「苦し」と思ひて、はさきの□が族の胡笳の一の拍を、ほのかに掻き鳴らす。仲忠、からうして、同じ拍の同□を、はつかに掻き合はせて、胡笳の手□まつりぬ。夜深くなりもてゆくままに、琴の響き高く出づ。（二八九～二九〇）(3)

これは、①の直前に涼と仲忠が弾琴した場面である。ここでは、涼が「一の拍を、ほのかに掻き鳴ら」しており、仲忠がその真似をして弾琴しているが、奇瑞は起きていない。しかし、①の場面で、仲忠は「何心なく掻き鳴ら」して奇瑞を起こしていた。また、仲忠が一人で弾琴、仲忠と涼が二人で弾琴、仲忠と涼が交互に弾琴すると奇瑞が起こっていることから、奇瑞が起こるためには仲忠の演奏が不可欠であるとわかる。嵯峨院と朱雀帝、そして名だたる人々がいる前で弾琴による奇瑞が起きていることから、これは清原家の琴の公開だといえる。

②いぬ宮誕生後の仲忠の演奏（蔵開・上　四七六）

中納言、かかるべき曲を、音高く弾くに、風、いと声荒く吹く。空の気色騒がしげなれば、「例の、物、手触れにくきぞかし。わづらはし」と思ひて、弾きやみて、……

いぬ宮が誕生した後に、誕生の場に相応しい曲を仲忠が弾いた場面である。この時の奇瑞は荒れたものとなったため、仲忠は弾琴をやめ、母俊蔭の娘に代わりに弾くように言う。俊蔭の娘の弾く琴は、「病ある者、思ひ怖ぢ、うらぶれたる人も、これを聞けば、皆忘れて、面白く、頼もしく、齢栄ゆる心地す」るものであり、出産を終えて伏せっていた女一の宮も起きだしてきた。しかし、両者の弾琴が起こした奇瑞は、①で見たような大規模なものではなかった。また、大勢の人々が聴いているわけではないため、これは琴の公開とはいえない。

③楼の上での七月七日の演奏（楼の上・下　九〇五～九〇六）

かの木のうつほに置き給うし南風・波斯風を、我弾き給ひ、細緒をいぬ宮、龍角を大将に奉り給ひて、曲の物ただ一つを、同じ声にて弾き給ふ。世に知らぬまで、空に高う響く。よろづの鼓・楽の物の笛・異弾き物、一人して掻き合はせたる音して、響き上る。面白きに、聞く人、空に浮かむやうなり。星ども騒ぎて、神鳴らむずるやうにて、閃き騒ぐ。……夜いたう更けぬれば、七日の月、今は入るべきに、光、たちまちに明らかになりて、かの楼の上と思しきにあたりて輝く。神遥かに鳴り行きて、月の巡りに、星集まるめり。世になう香ばしき風、吹き匂はしたり。少し寝入りたる人々、目覚めて、異ごとおぼえず、空に向かひて見聞く。楼の巡りは、まして、さまざまに、めづらしう香ばしき香、満ちたり。三所ながら、大将おはする渡殿にて弾き給ふなり。下を見下ろし給へば、月の光に、前栽の露、玉を敷きたるやうなり。響き澄み、音高きことすぐれたる琴なれば、尚侍のおとど、忍びて、音の限りも、え掻き鳴らし給はず。色々の雲、月の巡りに立ち舞ひて、琴の声高く鳴る時は、月・星・雲も騒がしくて、静かに鳴る折は、のどかなり。

俊蔭の娘・仲忠・いぬ宮という親子三代が楼の上にて同時に弾琴する場面である。『うつほ物語』に書かれる他のどの奇瑞よりもこの場面の奇瑞の記述が一番長い。天が騒ぎ、良い香りがし、風が吹いている。また、これは多くの人々の耳に入っていることから、この場面を琴の公開として位置付けて良いだろう。

琴の公開として位置付けられる弾琴の場面は、①と③であった。ここで、書の公開の場面を見ておく。書の公開に際して奇瑞は起きない。ただし、書において仲忠が帝に認められる場面が二つある。一つ目は、「吹上・下」巻における、九日の菊の宴が盛大に催された場面（二八四〜二九〇）である。そこでは、「文人に、難き題出だされ」、嵯峨院が「度々唐土に渡れる累代の博士の詩に劣らず、この男どもの作りまされるかな。……仲忠、俊蔭が後と言へども、俊蔭隠れて三十年、仲忠、世間に悟りありと言へども、かれが時に会はず。琴に於きては、娘に伝ふ。娘、仲忠に伝ふ。それだにありがたし。書の道さへやは、俊蔭、女子に教へけむ。すべて、仲忠・仲頼は、いとあやし。変化の者どもなめり」と、仲忠が俊蔭その人から学問を学んではいないにもかかわらず、「書の道」において、俊蔭を髣髴とさせたため、「変化の者」と述べる。この場面において初めて、仲忠は「書の道」において俊蔭と結び付けらる。

二つ目は、「蔵開・中」における清原家の家集進講（五三五〜五五一）である[4]。清涼殿の昼の御座で三日間行なわれた家集進講の場には、朱雀帝・春宮・春宮と同腹の五の宮と講師である仲忠の四人しかいない。そして、この家集進講において、清原家は天皇家と関わりのある家であり、書の家であることが朱雀帝によって認定され、仲忠は春宮の後見人として位置づけられる。

ここまでを簡単に整理すると、琴の公開は「吹上・下」巻と「楼の上・下」巻の二場面あり、書の公開は、「吹上・下」巻と「蔵開・中」巻の二場面あるということになる。

では、この四つの場面がそれぞれどのように結びつくのか。まず、時系列順にすると、次のようになる。

A「吹上・下」巻の書の公開
B「吹上・下」巻の琴の公開
C「蔵開・中」巻の書の公開

D「楼の上・下」巻の琴の公開

AとBは吹上という同じ空間である。また、Cにおいて、清原一族が皇族の血を引くこと、また、俊蔭一族に伝わる秘琴が、確かに俊蔭が異郷から持ち帰ったものであることが裏付けられ、「楼の上」巻の秘琴披露へと繋がっていくことは、既に第五章で述べた。しかし、AとD、BとCが結びつく可能性は否定できない。ここで、AとBが吹上という同じ空間であったことに着目し、CとDの空間の作り方に着目したい。以下、CとDについて、時刻表現、香り、雪に着目してゆく。

二　時刻表現の偏り

「蔵開・中」巻の書の公開と「楼の上・下」巻の琴の公開に共通することとして、まず、十二支を用いた時刻表現が使用されていることが挙げられる。『うつほ物語』には、明るさを基にした時刻表現は多くあるものの、十二支を用いた時刻表現が少ない。十二支別に述べるならば、「子」は、「子の日」の用例が多くあり、また、「乙子」が、嵯峨院の大后の六十の御賀（嵯峨の院　一九七）（菊の宴　三一四）といぬ宮の百日の祝い（蔵開・下　六〇四～六〇七）に使用されているが、時刻表現で「子」は使われない。また、「卯」「戌」はそもそも物語内に出て来てすらいない。[5]「子」「卯」「戌」以外の干支で、時刻表現として使用されるものをまとめると次の表のようになる。

『うつほ物語』における時刻表現

干支	番号	巻名	頁数	表現	場面説明
丑	1	俊蔭	三四	丑三つ	俊蔭の娘の懐妊中にさがのが夢を見た時間
	2	蔵開・中	五三七	丑二つ	清原家の書物の進講をしていた仲忠が、「丑二つ」という声を機に退出
	3	国譲・下	七九七	丑二つ	「丑二つ」の声を聞いて、藤壺（あて宮）が退出
寅	4	蔵開・上	四七三	寅の時	いぬ宮が誕生した時間
	5	国譲・下	八一二	寅の時	宮の君が誕生した時間
	6	楼の上・下	九一八	寅の時	藤壺の若宮たちが三条京極邸に来た時間
辰	7	春日詣	一三八	辰の時	正頼一家の春日詣において、奏楽が始まった時刻
	8	菊の宴	三一六	辰の二刻	嵯峨院の大后の六十の御賀が始まった時刻
	9	国譲・下	八一七	辰の一点	嵯峨の院での詩宴に朱雀院が上達部や親王を率いて参上した時刻
	10	国譲・下	八一七	辰の二点	嵯峨の院での詩宴に今上帝が行幸した時刻
巳	11	蔵開・中	五四〇	巳の四つ	清原家の書物の進講二日目。朱雀帝が春宮を呼び、その返事を使から聞いた時刻。
	12	蔵開・中	五四七	巳の時	清原家の書物の進講三日目。仲忠が参上した時刻
	13	国譲・下	七八三	巳の時	忠雅の文に書かれていた立太子の儀を行なう時刻
午	14	俊蔭	一四	午の時	俊蔭が南風と波斯風を「琴の音かきたて、声ふりたてて」弾いていた時刻。この時、大空に音楽が響き、紫の雲に乗った天人が七人下りてくる。
	15	俊蔭	四三	午の時	北山にて俊蔭の娘が弾琴によって奇瑞を起こす。翌日のこの時刻までゆいこくの手を弾き続ける。

時刻区分	番号	巻	頁	時刻	事項
	16	嵯峨の院	一八七	午の時	正頼邸の年末の仏事。三日目のこの時刻に結願。
	17	蔵開・中	五四〇	午の時	清原家の書物の進講二日目。春宮が参上した時刻
	18	国譲・下	八一八	午の二点	嵯峨の院での詩宴で擬生の男たちに詩題を与えた時刻
	19	楼の上・下	九二一	午限り	俊蔭の娘といぬ宮が楼を降りる時刻
未	20	春日詣	一四八	未の時	正頼が春日詣から帰邸した時刻
	21	楼の上・下	九二〇	未の時	三条京極邸に嵯峨院が来た時刻
申	22	春日詣	一三八	申の時	正頼一家の春日詣において、奏楽が終わった時刻
	23	吹上・下	二八二	日申の時	嵯峨院が吹上浜に着いた時刻
	24	内侍のかみ	四〇一	日申の時	相撲の節会。相撲人たちが出てこずにこの時刻になった
	25	国譲・下	八一九	申の一点	嵯峨の院での詩宴で擬生の文題を提出させる時刻
酉	26	国譲・下	七八二 七八三	酉の時	藤壺の若宮に立太子の宣旨が下った時刻
	27	楼の上・上	八七〇	酉の時	いぬ宮が京極邸に移るために出発する時刻
	28	楼の上・下	九〇七	酉の時	時宗とさがのの孫たちが来た時刻
	29	楼の上・下	九二一	酉の初め	俊蔭の娘といぬ宮が楼を降りる時刻
亥	30	蔵開・中	五四七	亥の時	清原家の書物の進講三日目。俊蔭の母の集を読み始めた時刻
	31	国譲・中	七二一	亥の時	桂邸での祓の時刻
	32	国譲・下	八二四	亥四つ	嵯峨の院の花の宴から、今上帝が帰る時刻

右の表において、番号に下線がついたものが清原家の血族が中心となる催しである。これは、全三二例中半数を占める。残りの半数についても見てみると、八・九・一〇・一八・二五・三二は、嵯峨の院において開かれた

行事――嵯峨院の大后の六十の御賀と詩宴――であり、二三は、嵯峨院が吹上浜に行幸した場面である。また、七・一六・二〇・二二は、正頼一家の神仏に関する行事であり、一三・二六は藤壺腹皇子立太子に関する記事である。三と二三は他の記事と関連のないものとなっているが、三については、他の「丑」の刻の例を鑑みるに、退出のタイミングを計るものとなっていることがわかり、また二三は、相撲の節会というやはり行事に関連する記事である。

そもそも、時刻表現が描かれるとはどういうことか。清原家・正頼一家・嵯峨院関連の場面に時刻表現が集中する意味とは何だろうか。中野幸一は、「国譲・下」巻の嵯峨の院での詩宴について、「細かな時刻区分にしたがって、人々の動きを簡潔に記すこの段の叙法は、晴儀の次第を書き残した漢文記録を髣髴とさせる。恐らくは、厳かに進行する公的な詩会の雰囲気を伝えようとする作者の工夫であろう。(6)」と述べている。正頼一家・嵯峨院関連の記事を見る限り、晴儀的なものであることは間違いないだろう。では、清原家関連の記事はどうであろうか。「蔵開・中」巻の朱雀帝御前での進講と、「楼の上・下」巻の秘曲披露とそれに関連する場面は、どの時刻に何をしたか、何が起きたかということが逐一書かれており、極めて儀礼的に書かれていることがわかる。また、ここから外れる一・四・五・一四・一五についても考えてみる。まず、一四・一五の「午」の刻は、全て琴を引き終わる時刻である。これだけではなく、一九の例で、やはり「午」の刻に秘琴を弾き終わった俊蔭の娘といぬ宮が楼を降りることからも「午」の刻は琴を弾き終わる時刻だと考えてよい。そして、一・四・五は、時刻は違うものの、いずれも清原家の血を受け継いだ子どもたちの出生に関わる記述である。清原家の血を受け継いだ子どもたちが、琴や学問の継承者になる可能性が高いことを考え併せると、清原家関連の時刻表現は、琴に関するものか学問に関するものしかないといえる。

時刻表現をすることによって、俊蔭一族・正頼一家・嵯峨院関連の記事は、全て晴儀的なものとして描かれているといえる。その中で、俊蔭一族の場面のみを取り上げてみると、清原家の学問進講と楼の上での秘曲伝授およびそれに関連する弾琴、そして、これらの系譜を担うであろう子どもたちの誕生の場面に分けられるといえる。

さらに、俊蔭一族の琴の音が人々の耳に入るのは、七月七日の秘曲伝授・弾琴と八月十五日の秘琴披露の二回である。ここで時刻表現に注意すると、「楼の上」の二巻における時刻表現は、表の二七でいぬ宮が京極邸に向けて出発する時刻から、一九でいぬ宮と俊蔭の娘が楼を降りる時刻までの間にのみ出てきていることがわかる。つまり、「楼」という秘曲伝授のための閉鎖空間――「籠り」の空間――に入る時から出る時までは、儀礼的な時空ということであり、この儀礼的な空間の中で行なわれた弾琴こそが、七月七日の場面なのだ。このことからも、冒頭で述べたように、八月十五日の秘琴披露ではなく、七月七日の秘曲披露こそが、「蔵開・中」巻の仲忠による清原家の書物の進講に通じるといえる。

三　香る様が描かれる香り

「蔵開・中」巻の書の公開と「楼の上・下」巻の琴の公開に共通することとして、二番目に挙げられるのは香る様が描かれる香り（以下、本章ではこれを〈香〉と表記する）である。『うつほ物語』には、香が多く登場する。その大半は贈り物として登場しており、種類も多い。だが、実際にその香りについて言及されることは少ない。香の香りについて言及する際には、「香ばし」「匂ふ」という表現の二つのみを使用する。以下に香が「香ばし」「匂ふ」とされる例を全て掲げる。(7)

①嫗・翁、老いの世に、見知らぬ、香ばしく麗しき綾掻練の御衣どもを得て、怖ぢ惑ふこと限りなし。（蔵開・

上　四六九）(8)

②女御、麝香ども、多く抉り集めさせ給ひて、裛衣・丁子、鉄臼に入れて搗かせ給ふ。……大いなる白銀の狛犬四つに、腹に、同じ薫炉据ゑて、香の合はせの薫物絶えず薫きて、御帳の隅々に据ゑたり。廂のわたりには、大いなる薫炉に、よきほどに埋みて、よき沈・合はせ薫物、多く焼べて、籠覆ひつつ、あまた据ゑわたしたり。御帳の帷子・壁代などは、よき移しどもに入れ染めたれば、そのおとどのあたりは、よそにても、いと香ばし。まして、内には、さらにも言はず。（蔵開・上　四八〇～四八一）(9)

③「大将は、……宿直所に下りて居給へり。参る物ども、調じ据ゑたり。御装束は、蘇枋襲・綾の上の袴などにて、いと清らに香ばしくて奉れ給へり。……」（蔵開・中　五四〇）(10)

④物の色、うつくしさ類なく、匂ひ深くて、例の御書仕うまつる。（蔵開・中　五四〇）

⑤宮はた起くれば、頭掻い繕ひ、装束せさせて遣りつ。藤壺に参りたれば、御達、「あな香ばしや。この君は、女の懐にぞ寝給ひける」。（蔵開・中　五四三）

⑥宮の御前には、御火桶据ゑて、火起こして、薫物ども焼べて薫き匂はし、御髪あぶり、拭ひ、集まりて仕うまつる。（蔵開・中　五五四）

⑦北の方、御かたち・様体、照り輝きて見ゆ。香の香ばしきことは、さらにも言はず。（蔵開・下六一一）

⑧御薫炉召して、山の土所々試みさせ給へば、さらに類なき香す。鶴の香も、似る物なし。「白き鶴は」と見給へば、麝香の臍、半らほどばかり入れたり。取う出て、香を試み給へば、いとなつかしく香ばしきものの、例に似ず。（国譲・中　六九六～六九七）(11)

⑨かくて、九日の夜は、大殿、内裏の大饗の御前の物し給ふ。ここかしこより、いと清らにて奉り給ふ。右大将殿、大いなる海形をして、蓬莱の山の下の亀の腹には、香ぐはしき裛衣を入れたり。（国譲・中　六九四）

⑩いといみじう、香の匂ひはよに香ばしきよりも、……（楼の上・上八五六）
⑪一、二町を経て行く人々、この楼の錦・綾の、こくばくの年月、さまざまの香どもの香に染みたる、風吹く度ごとに香ばしき、めであやしむ。（楼の上・上　八五七）
⑫尚侍の殿の御方より、心殊に設け給へる被け物、南の庭より取り続き歩みたる、色々にし重ねたる、いと清らに麗しく、薫物の香など匂ひめでたし。（楼の上・上　八七三）
⑬世になう香ばしき風、吹き匂はしたり。少し寝入りたる人々、目覚めて、異ごとおぼえず、空に向かひて見聞く。楼の巡りは、まして、さまざまに、めづらしう香ばしき香、満ちたり。（楼の上・下　九〇五〜九〇六）
⑭いみじく清らなる高麗の錦の袋にてある、取り渡すに、匂ひたる香、えならず。（楼の上・下　九二七）[12]
⑮楼の香ばしき匂ひ、限りなし。（楼の上・下　九四〇）

①③④⑤⑧⑨は仲忠の着物や贈り物、②は仁寿殿の女御が焚いた香、⑥は女一の宮の洗髪、⑦⑫は俊蔭の娘の着物、⑩⑪⑬⑮は楼の香り、⑭は朱雀院の要請により、俊蔭の娘が南風を取りだす場面である。またこのうち③〜⑤⑦〜⑮は、仲忠が開いた俊蔭伝来の蔵から出てきた香を使用していると考えられる。「芳香は俊蔭一族に特徴的なもの」と指摘される通り、[13]「香ばし」き香りと「匂」の例から、〈香〉は意図的に物語で使用されており、それは主に清原の血を引く人々を描く際に香っていると言える。たとえば、次に掲げるような例がある。

「蔵の唐櫃一つに、香あり」と言へるを取り出でさせ給ひて、母北の方にも一の宮にも奉り給へば、この御族の香どもは、世の常ならずなむ。書どもも、要あるは、取り出でて見給ふ。（蔵開・上　四七一）

右は、「蔵開・上」巻にて、仲忠が蔵を開いた際に、香を取りだした場面である。「この御族の香どもは、世の常ならずなむ」という記述以降、「この御族の香」は様々な箇所で香っている。とくに、「国譲・中」巻で、仲忠から藤壺への匿名の贈り物には、他の場面では見られない〈香〉の表現が多い。

蓬萊の山を御覧じて、……岩の上に立てたる二つの鶴どもを取り放ちつつ見給へば、沈の鶴は、いと重くて、取る手しとどに濡る、「あな、いみじの物どもや」と言ひののしる。……御薫炉召して、山の土所々試みさせ給へば、さらに類なき香す。鶴の香も、似る物なし。「白き鶴は」と見給へば、麝香の臍、半らほどばかり入れたり。取う出て、香を試み給へば、いとなつかしく香ばしきものの、例に似ず。「あやしく、この物どもの心地ある香、異物に似ざらむ」。宰相の中将、「ある人の、忍びて申ししは、『いとありがたき所より、治部卿の御唐物得られたり』とこそ申ししか」。おとど、「げに、さなんなり、去年の冬、人に聞かせで、御前にて御書仕うまつり給びき、かかる、世に似ぬ物など見ゆるは」などのたまふほどに、（国譲・中　六九六～六九七）[14]

「類なき」「似る物なし」「なつかし」「例に似ず」「似ざらむ」で強調された「治部卿の御唐物」は、正頼によって「世に似ぬ物など見ゆる」と締め括られる。そして、この場面の後に出てくる〈香〉は、楼の香りなのだ。「楼の上・上」巻において、「楼の高欄など、あらはなる内造りなどには、かの開け給ひし御蔵に置かれたりける蘇枋・紫檀をもちて造らせ給ふ。黒鉄には、白銀・黄金に塗り返しをす。連子すべき所には、白く、青く、黄なる木の沈をもちて、色々に造らせ給ふ」（八五四～八五五）とあるように、仲忠が三条京極に建てた楼は、俊蔭伝来の蔵から出てきた香木によって造られている。さらに、その内装も、「その浜床には、紫檀・浅香・白檀・蘇枋をさして、螺鈿磨り、玉入れたり。……いといみじう、香の匂ひはよに香ばしき」（楼の上・上　八五六・⑩の例）とあり、内装にも俊蔭伝来の蔵から出てきた香を使用して、それが「よに香ばし」く香っていることが書かれる。楼の素材が「世の常」ではない香りのする木でできているため、「一、二町を経て行く人々、この楼の錦・綾の、こくばくの年月、さまざまの香どもの香に染みたる、風吹く度ごとに香ばしき、めであやしむ。」（楼の上・上　八五七）と広範囲で香り、さらに「楼の香ばしき匂ひ、限りなし。」（楼の上・下　九四〇）と、嵯峨院と朱雀院にも認識されている。

さらに、楼の上で俊蔭一族が弾琴すると、弾琴による奇瑞と楼の香が交差して、「七日の月、今は入るべきに、光、たちまちに明らかになりて、かの楼の上と思しきにあたりて輝く。神遥かに鳴り行きて、月の巡りに、星集まるめり。世になう香ばしき風、吹き匂はしたり。……楼の巡りは、まして、さまざまに、めづらしう香ばしき香、満ちたり。」（楼の上・下　九〇五〜九〇六・⑬の例）という状況になる。弾琴によって起こる奇瑞に「風」はよく出てきており、ここも強い風が楼の香りを運んでいるのだ。[15] そして、再三述べているが、この楼の香りは俊蔭一族の纏う香りである。

ここまでにみてきた「香ばし」「匂」の用例に他の共通点を探してみると、仲忠が朱雀帝の御前で行なった清原家の書物の進講の例が複数あることに気付く。③④は仲忠の装束、⑦は仲忠の香りが宮はたに移ったという記事である。仲忠の装束は女一の宮が用意したものであるが、先掲した「蔵開・上」巻に、蔵の唐櫃の香を「母北の方にも一の宮にも奉」った（四七二）とあることから、この時に仲忠の纏った香りは俊蔭一族のものであることは明確である。また、先掲した「国譲・中」巻における正頼の「去年の冬、人に聞かせで、御前にて御書仕うまつり給びき、かかる、世に似ぬ物など見ゆるは」の「世に似ぬ物」という言葉によって、「香」と「学問」は結びつけられているのだ。

〈香〉に関する記述で見逃せないのが、次の進講三日目の昼近くの場面である。

かくて、巳の時、うち下りてのほどに、青鈍の綾の袴、柳襲などいと清らにて、今日の移しは、麝香・薫物・薫衣香、物ごとにし変へたり。（蔵開・中　五四七）

この場面の仲忠は、着物一枚一枚に違う香りを焚きしめていることがわかる。これは、通常ありえないことである。香りを放っていることと、様々な香りを組み合わせているということは、楼の構造と同じである。進講の場面においては、仲忠だけではなく春宮も「装束きて」いるが、春宮の装束に焚きしめた香りに関する記述は一切見当たらない。仲忠自身から様々な香りが漂い、その香りが他の香りに邪魔されることなく密室に充満してゆくのだ。

このように、「香り」は学問披露の場と秘曲披露の場においてのみ香る様が描かれているので、この二つの場は「香り」の観点から見た場合、相似関係にあると言える。最後に、もう一つ補足しておく。そもそも、俊蔭伝来の秘琴中の秘琴である「南風」と「波斯風」は、「深く一丈掘れる穴」の「上・下・ほとりには沈を積み」、それぞれ錦の袋と褐の袋に入っていた（俊蔭　二二）。また、俊蔭伝来の蔵は、「蔵の唐櫃一つに、香あり」（蔵開・上　四七二）とはあったが、その他に、楼を造る材料となるほどの大量の香木があったはずである。このように考えると、秘曲披露の際に使用される琴と家集進講の場で使用される書物は、双方ともに長い年月、狭い空間において香りに包まれていたことになるのだ。

四　雪と声が作りだす空間と楼

「蔵開・中」巻の書の公開と「楼の上・下」巻の琴の公開に共通することとして、三番目に挙げられるのは「空間の構造」である。清原家の学問の進講が行なわれている間、外では雪が降り続いている。『うつほ物語』において雪は歌題となったり奇瑞に表れたりと用例数は多いが、積もる雪の様子を描く場面は『うつほ物語』に四例しかない。(16)

①進講の場に参上する仲忠（蔵開・中　五四一）
　雪少し高くなり、大殿油参りて、短き燈台、左右に立てたり。
（参考1）春宮と藤壺の贈答に雪が詠まれる（蔵開・中　五四一）
　春宮　白雪のふればはかなき世の中を一人明かさむことのわびしさ
　藤壺　憂きことのまたしら雪の下消えてふれどとまらぬ世の中はなぞ
（参考2）春宮と藤壺の贈答に雪が詠まれる（蔵開・中　五四四）
　春宮　ふる効の何かなからむ淡雪の積もれば山とならぬものかは
　藤壺　山となる雪ぞゆゆしく思ほゆる絶えてこしぢのものとこそ聞け
②ますます降り積もる雪（蔵開・中　五四四）
　かかるほどに、雪高く降りぬ。大将の君、宮の御もとに、かく聞こえ奉り給ふ。「……今朝の雪こそ、いと寒げなれ」と聞こえて、……

（参考3）藤壺からの贈り物に「雪」が詠まれる（蔵開・中　五四六・五四七）

孫王の君　君がため春日の野辺の雪間分け今日の若菜を一人摘みつる

仲忠　白妙の雪間掻き分け袖ひちて摘める若菜は一人食へとや

（参考4）女一の宮から来た文に付けられた枝に雪が降りかかっている（蔵開・中　五四六）

例の宮はた、陸奥国紙のいと清らなるに、雪降りかかりたる枝に文をつけたる持て来て、

①は、進講二日目の夜の場面である。夜になるにつれて「雪少し高くな」っている。この表現を使用するならばこの直前に雪が降る様が描かれていても良さそうだが、これ以前に雪が降っているという記述は見当たらない。つまり、いつからかは分からないが雪が降っており、朱雀帝の「書は、夜なむ、いと興ある。」（蔵開・中　五四一）という言葉により初めて外を見ると、雪が少し高く積もっていたということになる。そして、②にあるように、この雪は翌朝になってますます高く降り積もる。雪が音を吸収する特性を持つことを考えると、書の披露の場は、音の面でも空間の面でも雪によって閉鎖されていると言える。

このことを裏付ける場面が、①と②の間にある。それは、仲忠が俊蔭の集を誦んでいる場面である（蔵開・中　五四二）。春宮が藤壺と文の遣り取りをするのを見た仲忠は動揺し、「僻読み」を何度もする。それを朱雀帝に指摘された後、仲忠の誦みぶりは、「かい直して、いと面白く読みなす。その声、いと面白し。しろくあり。声うち静めて、いと高く面白く誦する声、鈴を振りたるやうにて、雲居を穿ちて、面白きこと限りな」かった。音量を大きくするだけであった場合、仲忠の声はすぐ近くの殿上の間にいた人々にも余すことなく聞こえたはずである。しかし、この「うち静めたる」仲忠の声は殿上の間にいた人々の中では源涼にしか聞こえておらず、それも「昨夜は、ひととは、雲を穿ちて、空には上りし。」（蔵開・中　五四五）と表現されている。ここまでを振返ると、「雪

少し高くなり」、その後に仲忠の声が「雲居を穿ち」、さらに「雪高く降り」、その後に、再度、涼によって、仲忠の声が「雲を穿」っていたことが語られている。清原家の家集進講が行なわれた場は雪によって閉鎖されており、その空間の縦の長さを、仲忠の声が強調して縦の空間を形成しているのだ。

また、三条京極の楼の場面でも、雪が降り積もっている。

③楼にて、俊蔭の娘が昔を思い出す（楼の上・下　八九五）

雪、夜より、いと高う降りて、御前の池・遣水・植木ども、いと面白し。二尺ばかり、いと高う降り積みたり。人々、「この年ごろ、いとかかる雪は降らずかし」と言ふを、これに歩きたるをば、おぼろけならずかし(17)。尚侍の殿、あはれ、昔、かかる年ありきかし、……

「いとかかる雪」が降らなかった「この年ごろ」が何年ほどを指しているのかは定かではない。ただ、家集進講の場で大雪が降っていたことと、俊蔭の娘が「昔」と言っていることを考えると、「人々」が思い描いている大雪が降った時と、俊蔭の娘が思い描く大雪が降った時は一致していないと考えてよい。つまり、人々が思いだしている大雪が降った日は、仲忠の家集進講のあった時であり、俊蔭の娘が思いだしているのは、仲忠が幼かった時分である(18)。この場面を次に掲げる。

④孝の子、仲忠（俊蔭　三八）

雪高う降る日、芋・野老のあり所も、木の実のあり所も見えぬ時に、この子、「わが身不孝ならば、この雪高く降りまされ」と言ふ時に、いみじう高く降る雪、たちまちに降りやみて、日いとうららかに照りて、……

仲忠が孝の子であることの証明となる場面の一つである。「楼の上・下」巻において、「俊蔭」巻が回想されるということの意味は大きいが、それ以上に、雪が積もったという表現が、「俊蔭」巻、「蔵開・中」巻、「楼の上・下」巻のみであり、清原一族・俊蔭一族が関係する箇所に限定されていることが重要であろう。

ここで、楼について見ておきたい。楼については、建造物としての意味やその使用法、配置、秘曲伝授の場としての問題について論じられてきたが、[19]ここでは、その高さに注目したい。楼が高いこと、上り下りする建造物であることはもちろん、縦の空間であることは言うまでもない。縦の空間の、高い位置で弾琴をしたことに意味があることは、伊藤禎子の述べる通りである。[20]

・折につけつつ、琴を替へて弾き給ふ、静かなる音、高う響き出で、土の下まで響く音す。（楼の上・下　九〇三）

・かの木のうつほに置き給うし南風・波斯風を、我弾き給ひ、細緒をいぬ宮、龍角を大将に奉り給ひて、曲の物ただ一つを、同じ声にて弾き給ふ。世に知らぬまで、空に高う響く。（楼の上・下　九〇五）

右の二例にあるように、縦の空間において、琴の音色は上に下にと響き、空間をさらに縦に広げている。また、楼という空間が閉鎖された空間であることにも注目したい。閉鎖された空間において音が垂直に響くという構造は、雪に囲まれ、閉鎖された空間において仲忠の声が「雲を穿」ったという清原家の学問の進講の空間に共通する。

次に、この場にはいない人々の動きに着目する。学問の進講の場には仲忠・朱雀帝・春宮・五の宮（・朱雀帝のキサキたち数名）しかいなかったが、彼らは仲忠の学問の進講を聞くべく集まってきている。また、進講の場からさほど離れていない殿上の間には、源涼をはじめとした人々が参集していた。一方の秘曲披露の場では、琴の音を源涼と「御供なる左衛門尉」が聞いており、また「面白きに、聞く人、空に浮かむやうなり。」（楼の上・下九〇五）という記述から、名もなき人々が聞いているとわかる。何人もの人が声もしくは琴の音を聞く「空間」があるという点において、書の披露の場と秘曲披露の場は重なるのだ。

以上をまとめると、「楼の上・下」巻の秘曲披露の際の雪景色は、「俊蔭」巻を回想させる。それと同時に、秘曲披露の際の空間の設定は「雪」と「音／声」の響き方によって「蔵開・中」巻における進講の空間を彷彿とさせるのだ。

五　琴を支える書

『うつほ物語』における書の公開と琴の公開は、以下の四場面あった。

A「吹上・下」巻の書の公開
B「吹上・下」巻の琴の公開
C「蔵開・中」巻の書の公開
D「楼の上・下」巻の琴の公開

このうち、AとB、CとDはそれぞれ同じ空間の中で行なわれていた。そして、必ず、書の公開が琴の公開に先立っている。つまり、学問の才を帝に認められた後に秘琴披露・秘曲披露がある。琴の公開に先立って書の公開があるということは、祖父清原俊蔭が学問を習得した後に琴を習得したこと、東宮学士になった後に嵯峨帝の御前で弾琴したことと重なる。琴の公開の前に必ず書の公開があることから、書によって琴の一族の系譜が裏付けられていることがわかる。言い換えれば、書は琴を支えており、書に支えられていることによって、琴の一族は琴の一族たりえるのである。

1 中丸貴史「モチーフ《文化》書物」（『うつほ物語大事典』勉誠出版、二〇一三年）

2 『うつほ物語』における弾琴による奇瑞については、網谷厚子「うつほ物語と敦煌壁画・変文」（『講座　平安文学論究』第十二輯、風間書房、一九九七年）に一覧が示され、分類されている。

3 前田家本では「せた風（を）を、……胡笳の一の拍（は）を、ほのかに掻き鳴らす。仲忠、からうして、同じ拍（は）……」（五五一～五五三）となっている。また、この直後には欠字が多い。なお、「吹上・下」には脱文が多い。

4 第五章「清原家の家集進講」参照。

5 この他、「未申の外より見入れ給へば、中の障子も毀れたり。」（楼の上・上　八三六）、「この西の対の南の端に、未申の方かけて、昔墓ありける跡のままに、念誦堂建てたり。」（楼の上・上　八五四）、「かの未申の山よりこそまかり歩きしか」（楼の上・下　八九二）、「御車、中門より入れて、寝殿の未申の方の高欄を放ちて下り給ふ。儀式、いと厳し。」（楼の上・下　九一八）、「御方々、南の方、池・中島・釣殿、未申の堂の方、左右の反橋・楼の様など見給ふに」（楼の上・下　九一九）というように、方角を指す時のみ使用される。

6 中野幸一『新編日本古典文学全集　うつほ物語③』小学館、二〇〇二年

7 「俊蔭」巻に「親の御あたりの香ばしさに、」（一六）という表現がある。室城秀之『うつほ物語　全　改訂版』では、この「香ばしさ」を「懐かしさ」として捉えており、また、論者も「香り」の表現ではないと判断したため、今回の例には入れなかった。

8　前田家本では「嫗・翁」（九二六頁）となっている。

9　前田家本では「多く抉り集めさせ給ひて……大いなる白銀の狛犬四つに、腹に、同じ薫炉据ゑて……御帳の帷子・壁代などは、よき移しどもに入れ染めたれば」（九五一）となっている。

10　前田家本では「宿直所に下りて居給へり。」（一〇七二頁）となっている。

11　前田家本では「「白き鶴は」と見給へば、」（一三九七頁）となっており、他に「かはな」「かかな」「かいかろ」といった異同がある。

12　前田家本では「錦の袋にてある、取り渡すに、匂ひたる香、えならず。」（一八七九頁）とある。なお、「匂ひたるが」の「が」は、清音で書かれているはずであるため、「香」と解釈して問題ないと考えた。

13　中野幸一（前掲書）

14　前田家本では「岩の上に立てたる二つの鶴どもを……「あやしく、この物どもの心地ある香、異物に似ざらむ」。宰相の中将、「ある人の、忍びて申ししは、『いとありがたき所より、治部卿の御唐物得られたり』とこそ申ししか」。おとど、「げに、さなんなり、……」」（一三九六〜一三九七頁）となっている。なお、「この物どもの心地あるが」の「が」は、注11と同じ理由から、「香」と解釈して問題ないと考えた。

15　風が香りを運ぶ例として、「祭の使」巻の「風に競ひて、物の香ども吹き加へぬ所々なし」（二二八）があるが、この前には香の存在が書かれていないため、香に限定する必要はない。

16　〈琴〉の奇瑞に「衾雪」があるが、これは自然描写ではないため、今回の「積もる雪」からは除外した。

17　前田家本では「御前の池・遣水・植木ども、いと面白し。」（一八一〇頁）となっており、「からに」では文意が通らないが、本論に関連する異同ではないため、とくに重視しない。

18　富澤萌未「モチーフ《生活》自然描写」（『うつほ物語大事典』勉誠出版、二〇一三年）では、この二つの場面に関して「俊蔭の娘・仲忠母子にとって強烈な印象を与えていたようである」と述べる。

19　坂本信道「「楼の上」巻名試論――『宇津保物語』の音楽」（『国語国文』六〇 - 六、一九九一年六月）、岩原真代「『うつほ物語』中島の楼閣――新生京極邸の設計図を読み解く――」（口頭発表・國學院大學國文學會春季大会（國學院大學渋谷キャンパス）二〇一一年）、伊藤禎子「「楼の上」巻の世界」（上原作和・正道寺康子『うつほ物語引用漢籍注疏洞中最秘抄』新典社、二〇〇五年）など。

20 伊藤禎子「秘曲の醸成」（『うつほ物語』と転倒させる快楽』森話社、二〇一一年。二〇〇五年一一月初出）

第七章　「清原」家の継承と『うつほ物語』のおわり

『うつほ物語』には琴（きん）の系譜がある。俊蔭は、乗っていた船が難破し、行きついた異郷で奏法とともに三十面の琴を入手する。帰朝した俊蔭は一世の源氏を得て娘を儲け、その後は外界との接触を一切絶って娘に秘曲伝授をした。俊蔭亡き後、娘は一子仲忠を儲けた。そして、都を離れて北山の木のうつほで暮らす中で、娘はやはり仲忠に秘曲伝授をする。その後、仲忠の父藤原兼雅によって母子は都に迎え入れられる。成人した仲忠は、あて宮求婚者の一人となる。あて宮求婚譚収束後、仲忠は皇女を妻として迎え、一女いぬ宮を儲け、この子を秘琴伝承者として位置付ける。いぬ宮が七歳の時、俊蔭の娘が孫いぬ宮に秘曲伝授を行なう。この、俊蔭→俊蔭の娘→仲忠→いぬ宮の流れが、琴の系譜と言われるものである。

　琴については、先行研究がさまざまな方面から指摘をしている。楽器としての琴については、西本香子の論考があり[1]、また、上原作和も「秘伝として継承された宝器としての「琴の系譜」の論理が首尾呼応する物語として」『うつほ物語』を捉えている[2]。

　藤原仲忠について、三田村雅子は、俊蔭の娘は「どこまでも純粋に琴の世界を継承する」者であるのに対し、仲忠は「琴の中に、というよりは書物の中に、代々の想いを読みとる存在」だと指摘する[3]。これに対し、中嶋尚は、「蔵開」において、初めて「仲忠が琴曲の伝授こそが自らの使命であると意識した」と述べる[4]。

　秘曲伝授の場については、猪川優子が「俊蔭一族は、「天の掟」によって授かった秘琴を閉ざされた空間の中で継承していく。……これらの空間は、一族と秘琴だけの空間であるという意味において、たとえ地上に作られた空間であっても、俊蔭が秘琴を授かった波斯国の空間に通じるものであるといえよう。」と述べ[5]、野口元大も「楼上は、そうした異界の接点というより、神秘に閉ざされた聖なる空間の印象が強い。」と述べる[6]。

　また「楼の上」での秘琴公開の場面について、大井田晴彦は、「物語はかかる繁栄を手放しで謳歌などしていない。むしろ、「楼上」に語られるのは、栄華と引き換えにしたものの重みである。仲忠、俊蔭女、藤壺、朱雀院、そして嵯峨院。彼らは皆、最上の境遇にありながら、その内面では満たされぬ憂愁を抱き続けている。」と、秘琴公開の場が必ずしも大団円ではないことを指摘している。[7] この他にも、俊蔭の娘の体調が思わしくなく、そこに「死」を読む論考がある。[8] また、伊藤禎子は、「俊蔭一族には「非公開の論理」がある。そこで生じた秘曲の「公開と非公開のせめぎ合い」によって、聴衆の興味は一族の音楽に集中させられる。」と指摘しており、[9] これは、後に述べる書の系譜にも関わっていく論考である。

以上、琴に関する論考を挙げた。ここで注意したいのは、俊蔭を始祖とし、いぬ宮まで伝授される琴の系譜は、血脈と一致しているということである。

従来の研究では、「俊蔭一族」によって形成される琴の系譜や書の相承が取り扱われてきたが、本章では、「清原家」の人物を始祖とした系譜があり、そこに連なっていく人物が清原家以外の人物である可能性があることを示唆しながら、琴・書・〈手〉の三つについて論じる。そして、これらを系譜として捉え、全ての系譜を掌握している仲忠に焦点を合わせる。また琴、書、〈手〉が誰に継承されていくのかを考察していくことで、「楼の上」での秘琴公開を大団円[10]とみることができなくなる理由として、俊蔭の娘の死を思わせる記述とは別に、「清原家」そのものの滅亡が予見されることを示す。

一　〈琴〉と書の系譜

「俊蔭一族」は琴の一族であると同時に、書の一族でもある。[11] 第四章では、「清原」の血を引く継承者が「籠り」の空間において琴あるいは書を継承することを明確にした。このことを図に示すと、次のようになる。

十一月　仲忠、俊蔭伝来の蔵を開く。
翌年一月　女一の宮懐妊・仲忠、女一の宮の世話をする。
←→【籠り】　仲忠、「かくて、その年は、立ち去りもし給はず。かつは書どもを見つつ、夜昼、学問をし給ふ」
八月　産屋の調度を用意。不断の修法など行なう。
十月十日ばかり　寅の刻、いぬ宮誕生。
←→【籠り】　仲忠、母屋から出ずに、常にいぬ宮の近くにいる。いぬ宮を抱きかかえたまま弾琴。
七日の産養　仲忠、やっと外に出る。

このことから、琴と書が「継承」という観点において類似関係にあることを示した。

また、第六章において、公開の場の構造においても、琴と書が相似関係にあることを確認した。これらのことと併せて、琴と書の皇室との関わりについて指摘しておきたい。琴における皇室と「俊蔭一族」の関係については、対立するもの、依存するもの、その両方であるものと意見が割れている(12)。おそらく、書に関しても同様のことが言えると思われるが、とくに書については、皇室に依存して成立するものとして捉えることが重要である。それは、朱雀帝・春宮・五の宮の御前で、清原家の家集を進講することで、この一族の価値を位置付けたことからわかる。また、第四章で、これまでの先行研究において指摘されてこなかった書の系譜の存在を明らかにし、その始祖が俊蔭の父母であることを確認したが、そうであればこの系譜に連なる者について「俊蔭一族」ではなく、氏名（うじな）を冠した「清原一族」という名称を用いる必要があろう。

さらに、継承されるもののうち、技術ではなく、物体にも目を向けてみる。

①俊蔭の遺言（俊蔭 二二）

「この屋の乾の隅の方に、深く一丈掘れる穴あり。それが上・下・ほとりには沈を積みて、この弾く琴の同じ様なる琴、錦の袋に入れたる一つと、褐の袋に入れたる一つ、錦のは南風、褐のをば波斯風といふ。……」

②俊蔭伝来の蔵を開いた仲忠（蔵開・上 四七二）

「蔵の唐櫃一つに、香あり」と言へるを取り出でさせ給ひて、母北の方にも一の宮にも奉り給へば、この御族の香どもは、世の常ならずなむ。書どもも、要あるは、取り出でて見給ふ。

①は、俊蔭が娘に、秘琴の中でも最も重要な「南風」と「波斯風」の存在を教えている場面である。この二つの琴は、乾の方角に穴を掘って埋めてあり、その「上・下・ほとりには沈を積」んでいる。②は、俊蔭の蔵の中から、香が出てきた場面である。この場面の後、俊蔭が異国から持ち帰った香についての場面がしばしばあることから、蔵から出てきた香が重要な意味を持つことは言うまでもないが、ここでは、その香の香りを纏ったものに注目したい。そもそも、この蔵は三条京極殿の乾の隅の方にあった。これは「南風」「波斯風」と同じような位置である。そして、その蔵の中にあった書物もまた、「南風」「波斯風」と同様に、香の香りに包まれていた。

このように見てくると、継承される「物」という次元においても、琴と書物は同様に扱われている。

ここまでで、「籠り」の空間、公開の場の構造、継承される「物」において、琴と書が類似・相似の関係にあることが確認できた。このことを踏まえた上で、書の系譜について考えてみる。書の系譜は、俊蔭の父清原の大君とその妻皇女→俊蔭→仲忠というように相承されている。ここで注意すべきは、俊蔭と仲忠の間に俊蔭の娘が入っていないことである。このことについては、物語内でも再三述べられている。

・吹上宮にて、嵯峨院、人々の有能さに驚く（吹上・下　二八五）
仲忠、俊蔭が後と言へども、俊蔭隠れて三十年、仲忠、世間に悟りありと言へども、かれが時に会はず。琴に於きては、娘に伝ふ。娘、仲忠に伝ふ。それだにありがたし。書の道さへやは、俊蔭、女子に教へけむ。
・仲忠、蔵を開けようとして失敗し続ける。その心の内に祈ること（蔵開・上　四六九）
「承れば、この蔵、先祖の御領なりけり。御封を見れば、御名あり。この世に、仲忠を放ちては、御後なし。母侍れど、これ女なり。この蔵、先祖の御霊、開かせ給へ」と祈り給ふ。[13]
・仲忠、朱雀帝に俊蔭伝来の蔵のことを奏上する際に、俊蔭の遺言を伝える（蔵開・上　五二八）
俊蔭の朝臣の遺言、先の書には、『俊蔭、後侍らず。文書のことは、わづかなる女子知るべきにあらず。一、二三代の間にも、後出でまで来ば、そがためなり。その間、霊寄りて守らむ』となむ申して侍る。[14]

右にあるように、俊蔭にとって、学問とは、女子に伝えるものではない。俊蔭の蔵から出てきたものは、実用的な「産経などいふ書ども」（蔵開・上　四七一）[15]と、俊蔭や俊蔭の父清原の大君の日記、俊蔭の母の和歌集であるが、このうち、俊蔭が「学問」だと認めるのは、実用的な「書ども」と俊蔭や俊蔭の父清原の大君の手によるものである。しかし、朱雀帝の御前での進講において仲忠が誦んだものは、俊蔭と俊蔭の父、そして、俊蔭の母が詠んだ和歌集であった。つまり、俊蔭が「学問」と認めていなかったものまでが朱雀帝の御前で進講されたのだ。また、人々が求めるのは、俊蔭の母皇女の和歌集も含めた書である。つまり、俊蔭は、自身が「学問」として認められるものもそうでないものも全て一緒に蔵に封じて保管したのだが、それが仲忠の手に渡った時点で、蔵にあったものが全て継承されるべき「書」となったのである。

二　〈手〉の系譜

前節まで琴と書についてみてきたが、〈手〉についても書から派生した系譜が認められる。〈手〉の系譜については第三章で述べたが、以下に補足とともにまとめておく。

「手本」の初例は『うつほ物語』（国譲・上　六五四〜六五六）である。中国漢籍にも「お手本」の意味での「手本」の用例はない。「国譲・上」巻の場面では、藤壺の要請により、仲忠が藤壺の若宮たちに「手本四巻」を贈っている。また、『うつほ物語』全体を見渡してみても、手本を作成する人物は仲忠ただ一人である。『うつほ物語』には物の贈与が行なわれる場面が多くあるが[16]、手本も贈与される。

ここで仲忠に焦点を合わせると、仲忠は、「蔵開・上」巻において、俊蔭伝来の蔵を開け、書物を入手している。俊蔭伝来の蔵を開いたことにより、自身が俊蔭一族であることを再認識した仲忠は、朱雀帝に対し蔵にあった家集の進講を行なう。この進講において、朱雀帝は、清原一族が皇族から分かれた一族であることを示す。また、この場で披露される俊蔭の父母や俊蔭自身の筆跡から、清原一族が能筆家の多い一族であったことが判明する。また、とくに物語の後半部において、仲忠の〈手〉が素晴らしいものであるということが何度も示され、かつ、それが宮廷社会においては周知の事実となっていることが語られる。仲忠は、蔵を開いてから半年以上もの間、家に籠って書を習得した。そして、書を習得したことが書かれた後に、清原一族の筆跡の素晴らしさ、仲忠自身の〈手〉の素晴らしさが語られるようになる。このようにみていくと、仲忠が習得したものは書だけではなく、俊蔭の母皇女のものまで含めた〈手〉もあったといえる。

さらに、登場人物の多いこの物語において、〈手〉についての言及のある人物は少ない。[17] そのような中で、「蔵開・上」巻では、「俊蔭の朝臣の、手書き侍りける人なりける盛りに、」（五二七）と、俊蔭が能筆であったことが書かれ、「蔵開・中」巻では、「歌・手、限りなし。」「この母皇女は、昔名高かりける姫、手書き、歌詠みなりけり。」（五四八）と、俊蔭の母の筆跡の素晴らしさが述べられる。また、仲忠は、物語の前半ではその筆跡についての評価が全くされなかったにもかかわらず、俊蔭伝来の蔵を開いて以降、筆跡の素晴らしさが語られ、唯一他人の筆跡を真似ることが可能な人物として描かれる。このことは、仲忠が、春宮・藤壺の若宮の「手本」を作成する能力を持った人物であったことを示すものである。

このように見てくると、仲忠は、琴とは別の、新たな「手」を入手したといえ、これに書物によって明らかとなった系譜と朱雀帝の言葉、そして、世間の評価が重なり合って、仲忠が能書・能筆の人物であり、「手本」を書くに相応しい人物として位置付けられた。

そのような仲忠に、藤壺は何度も琴を若宮に教えるように要請する。しかし、「俊蔭一族」である仲忠は、それに応えることはしない。かつて、琴を教えるようにとの要請を拒んだ祖父俊蔭と同様、琴を教えることを拒んだ仲忠が、秘されている「琴」の技術の代わりに若宮に献上したのが、秘されている「清原一族」の筆跡を伝える「手本」だったのだ。

また、「手本」によって藤壺とのつながりを求める仲忠と、「手本」ではないもの、すなわち、琴を所望する藤壺というように、仲忠と藤壺の思惑はすれ違いを起こしている。仲忠が若宮へ手本を献上するかどうかは確信が持てずにいた藤壺だが、そこに、仲忠からとても豪華な手本が届いたことで、「いとほしく、よろづのことに手惜しみ給ふ人の、さまざまに書き給へるかな。」（国譲・上　六五五）[18]と喜びを表す。そして、この直後に、仲忠に対して送った返事に「なほ、この人々は御弟子にし給ひて、これならぬことも知らせ給へ。」（国譲・上　六五六）と書いていること、またこれ以前に、仲忠から書を習うのだと言った若宮に対し「いとうれしきことかな。かの御弟子になり給ひて、よろづのわざし給へ」（国譲・上　六四一）と言っていることから、この喜びとは、これだけすばらしい手本をくれるのだから、「これならぬこと」「よろづのわざ」、すなわち琴も教えてくれるかもしれない、という藤壺の期待をも表しているといえる。しかし、「手本」は、俊蔭伝来の蔵から出てきた家集と比較すると、その重要さは格段に落ちる。家集進講は、蔵から出てきた家集そのものを用いて、「音読」によって行なわれる。[19]「音」はあとには残らない。そして、このときに朱雀帝の御前に持っていかれる家集は、その場で仲忠によって読まれはするものの書き写されることはなく、進講が終わり次第、仲忠が持って帰る。それに比べ、この「手本」は春宮や若宮に献上される。

ここで、仲忠が俊蔭の集を使用する場面を二例紹介する。一例目は、七月七日に、秘曲伝授を行なう場面（楼の上・下　九〇六）である。俊蔭の娘・仲忠・いぬ宮が揃って琴を弾いた後、仲忠は「治部卿の集の書の中に、唐土より、知らぬ国に至りて、下りて、道を行き給ひけるに、いみじうあはれに面白き所々に、四季の花咲き乱れ、ある所には、恐ろしくいみじきかたちしたる者集まりてあるわたりを過ぎ給ふとて、道のままに長く思ひ続けてあはれなる、声を出だして」誦み、また、「帰りて後、家の寂しきを眺めて、時につけつつ作り集め給へる詩」も誦んだ。朱雀帝への進講の場面で、仲忠の声が良いことは「声いと面白き人」（蔵開・中　五三五）、「書読む声、誦ずる声も、いとあはれに面白し。」（蔵開・中　五三七）、「いと面白く読みなす。その声、いと面白し。しろくあり。

声うち静めて、いと高く面白く誦する声、鈴を振りたるやうにて、雲居を穿ちて、面白きこと限りなし。」（蔵開・中　五四二）というように、再三にわたり、強調されている。そして、仲忠が読むと、朱雀帝や春宮は「泣」く（蔵開・中　五四八）。さらに、面白き声の仲忠が「読む」のではなく「誦む」と、「聞こし召す帝も、御しほたれ」「大将も、涙を流」し（蔵開・中　五三五）、この場面でも、「聞き知らぬ人だに、涙落とさぬはなきに、まして、大将のこの所にて誦じ給へるは、声より始めて、面白うあはれなるに、御直衣の袖、まして、絞るばかりになる」（楼の上・下　九〇六）。程度の差はあるものの、清原一族の書を仲忠が読（誦）むことにより、仲忠自身を含めた人々は、泣くのだ。

二例目は、秘琴披露の場に行く意思を示す朱雀院の言を聞いた仲忠が、嵯峨・朱雀の両院を迎える準備をする場面（楼の上・下　九一四）である。「治部卿の集の中にある、唐土よりあなた、天竺よりはこなた、国々の詩を、その年ごろの有様を、かの大将書かせ給へる屏風、例に似ず、清らに麗し、皆ながら唐綾に描きて、縁の錦、裏より始めて、清らなり。[20]」とあることから、ここでは、仲忠が俊蔭の集から詩を選び、書き写していることがわかる。ここで注意したいのは、この場面では「清ら」「麗し」という言葉が使用されていることである。

琴・書・〈手〉のすべてが一所に揃うのはこの二例だけである。これらの例から、俊蔭や俊蔭の父母が作った物を仲忠がそのまま読（誦）み、書く場合には、その素晴らしさが語られていることがわかる。それに対し、同じく、俊蔭や俊蔭の父母の集から学んだ文字を書いた「手本」には「清ら」「麗し」という言葉は使用されず、藤壺や若宮が泣くこともない。以上のことから、仲忠が若宮に献上した「手本四巻」は、俊蔭伝来の蔵から出てきた書物そのものではなく、その筆跡のみを真似て書物から仲忠が書き抜きをした、仲忠独自の創作物だと言える。すなわち、仲忠が作成した「手本」は、清原一族の書物からは隔たったものとなっているのだ。他人の手に渡ってもよいものとして位置付けられるのが、この、仲忠が藤壺の若宮に献上した手本である。仲忠は、手本は献上するが、家集は献上しない。俊蔭の集そのものを用いながらも、書写をさせて手元には置いておくことはできず、音のみで行なわれる朱雀帝の御前での進講と、自分の手元に置いておけはするものの、俊蔭の集を元に、仲忠が二次創作をした手本では、その差は大きいといえるだろう。仲忠が若宮に献上した手本というのは、清原一族の家集からは切り離されたものと考えてよい。

今一度振り返ると、俊蔭や俊蔭の母が能筆であったことが語られることにより、そのような素晴らしい筆跡を伝える書物は、仲忠にとっては「手本」の代わりであったと言える。「清原家」の書と筆跡を伝える媒体として、俊蔭伝来の蔵の書物はあり、そこから、外部に持ち出せるように、仲忠は新たに筆跡のみを使用して「手本」としたのだ。物体としての「手本」は変化してしまっているが、そこに書かれる「筆跡」は同じか、もしくは似たものであり、それらは継承されていく。

このように見てくると、仲忠が若宮に手本を献上した場面において、とても貴重なものをもらったと思い喜ぶ藤壺に対し、仲忠は、それほどたいしたものはあげていないと考えているということが指摘ができる。琴を教えて欲しいと要請する藤壺に対し、仲忠は琴を教える代わりとして、「手本」を献上しているのだ。だとすれば、藤壺の若宮は、決して仲忠から琴を習うことはできない。それにもかかわらず、藤壺は、「よろづのことに手惜しみ給ふ人」である仲忠からすばらしい手本をもらったと思い、琴の伝授にまで思いを馳せている。この場面は、仲忠と藤壺との意思のズレが大きく出てくる場面としても読むことができる。しかし、仲忠にとってはたいしたものではない(21)「手本」も、〈手〉に焦点を合わせると、（俊蔭の父清原の大君とその妻皇女）→（俊蔭）→仲忠→藤壺の若宮という繋がりがある。このことから、〈手〉の系譜の存在もあると考えてよい。

三　三つの系譜と継承されていくものの行く末

ここまで、清原俊蔭を始祖とする琴の系譜、清原俊蔭の父を始祖とする書の系譜、そして書の系譜から派生し、藤原仲忠が「手本」という形で示した〈手〉の系譜があることを指摘した。しかし、琴、書、〈手〉の三つは同様のものとしてあるわけではなく、少しずつ違いがある。

書と〈手〉は、それぞれ「書物」「手本」という物体を継承することが可能であるという点で同じである。ここで、琴が物体として継承することが不可能だとするのは、俊蔭が異郷から持ち帰った琴は、物として贈与することは可能であるものの、贈与された人物が弾きこなせるわけではないためである。書と手本に話を戻すと、書は、『うつほ物語』において継承する場面がなく、朱雀帝への進講の場面は、「声」のみで行なわれている。その一方で、〈手〉は、「手本」そのものの贈与が描かれる。このため、「手本」を書いた仲忠と「手本」を元に字を練習する春宮と藤壺の若宮の筆跡は似てくる。

琴と手本は、師となる人物が弾いたもの、書いたものと同じように弾かせる、書かせるという、学びとらせるという点では同じである。しかし、琴は音のみで「今・ここ」でしか実現しないのに対し、手本は継承する人間が常に持ち続け、いつでも見られるという違いがある。また、琴と書は、「清原氏」が継承してきたものだという点では同じだが、それ以外に共通項はない。そして、琴、書、〈手〉の全てに共通するものは、楽器としての琴、書物、手本は、物体としての継承が可能だということである。

ここまで、清原俊蔭を始祖とする琴の系譜、清原俊蔭の父を始祖とする書の系譜、そして、仲忠が「手本」という形で示した〈手〉の系譜の、三つの系譜があることと、その全てを掌握しているのが仲忠であることを指摘した。これらのうち、琴の系譜はいぬ宮が継ぐ。しかし、ここで問題が出てくる。『うつほ物語』には、秘琴披露までしか書かれておらず、いぬ宮が無事に入内するかは分からない。いぬ宮が入内しなかった場合、琴の系譜の格は下がってしまう可能性が高い。また、本文中に、いぬ宮が春宮ではない人物と結婚する可能性があることが描かれている。

晦日に、御祓へし給ひに、二所ながら、御前厳しうて、河原に出で給へり。……平張いと近し、皇子の君、若君と遊び給ひて、「いざ、かの平張に行かむ」とのたまひて、皇子、ふと掲げて入りおはします。いぬ宮、尚侍の殿の御傍らに、三尺の几帳立てて居給へるに、さし覗き給へる、うち見合はせ給ひつ。ふと後ろ向き給ふに、尚侍うち驚き給ひて、胸塞がりて、……（楼の上・下　九〇三～九〇四）

これは、祓をしに行ったいぬ宮を、梨壺の皇子が垣間見をする場面である。「皇子、ふと掲げて入りおはします。いぬ宮、尚侍の殿の御傍らに、三尺の几帳立てて居給へるに、さし覗き給へる、うち見合はせ給ひつ。ふと後ろ向き給ふに」とあることから、いぬ宮が入内するのではなく、梨壺の皇子に奪われる可能性もここで持ちあがっていると読むことができる。

右に見たように、琴の系譜は、仲忠の次の世代に継承されたが、その先行きに不安が残るというものである。これに対し、書の系譜と〈手〉の系譜は、継承者からして明確にされていない。以下に、問題となる箇所を列挙する。

③仲忠の宮の君批判と小君称賛（楼の上・上　八四六）

「さらに。いと見苦しう、ただ、宮の御真似をして、さがなう心強く、なまめかしき気も侍らず。されば、宮にも、あからさまにも率て参れば、見給はで、『生まれし時より、心恐ろしき者と見き。いぬ宮のはらからにはあらざめり。率て往ね』とぞ思ひ給ふ。おとどは、ただ、心に任せて見給ふ。不用の者なり。この君、仲忠らが教へむことも聞きつべし、手などもいとうつくしう書き、声もいとをかしうぞ侍る」[22]。

④小君の学（楼の上・上　八五〇）

御物語聞こえ給ふ。おとど、「小君、一日、千字文習はし奉り給ひしかば、やがて、一日に聞き浮かべ給ふめりき。詩など誦じ給ふ、御声にはまさりためり。いと面白うあはれになむ」[23]。

⑤秘琴披露後の贈り物について、俊蔭の娘と仲忠の会話（楼の上・下　九四一）

尚侍、大将に、「いとかたじけなき御幸を、いかが仕うまつるべからむ」。「唐土の集の中に、小冊子に、所々、絵描き給ひて、歌詠みて、三巻ありしを、一巻を朱雀院に奉らむ」。

③は、仲忠が自分の腹違いの弟である小君を称賛する場面である。書の系譜を継ぐのは仲忠の実子である宮の君が妥当なのだが、宮の君は「いぬ宮のはらからにはあらざめり」「不用の者なり」と父によって批難されている。その一方で、小君は、「この君、仲忠らが教へむことも聞きつべし、手などもいとうつくしう書き、声もいとをかしうぞ侍る」と、兄に称賛されている。ここで注意すべきは、仲忠と宮の君は、清原氏ではないものの俊蔭の血が流れているのに対し、小君は、藤原氏である上に俊蔭とは血のつながりが一切ないということである。しかし、少なくとも、仲忠は、俊蔭の血が流れている宮の君に書を継承させる気がないということは明白だといえる。

④は、小君の学問の様子を表した内容である。「小君、一日、千字文習はし奉り給ひしかば、やがて、一日に聞き浮かべ給ふめりき。詩など誦じ給ふ、御声にはまさりためり。いと面白うあはれになむ」とあるように、小君は、千字文を一日で習得した。先の例と合わせてみると、仲忠の実子である宮の君ではなく、仲忠の異母弟の小君が書の系譜を担う者として有力視されているということが言えそうである。しかし、小君が習っているのは仲忠が作成した「手本」ではない。また、猪川優子は、いぬ宮が産むであろう皇子が学問の系譜を担う者なのだとの指摘をしている(24)が、先述したように、いぬ宮が入内するかどうかは分からず、そういった意味での不安因子がある。そのように考えると、書の系譜を担う者は、この物語では特定することができないのだ。

さらに、俊蔭伝来の蔵から出てきた書物の一部は、ついに仲忠の手元を離れる。⑤では、秘琴披露後に、俊蔭の娘と仲忠が、朱雀帝への贈り物について話し合っている場面である。ここで、仲忠は、「唐土の集の中に、小冊子に、所々、絵描き給ひて、歌詠みて、三巻ありしを、一巻を朱雀院に奉らむ」と言う。これは、「蔵開・中」巻において、朱雀帝への進講の際に使用されていた本のうちの一冊である。「俊蔭」巻では、俊蔭は帝から春宮に琴を教えるようにと要請され、それを断っている。その代わりとして、俊蔭の孫である仲忠が、当時の春宮である朱雀院に、その一部だけを献上したとも読める箇所である。祖父がしなかった皇統への琴の伝授の代わりに、孫が祖父の集を献上するという、「俊蔭」巻のなぞりなおしとも取れるこの箇所は、しかし、書という面から読んでみると、分散してしまっていることになるのだ。このように、書の系譜を担う者が定まらないばかりか、俊蔭伝来の蔵から出てきた書物自体が、分散し始めている。

最後に、書の系譜から派生した〈手〉の系譜についてみておきたい。

かかるほどに、「右大将殿より」とて、手本四巻、色々の色紙に書きて、花の枝につけて、孫王の君のもとに、御文してあり。「『みづから持て参るべきを、仰せ言侍りし宮の御手本持て参るとてなむ。……』とて奉れ給へり。御前に持て参りたり。見給へば、黄ばみたる色紙に書きて、山吹につけたるは、真にて、春の詩。青き色紙に書きて、松につけたるは、草にて、夏の詩。赤き色紙に書きて、卯の花につけたるは、仮名。初めには、男にてもあらず、女にてもあらず、あめつちぞ。その次に、男手、放ち書きに書きて、同じ文字を、さまざまに変へて書けり。

わがかきて春に伝ふる水茎もすみかはりてや見えむとすらむ

女手にて、

まだ知らぬ紅葉と惑ふうとふうし千鳥の跡もとまらざりけり

さし継ぎに、

飛ぶ鳥に跡あるものと知らすれば雲路は深くふみ通ひけむ

次に、片仮名、

いにしへも今行く先も道々に思ふ心あり忘るなよ君

葦手、

底清く澄むとも見えで行く水の袖にも目にも絶えずもあるかな

と、いと大きに書きて、一巻にしたり。見給ひて、「いとほしく、よろづのことに手惜しみ給ふ人の、さまざまに書き給へるかな。……」……とのたまひて、白き色紙の、いと厚らかなる一重に、「……この本どもを、かくさまざまに書かせて賜へるなるなむ、限りなく喜び聞こえ。……」とて奉れつ。（国譲・上　六五四〜六五六）(25)

これは、藤壺の若宮に仲忠が四巻の手本を贈った場面である。傍線を引いた箇所は、いかにこの手本が素晴らしい贈り物であったかを示す部分である。また、仲忠からの手紙の内容「仰せ言侍りし宮の御手本持て参るとてなむ。」から、仲忠が春宮にも手本を献上したことがわかる。このように、〈手〉の系譜は、琴の系譜・書の系譜とは違い、最初から血脈とは無関係になっている。仲忠が図ったのは家の復興だけではなく、いかに「清原家」のものを継承させていくかというところもあったのではないだろうか。

前述したが、琴の系譜と書の系譜は、清原家のものであり、〈手〉の系譜は、仲忠によって作られてはいるものの、書の系譜から派生したものである。このことを考えると、〈手〉の系譜も全く「清原家」と関係ないわけではない。だが、秘琴披露が行なわれる「楼の上・下」巻において、「清原家」の者は、俊蔭の娘しか残っていない。そして、その俊蔭の娘も、いぬ宮への秘曲伝授の直前には、体調が思わしくないことが何度も語られる。「清原家」の「継承されていくもの」は、俊蔭伝来の蔵を開いたことで清原氏の末裔であることを自覚した藤原仲忠という一人の人物に集約され、秘琴披露の場で、綺麗に組み合わされる。しかし、仲忠の次の代を考えると、誰が何を継ぐのか、継いだ人間がそれを伝えていけるかという問題が出てくる。俊蔭の娘が亡くなった場合、「清原家」は絶え、琴、書物、手本は、「清原氏」があったことを証明するものとして機能するはずである。『うつほ物語』は、清原俊蔭が漂流し、三十面の琴を手に入れるところから始まり、その娘が孫に秘曲伝授をして、披露し、清原氏が称賛されるというところで終わっている。これらの継承されていくものは「うつほ」に代表される、「籠り」の空間の中で伝授される。しかし、これまでに非公開の論理に貫かれていた琴や書が公開され、かつ系譜を担う次の世代に不安が残る以上、『うつほ物語』が語らなかったその先には、「籠り」の空間は存在しない。このように考えると、「楼上・下」巻における秘琴披露の後は、清原家は衰退していく他はない。つまり、秘琴披露で終わっていることこそが、『うつほ物語』が清原家の物語であることを示しており、同時に、これ以上の物語の終わりはないのである。

1　西本香子「「琴（キン）」と「琴（こと）」」（『明治大学大学院紀要 文学篇』二八、一九九一年二月）

2　上原作和「《琴》の譜の系と回路――物語言説を浮遊する音――」（『〈源氏物語〉の生成』二〇〇四年）。なお、この論は、『源氏物語』の琴まで論じた上で、胡笳にまで言及している。

3　三田村雅子「宇津保物語の〈琴〉と〈王権〉――繰り返しの方法をめぐって――」（『東横国文学』一五、一九八三年三月）

4　中嶋尚「うつほ物語論1～5――琴の族序説」（『東洋大学大学院紀要（文学研究科）』三五～三九、一九九九年二月～二〇〇三年二月）

5　猪川優子「『うつほ物語』の〈秘琴〉と〈あて宮〉：「繋がり」の形成をめぐって」（『古代中世国文学』九、一九九七年三月）。このほか、〈琴〉に関する猪川論には「『うつほ物語』仲忠の因縁：変化する琴の音」（『古代中世国文学』一四、一九九九年一二月）がある。

6　野口元大「霊異と栄誉」（『平安文学論究』一二、一九九九年）

7　大井田晴彦「栄花と憂愁――「楼上」の主題と方法――」（『うつほ物語の世界』風間書房、二〇〇二年。二〇〇一年三月初出）

8　須見明代「「宇津保物語」における俊蔭女」（『日本文学（東京女子大学）』三九、一九七三年三月）、三田村雅子（注4）など。また、楼の上での秘琴公開には、「爛柯の故事」の引用が指摘されている（上原作和・正道寺康子編『洞中最秘鈔――うつほ物語引用漢籍註疏』新典社、二〇〇五年）。

9　伊藤禎子「〈耳〉の音響」（『『うつほ物語』と転倒させる快楽』森話社、二〇一一年。二〇〇八年三月初出）

10　『日本国語大辞典』で「大団円」を引くと「小説、劇などの終わり、または最終のこと。特に、最後がめでたくおさまること。おおぎり。」と載っている。ここではとくに、「最後がめでたくおさまること」という意味での「終わり」という意味で、この言葉を使用する。

11　三田村雅子は、俊蔭の娘は「どこまでも純粋に琴の世界を継承する」者であり、一方、仲忠は「琴の中に、というよりは書物の中に、代々の想いを読みとる存在」だと指摘する（注3）。これに対し、高橋亨は、俊蔭伝来の蔵にあった累代の書物が「仲忠に学問の家としての自覚を促すとともに、いぬ宮誕生の際にも用いられ、琴の家としての意識をも呼び起こした」とする（「うつほ物語 うつほ物語の琴の追跡、音楽の物語（特集：伊勢物語とうつほ物語）」『国文学　解釈と教材の研究』四三-二、一九九八年二月）

12　三田村雅子は、秘琴公開の場に今上帝がいなかったことから、「王権に魅きつけられながら、どこまでも王権に反発する論理を繰り返し追いつめていく所に、宇津保物語の世界があったと見るべき」だと指摘し（注3）、大井田晴彦も「琴の家と朝廷の対立」があると述べる（「吹上の源氏――涼の登場をめぐって」『中古文学』五八、一九九六年一一月）。これに対し、猪川優子が「俊蔭一族にとって帝とは重要」であり、反逆の対象になり得ないと反論し（注5）、さらに戸田瞳が「俊蔭一族はその繁栄を皇室に支えられつつも、肝心な場面では彼らの侵入を遮断する」（「『うつほ物語』俊蔭一族と皇室の距離――琴をめぐる思惑――」『北海道大学　国語国文研究』一三八、二〇一〇年七月）と双方どちらかに偏るべきではないと述べる。

13　前田家本では「先祖（せんじよ）の御領なりけり」（九二七頁）となっており、他に「せむそ」「せんそ」などの異同がある。

14　前田家本では「わづ（はつ）かなる女子知るべきにあらず……後出（はて）でまで来ば」（一〇五四頁）となっており、他に「はかなき女子」「はやかなる女子」などの異同がある。

15　上原作和は、「俊蔭の末裔達は、有形無形に祖霊に守られつつ、「国家の要道」としての學藝を習得していた」と指摘する（「〈国家の要道〉たりし本文　日本古代思想史の内なる『源氏物語』」『源氏物語と文学思想　研究と資料――古代文学論叢第一七輯』、二〇〇八年）。このように捉えると、仲忠は自身が習得した「国家の要道」としての學藝を、俊蔭の血を引くいぬ宮に活かしたと捉えられ、結果として、いぬ宮が「超越的な能力」を得たといえる。

16　西山登喜は「うつほ物語は筋書きが語る表層ではなく、〈モノ〉が浮き彫りにする深層・様相を叙述しようと試みたのではなかろうか。」（「うつほ物語〈モノ〉が見せる相関図」『源氏物語の言葉と身体』青簡舎、二〇一〇年）と述べている。この他、『うつほ物語』の物の贈与に関する論として、上原作和「琴のゆくへ（1）――楽統継承の方法あるいは『うつほ物語』思想史的位相――」（『光源氏物語の思想史的変貌――琴のゆくへ』有精堂出版、一九九四年一二月）、三浦則子「『うつほ物語』の装束をめぐる表現――手紙の使いへの禄を通して――」（『国文白百合』三二、二〇〇一年三月）、西山登喜「うつほ物語〈モノ〉を「借りる」仲忠——基盤構築の方法——」（『日本文学』五八 - 五、二〇〇九年五月）がある。

17 第三章「手本の作成と〈手〉の継承」参照。

18 この箇所の非常に異同が多いことは、第三章で述べたとおりである。また、仲忠の手本四巻の異同に関しては、大友信一「「右大将殿より」の「手本四巻」考」（『就実論叢（人文篇）』第二六号、一九九七年二月）に詳しい。

19 伊藤禎子「書物の〈音〉」（『『うつほ物語』と転倒させる快楽』森話社、二〇一一年。二〇〇七年一二月初出）

20 前田家本では、「国々の詩（かみ）を」（一八五一頁）となっている。ただし、「かみ」では「唐土よりあなた、天竺よりはこなた」と齟齬が生じる。

21 〈手〉の系譜において、（俊蔭の父清原の大君とその妻皇女）と（俊蔭）というように、仲忠以前の人物たちに括弧を付したのは、これらの人物たちは、書が継承されたためにその筆跡が継承され、それを用いて仲忠が手本を作成したことの結果として〈手〉の系譜に組み込まれたためである。

22 前田家本では「宮にも、あからさまにも率て参れば、見給はで（とて）、『……いぬ宮のはらからに（す）はあらざめり。率て往ね』とぞ思ひ給ふ。……この君、仲忠ら（よ）が教へむことも……」（一七〇九頁）となっており、この他、「いぬ宮のいとかす」という異同がある。

23 前田家本では「小君、一日（け君ひとり）、千字文習はし奉り給ひしかば、やがて、一日に聞き浮かべ給ふめりき（一めりき）。詩など誦じ給ふ、御声（御こ思）にはまさりためり。……」（一七一七～一七一八頁）となっており、この他、「こ君に」「わかこ君ひとり」「此君」・「へめりきかし」「一めりき」「へかりきかし」という異同がある。

24 猪川優子「『うつほ物語』宮の君と小君——次世代の確執——」（『古代中世国文学』一八、二〇〇二年一二月）

25 この箇所の異同は、注18参照。

補遺——近世・近代の『うつほ物語』の研究

近世期の『うつほ物語』は、既に本文は解釈不可能な箇所が多く、巻順さえも乱れていた。近世後期から近代の国学者たちは、巻順を正し、整版本『うつほ物語』――主に延宝五年(一六七七)開板本、文化三年(一八〇六)補刻本――の不可解な文章に注釈をつけた。注釈には多くのバリエーションが存在するものの、その注釈は現代の研究にほとんど活かされていない。二〇一五年度より、論者は「『うつほ物語』における国学者の学問の研究――板本の書入から未詳語彙を解明する」という題目で研究している。(1) この研究を進めている最中に一冊の写本を入手した。それは近世期の板本を忠実に書写した本であり、さらに、そこに多数の書き入れがあった。ただし、入手できたのは全二十巻(板本は三十冊)あるうちの一巻で、首巻「俊蔭」巻であった。以下に、架蔵本の紹介をする。

【作品名】　うつほ物語(整版本の忠実な書写)
【整理番号】　(ナシ)
【外題】　中央に「うつほ物語　俊蔭巻」と墨書。
【内題】　(ナシ)
【書写年時】　大正期から昭和初期か。
【残存状態】　一冊(製版本の「としかけ上」「としかけ下」に相当。上下の境目あり。)［図版1］
【保存状態】　良。ただし、表紙・後表紙のみ状態が悪い。
【箱】　(ナシ)
【蔵書印】　二丁オモテに「西郁蔵書之印」(三・〇センチの朱正方印、単郭、陽刻)。［図版2］
【序】　大阪図書館所蔵本の初に
　　此巻に田中道麿か校合しおきたる本によりて

鈴木翁の書入おかれたる写本ともをかりてみす
から書いれをしつ
文政五年壬午閏正月十日　　清水宣昭
鈴木翁本の奥書にいはく
文政二年己卯八月十八日田中道麿校合
之以本書入畢　彼本云
天明元年辛丑十二月五日校合畢
辛丑は
道麿没年より
四年前年也　　鈴木朗

【跋】〔説云〕右空穂物語三十帖者以清水氏宣昭校本加朱書了
嘉永元年八月廿五日　　尾張　神谷元平　元平【図版3】

【表紙】（ナシ）

【装訂】無地飴色酸性薄紙。このため、見返しがない。なお、右肩に「貴重本」と朱書。右下に、「笹渕氏旧蔵本」と鉛筆で薄く書かれている。【図版4】

【本文料紙】袋綴。縦二七・二センチ、横一八・一センチの大四半本を紙縒りで綴じる。四周双辺の匡郭と上魚尾のみが印刷された原稿用紙。匡郭内は縦二〇・〇センチ、横一五・〇センチ。

【和歌表記】一首二行書き。そのまま地の文に続く。

【絵】ナシ。ただし、板本において絵がある箇所は白紙になっている。〔図版5〕

【紙数】墨付八十一丁、後遊紙一丁

【用字】本文は漢字仮名交じり。書入は、漢字・仮名・片仮名を、墨・朱墨・藍墨で記す。

【貼紙・書入】多数あり。書写時期と同じか数年後だと考えられる。〔図版6〕

【その他伝来】以下の四点も一緒に伝わっている。

①文化三年補刻本『うつほ物語』三十冊本の題簽を忠実に書写した題簽〔図版7〕

②第十五回赤十字国際会議開会式での写真。なお、昭和九年十月に三省堂学事課から、教科書見本を送る旨が書かれた紙も一緒であった。それによると、写真に写っているのは、「閑院宮殿下、林陸相、倉富宮内大臣、後藤内相、松田文相、ペイン判事、徳川社長、ファーヴル大佐、岡田首相、廣田外相」である。〔図版8〕

③十月二十三日から十一月五日までの学校の予定一覧。なお、「十月廿三日（火）靖国神社例大祭」とあることから、戦前のものであると分かる。〔図版9〕

④『うつほ物語』の本文異同の確認のための裏紙として使われていた百貨店のチラシ。なお、チラシには「省線に乗りて荻窪駅下車北口前」とある。現在のＪＲを「省線」と言ったのは一九二〇年から一九四九年までである。また、荻窪駅に北口が作られたのは一九二七年であるから、このチラシは一九二七年から一九四九年の間のものであるといえる。さらに、チラシの裏には「昭和十一年三月十八日　笹淵氏〔から〕返却」とある。〔図版10〕〔図版11〕

［図版１］

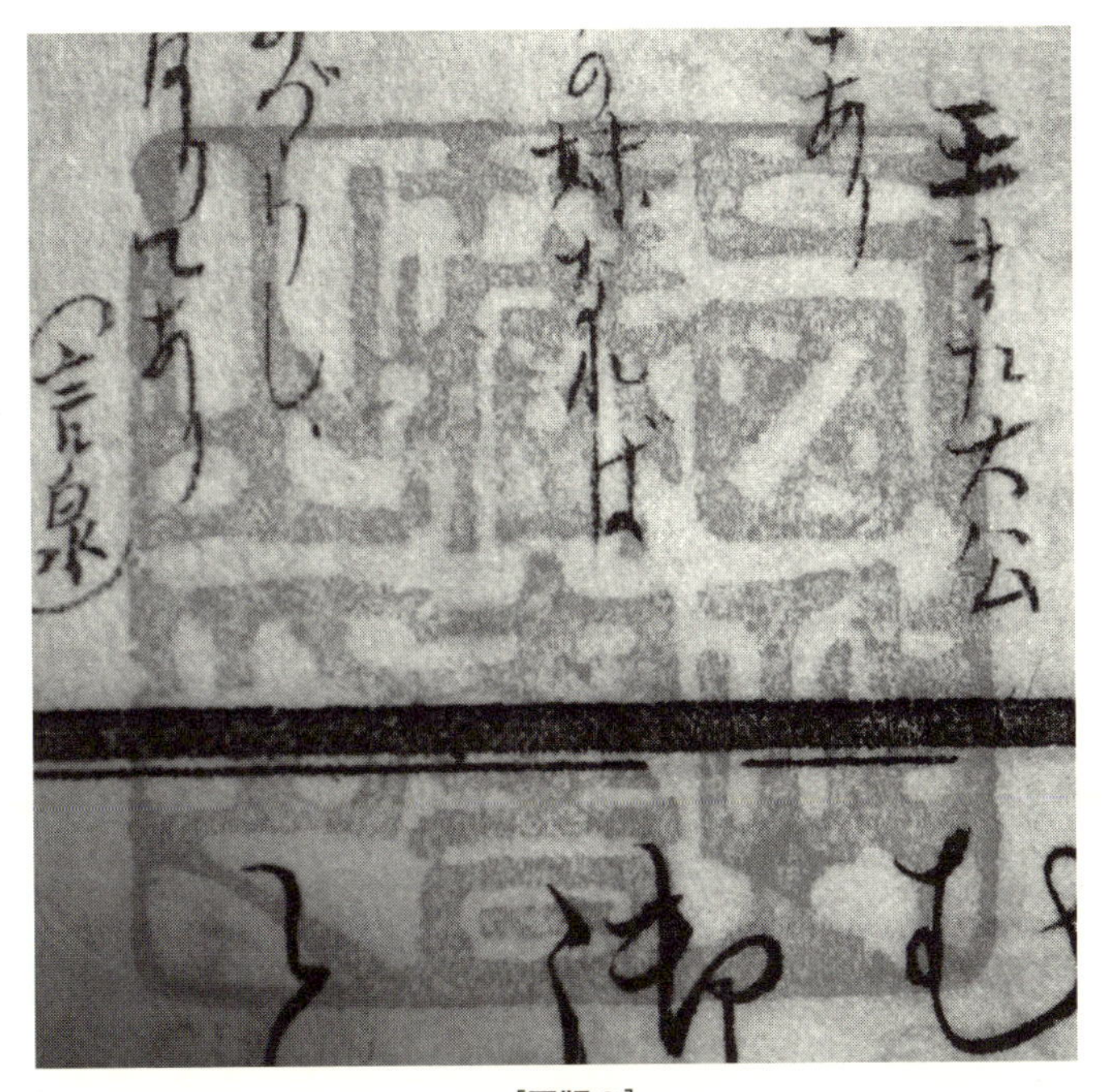

［図版２］

大阪図書館所蔵本ノ初ニ

此書ハ田中頼庸ぬしの校合しおきたる本をかりて
鈴木翁の書入れたる本と校合して侍る
うつし書いれをへつ

文政五年壬午閏正月十日　　　清水宣昭

鈴木翁本の奥書ニいはく

文政二年己卯八月十六日　田中頼庸校合
之此本ハ書入畢　　彼本云
天明元年辛丑十二月廿日校合畢
辛丑ハ
安永十年ヨリ
四月改元之
　　　　　　　　　　　　鈴木朗

従之
右宣昭翁之手帳書以清水氏宣昭校本加朱書了

嘉永元年八月廿五日　　尾張　神谷克平

［図版３］

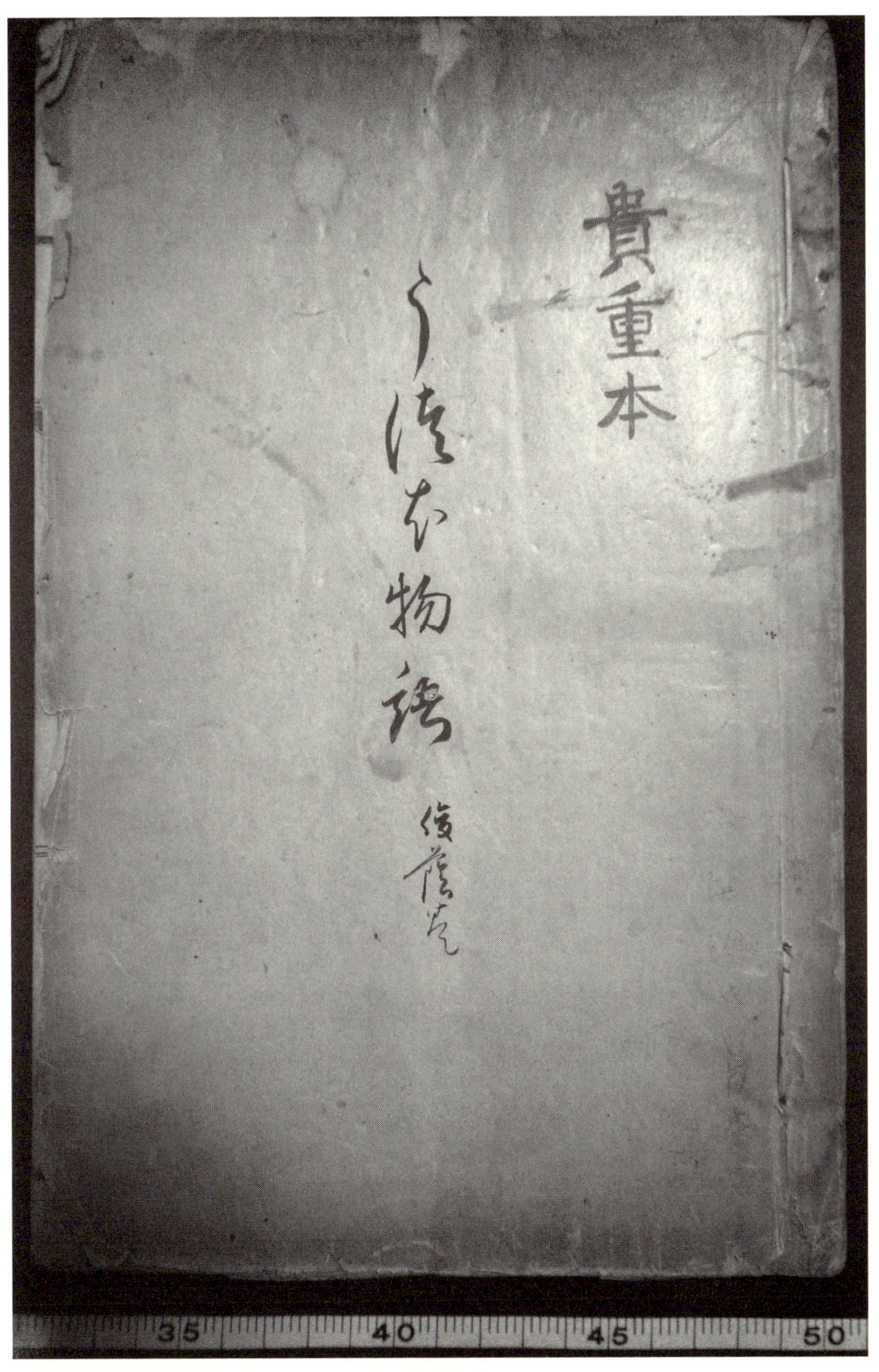

［図版４］

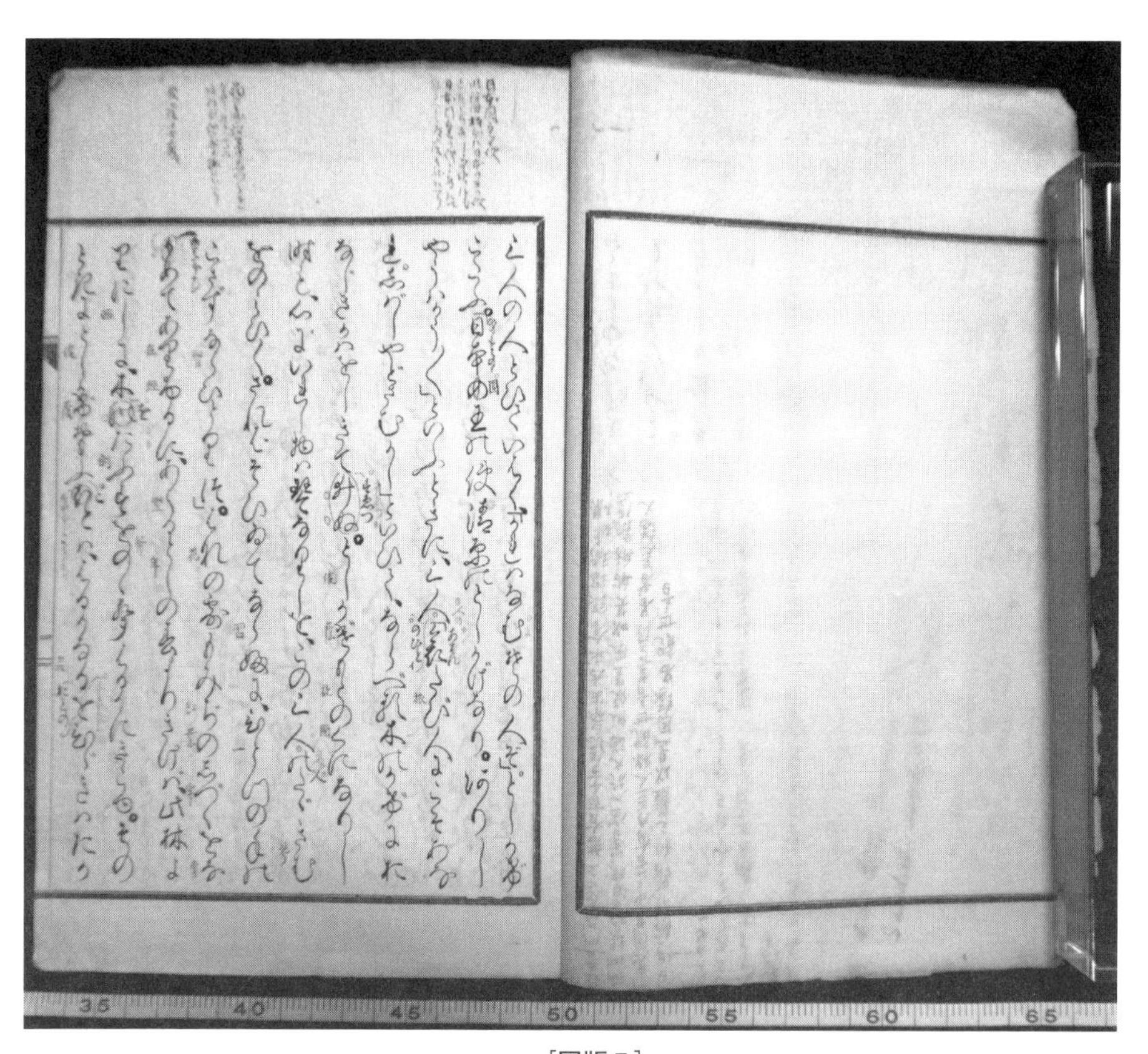

［図版５］

［図版６］

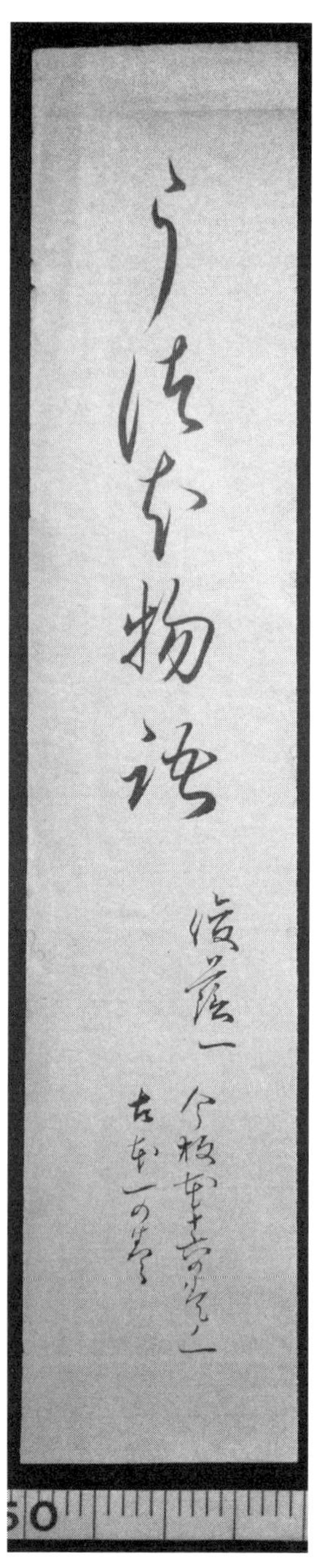

［図版７］

［図版８］

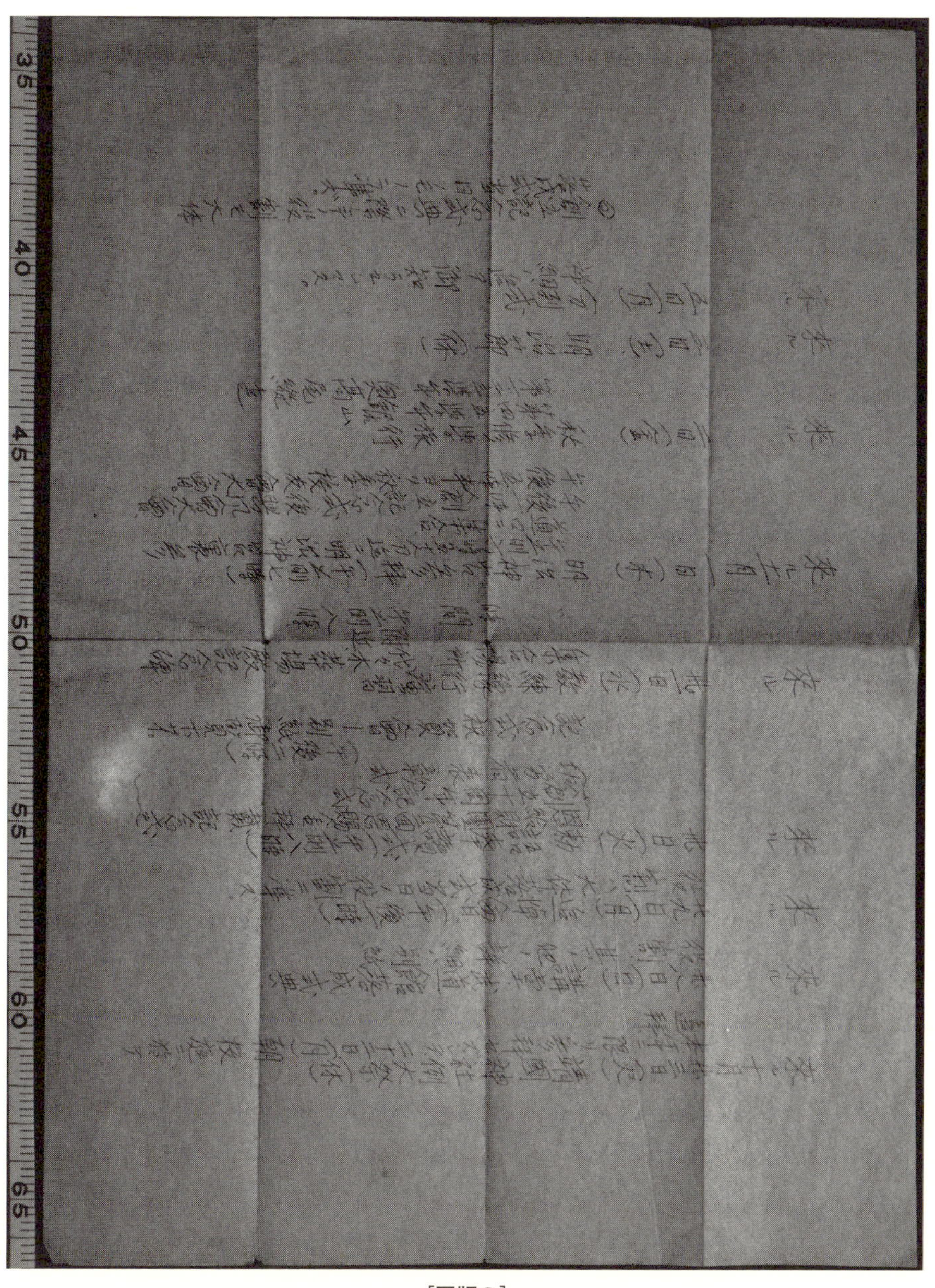

［図版９］

十ヶ月攝ひ
は先づ
日一日と
春めきて
春の洋服
省線に乗りて
荻窪駅下車
北口前
仕立開始
注文服
既製服
婦人服
ア
數知れぬ
春の歡びも
椅子付卓 550 座机 120
本立三反 90 本箱 250
新學期
用品・机・本箱
ニューデザイン
大陳列
電話荻窪三六六三
あづまや百貨店

［図版 10］

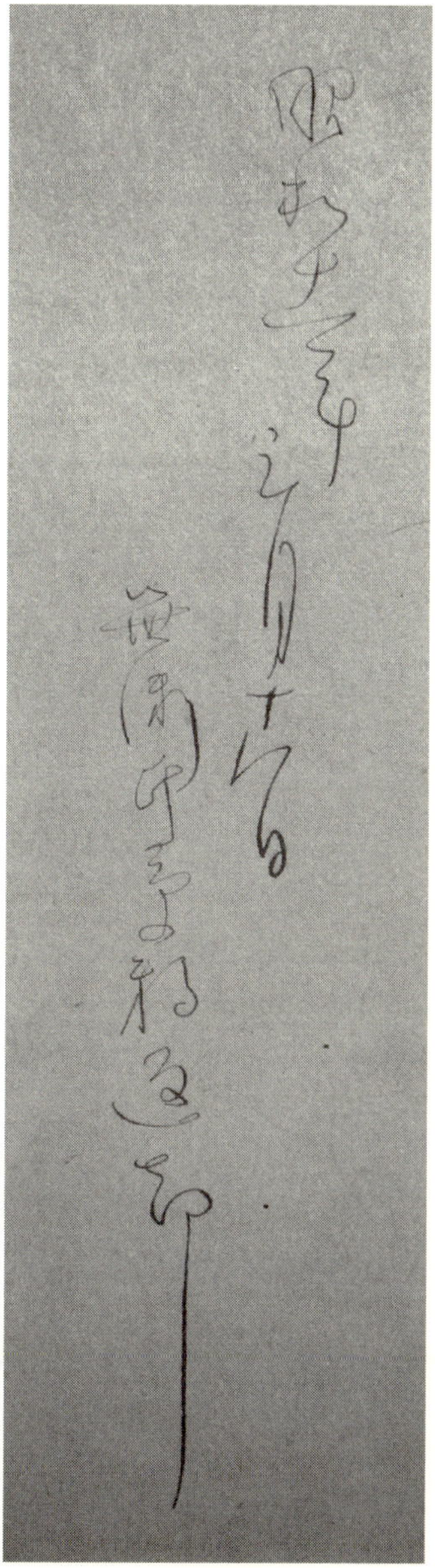

［図版 11］

中村忠行「書かでもの記」[2]にも、大阪府立図書館に神谷元平校本があったとある。台北帝国大学の学生であった中村忠行は、半年にわたる本土旅行の中で、三週間にわたって大阪府立図書館に通った。そして、この本は、後に、笹渕友一に貸し出される。

当時、私の手許には、神宮文庫本（二本）の青写真、及び南葵文庫旧蔵細井貞雄校本・植松茂岳校本・神谷元平校本の写・古活字本・久原文庫蔵絵巻（天理図書館現蔵）・蓬左文庫本（俊藤巻のみ対校）その他若干のテキストのノート位しかなかったが、神宮文庫本・細井校本・植松校本などの資料は、西村・笹淵両先生の校本作成の為に、お貸ししてあつた。これが却って幸した。笹淵先生は、戦災で多くの蔵書を失はれたが、私の資料は疎開して下さって、引揚げ後御返し頂いた時は涙の出る程感激した。

「西村・笹淵両先生の校本」とは、『校本うつほ物語（俊蔭巻）』[3]のことである。西村宗一の書いた「序」にも、笹淵友一の書いた「解題」にも中村忠行の名前が出てくる。そして、この本に使用された本の中に「中村本」という、俊蔭巻のみの写本がある。中村忠行が大学生の時に見た『弘文荘待賈目録』（第四号）には、「元和九癸亥年閏八月卯書之也」という奥書のある『宇津保物語』の「俊蔭巻」の写本と、生川春明校本にさらに校合を加えた佐野方脩校本が載っていた。このうち、中村は、「俊蔭巻」のみの写本を購入しており、これが「中村本」である。つまり、これは大阪府立図書館蔵の神谷元平校本ではない。「神谷元平校本の写」とはあるが、『校本うつほ物語（俊蔭巻）』には、「神谷元平校本　卅冊」と出てくる。以下に、引用する。

大阪府立図書館所蔵。延宝板本。本書は田中道麻呂校本中の一本であるが、奥書によればその成立は次の如き順序によってゐる。

道麻呂校本→鈴木朗校本→清水宣昭校本→神谷本

この経過の中に鈴屋門特に名古屋の国学者の所説を多く収めることに成功してゐる。即ち本書の書入に名前の見えるのは惟通・宣長・道麻呂の外に、朗・宣昭・茂岳・仲敏・有園・嘉基・正興・廣臣・昜・永平・直枝・相嘉・元幹・紀正・元平等である。

中村忠行は、三週間で大阪府立大学が所蔵する延宝五年開板本『うつほ物語』（三十冊）を写し、それを笹淵友一に貸したことになる。なお、大阪府立図書館の蔵書を調べてみると、『うつほ物語』は「宇津保物語　俊蔭巻一冊　江戸初期古活字印本」の一点のみであり、残念ながら、神谷元平本は残っていないらしい。

架蔵本には、表紙に鉛筆書きながら「笹渕氏旧蔵本」とある。そして、蔵書印は「西郁蔵書之印」とあり、これは西村宗一の蔵書である可能性が高い。一丁ウラには、大阪府立図書館の所蔵であること、神谷元平校本の写しであることが書かれている。さらに、架蔵本は「俊蔭」巻のみである。これらのことから、架蔵本は、中村忠行から笹淵友一が借りた「神谷元平校本」三十冊のうち、『校本うつほ物語（俊蔭巻）』に使用する「俊蔭」巻のみを書写したものである可能性が高い。

「書かでもの記」によると、中村忠行が台湾から日本に来たのは昭和十一年（一九三六）のことであり、この時、西村宗一は幼年学校に勤めていた。架蔵本とともに、昭和九年十月に三省堂学事課から教科書見本を送る旨が書かれた紙と、十月二十三日から十一月五日までの学校の予定一覧が伝わっている。学校の予定一覧が幼年学校のものであるとすれば、この二つは西村宗一のものであった可能性がある。また、架蔵本とともに伝わったチラシは、杉並区にある荻窪駅前の百貨店のものである。「省線」(4)という言葉があることから、このチラシは一九二七年から一九四九年の間のものであるといえ、『校本うつほ物語』刊行前のものであったとしてもおかしくない。さらに、チラシの裏の「昭和十一年三月十八日　笹淵氏（から）返却」にも着目したい。先に掲げた「書かでもの記」の「神宮文庫本・細井校本・植松校本などの資料」には、「神谷元平校本の写」も入っていたと考えるべきである。この記事は、昭和十七年（一九四二）に書かれている。ただし、笹淵が中村に返却したのは、中村が台湾から引き揚げた後だとある。つまり、笹淵が中村に本を返却したのは、昭和二十一年（一九四六年）以後ということになる。とすれば、架蔵本は中村忠行が書写した本ではない。

『校本うつほ物語（俊蔭巻）』の底本は、文化三年補刻本である。「俊蔭」巻に限定すれば、文化三年補刻本は、延宝五年開板本と一字一句違いがない。とすれば、西村宗一は、文化三年補刻本あるいは延宝五年開板本を書写し、それを笹淵友一に貸していて、返却されたのが昭和十一年三月十八日であった。そして、中村忠行から借りた神谷元平校本の書入れを、自作の板本書写本に写したのではないだろうか。このように考えると、架蔵本の料紙が、匡郭と上魚尾のみが印刷された原稿用紙であることも、製版本を忠実に書写した本であることも理解できる。つまり、架蔵本は、西村宗一によって『校本うつほ物語（俊蔭）』を作成するために作られ、そこに中村忠行から借りた神谷元平校本の書入れを写したものであるといえる。

少々長くなってしまったが、近世から昭和初期まで盛んに行なわれた『うつほ物語』の注釈や本文校訂の片鱗を、私たちは見ることができる。百年余りに亘って続けられたこれらの「学問」の跡を「書」の中に見つけることができるというのは、幸せな状況である。仲忠が母屋に籠もって学問し書を継承したように、私も近世から近代にかけての『うつほ物語』の学問をしたいと考えている。

1 研究代表者：武藤那賀子「『うつほ物語』における国学者の学問の研究——板本の書入から未詳語彙を解明する」日本学術振興会（研究活動スタート支援）二〇一五〜二〇一六年度

2 『山辺道』二十号、一九七六年三月

3 西村宗一・笹淵友一『校本うつほ物語（俊蔭巻）』興文社、一九四〇年

4 「省線」とは、もと鉄道省、運輸省の管理に属した鉄道線の名称。一九二七年から一九四九年まで、この名称で呼ばれていた。

初出一覧

＊収めた再録論文は、全体にわたり大幅な加筆・訂正を加えている。。

序章　書くことを意識した物語　……書き下ろし

第一章　物に書きつく――『うつほ物語』における言語認識
……「物に文字を書きつけること――『うつほ物語』の仲忠の例から――」
（『学習院大学大学院　日本語日本文学』七、二〇一一年三月）
……「『うつほ物語』における言語認識――仲忠と実忠があて宮に贈った物からの一考察――」
（『学習院大学人文科学論集』二二、二〇一三年十月）

資料『うつほ物語』における文字が書かれたもの・文字と対になった贈り物一覧　……書き下ろし

第二章　紙に書きつく――人物関係を構築する文
……「うつほ物語における手紙――人間関係を可視化する手紙の機能――」
（『「記憶」の創生〈物語〉1971-2011』物語研究会、二〇一二年三月）

第三章　「手本」の作成と〈手〉の相承
……「『うつほ物語』における「手」――登場人物たちの筆跡からの一考察――」
（『学習院大学大学院　日本語日本文学』八、二〇一二年三月）
……「「手」の相承――仲忠が若宮に贈った「手本四巻」――」
（『古代中世文学論考』二八、二〇一三年三月）

第四章　書の継承――「うつほ」をはじめとした籠りの空間と継承者
……「清原家の〈学問の系譜〉を担う藤原仲忠――『うつほ物語』「蔵開・上」巻を始発として」
（『学習院大学大学院　日本語日本文学』九、二〇一三年三月）

第五章　清原家の家集進講　……書き下ろし

第六章　琴を支える書――公開の場の論理

……「『うつほ物語』の〈琴〉と〈学問〉の公開の場の方法」

（『物語研究』一四、二〇一四年三月）

第七章　「清原」家の継承と『うつほ物語』のおわり

……「『うつほ物語』の〈琴〉・〈学問〉・手本――全てを担う仲忠とそれを継承する者たち――」

（『物語研究』一三、二〇一三年三月）

補遺――近世・近代の『うつほ物語』の研究　……書き下ろし

あとがき

本書は、平成二十二年から平成二十五年までの四年間の研究をまとめた、平成二十五年度博士号請求論文「『うつほ物語』論：書かれたものの機能」（主査：神田龍身教授（学習院大学）、副査：鈴木健一教授（学習院大学）、阿部好臣教授（日本大学））を再編成したものである。とくに前半は大幅に加筆修正しており、第一章から第三章までは、博士論文の第一章から第五章にあたる。

『うつほ物語』を初めて読んだのは博士前期課程の時であった。もともと和洋関係なくファンタジー作品が好きな私には魅惑的な作品だった。この作品は「羅列文体」などと呼ばれ、面白くないと言われることが多い。しかし、一つ一つの言葉が省略されることなく書かれるということは、作品世界が自分の目の前に立ち現れてくるということでもある。省筆を知らない、素朴で純粋でありながら、琴と書が絡まりあって独特の世界観を作り出している、それが『うつほ物語』の魅力だと思った。

また、博士後期課程では、書誌学の面白さを知った。様々な形態の書物があり、それぞれに書かれるジャンルがだいたい決まっていることやその変遷を教わったとき、古典籍の見方が変わった。幸いにも、母校である学習院大学には多くの古典籍があり、中には、学生であっても簡単に閲覧できるものがあった。いくつか見ているうちに、自分のものが欲しくなり、何点か購入もした。しかし、一番欲しい『うつほ物語』の絵や写本は、未だに入手できていない。

本書ができるまでには、神田龍身先生をはじめとした先生方、様々な研究会でお世話になっている方々、笠間書院の方々の支えがあった。また、学生時代から現在まで、私が好きなことをしていられるのは、家族のおかげである。

なお、本書の刊行には、平成二十八年度学習院大学研究成果刊行助成金による支援を受けた。助成申請に際して推薦の労をお取りくださった神田龍身先生（学習院大学文学部教授）、そして学習院大学、および関係各位に対し、記して感謝する。

二〇一七年一月

武藤 那賀子

索引

●あ

芦田優希子…*158*
阿修羅…*104*
あて宮（藤壺）…*19, 24, 25, 33〜41, 44〜51, 53, 54, 56〜59, 61〜63, 65〜67, 88〜98, 103〜112, 120, 122, 125, 132, 134〜136, 148, 155〜157, 162, 188, 190, 205, 238, 254*
網谷厚子…*234*

●い

伊井春樹…*141, 158, 162, 183, 207*
猪川優子…*162, 183, 207, 238, 251, 254〜256*
石川佐久太郎…*1*
伊勢物語…*12, 14, 18〜20, 24, 25, 28, 157, 158, 255*
一世の源氏…*238*
伊藤禎子…*112, 160, 162, 181, 183, 208, 232, 236, 239, 254, 256*
いぬ宮…*2, 27, 42〜44, 53, 54, 60〜63, 97, 99, 100, 121, 123, 124, 132, 133, 142, 145, 154, 157, 162, 165〜178, 184, 205, 214, 216, 217, 222, 223, 238〜240, 245, 249〜251, 253, 255*
岩原真代…*235*

●う

上原作和…*236, 238, 254, 255*
受取人…*18, 25, 26, 36, 46, 56〜58, 63, 101〜103, 105, 109, 126*
宇多天皇…*199, 210*
産養…*53, 59〜61, 63, 123, 132, 133, 150, 165, 172, 173, 175, 240*
梅壺…*124*
梅村玲美…*211*

●お

大井田晴彦…*54, 68, 158, 162, 183, 207, 238, 254, 255*
大友信一…*68, 151, 256*
大宮…*43, 92, 106, 110, 121, 135, 156, 173*
岡田ひろみ…*111*
贈り物…*25, 33〜37, 44, 46, 47, 50, 51, 53, 54, 56〜63, 65, 67, 91, 96, 98, 109, 111, 118, 121〜124, 127, 128, 137〜139, 147, 150, 223, 225, 226, 230, 250, 251, 253*
男君…*24, 88, 89, 98, 107*
男手…*115*
折本…*117*
女一の宮（女一宮）…*43, 44, 48, 51, 53, 60, 61, 91, 94〜100, 110, 111, 117, 127, 131, 135, 140, 142, 156, 165〜167, 169, 171〜175, 178, 184, 190, 205, 217, 225, 227, 230, 240*
女三の宮（女三宮）…*21, 101, 102, 108*
女手…*115, 117, 151*

●か

家集…*158, 162, 166, 167, 176, 179, 181〜183, 197, 207, 240, 243, 245, 247*
家集進講…*19, 27, 122, 143, 182, 189, 192, 193, 195, 197, 202, 205, 206, 218, 228, 231, 245*
柏木…*26, 108, 112*
兼雅（藤原兼雅）…*26, 44, 45, 54, 66, 89〜91, 93, 102, 103, 105, 106, 110, 124, 128〜134, 137, 140, 141, 169, 173, 215, 238*
鎌田正憲…*1*
神谷元平…*259, 269〜272*
菅家後集…*202, 208, 209*
漢書…*200*
巻子（巻子装）…*60, 117*
神田龍身…*212*

●き

記号…*46, 49, 50, 58, 62*
后の宮…*105, 106, 144, 179, 181, 189, 191, 193*
奇瑞…*214〜218, 227, 229, 234, 235*
求婚時代…*53, 61, 98, 128, 136*
求婚者…*24, 33, 47, 54〜57, 59, 62, 88, 89, 98, 125, 136, 205, 238*
求婚譚…*25, 33, 44, 51, 53, 54, 58, 59, 61〜63, 88〜90, 92, 107, 122, 125, 148, 238*
饗宴…*173, 191, 194*
竟宴…*200, 201, 203, 204, 211*
京極邸（三条京極）…*141, 162〜165, 169, 174, 175, 188, 206, 223, 226, 231, 241*

宜陽殿…*201〜203*
清原一族…*143, 144, 146〜150, 160, 162, 164, 165, 174, 175, 178, 188, 193, 197, 219, 232, 241, 243, 244, 246, 247*
清原氏…*27, 28, 150, 163〜165, 182, 206, 248, 250, 253*
琴…*2, 27, 48, 96, 104, 145, 148〜150, 160, 162〜164, 168, 169, 172, 174〜176, 182, 183, 185, 188, 189, 194, 206, 207, 214, 216〜219, 222, 223, 228, 229, 232〜235, 238〜249, 251, 253〜255*
琴の一族…*158, 162, 197, 234, 239*
金原理…*210*

●く

空間…*25, 27, 62〜64, 103, 107, 129, 175, 176, 179, 182, 206, 207, 219, 223, 228〜233, 239, 242, 253*

●け

継承者…*27, 168, 169, 172, 175, 176, 207, 222, 239, 249*
系譜…*27, 28, 144, 148, 149, 159, 163, 174, 175, 182, 188, 197, 205, 206, 223, 234, 238, 239, 241〜244, 247〜251, 253, 256*
献家集…*27, 195〜197, 206*
言語観…*63, 88*
源氏物語…*1, 12, 20, 21, 23〜26, 108, 111, 112, 158, 159, 254, 255*

●こ

公開…*26〜28, 106〜109, 112, 182, 185, 189, 194, 214, 216〜219, 223, 229, 233, 234, 238〜240, 242, 253〜255*
講師…*116, 192, 193, 197, 199, 201, 205, 218*
皇女…*91, 189, 192, 205, 208, 238, 242〜244, 247, 256*
皇族…*143, 144, 149, 205, 206, 219, 243*
皇統…*144, 147, 181, 182, 190〜192, 212, 251*
河野多麻…*2, 68, 110, 111, 155, 157, 184, 185*
小君…*128, 131, 183, 207, 249〜251, 256*
国学者…*1, 258, 270, 272*
故式部卿の宮の中の君…*102*
五の宮…*143, 144, 154, 162, 179〜181, 188〜191, 193, 207, 218, 232, 240*
籠り…*175, 176, 223, 239, 240, 242, 253*
これこそ…*136, 147, 160*
これはた…*108, 125, 126*

●さ

西宮記…*200, 202*
妻妾…*102, 103, 105, 124, 128, 137, 158*
宰相の娘（宰相の上）…*124, 128, 130, 131*
齋藤正志…*68*
嵯峨院（嵯峨の院／嵯峨帝）…*50, 90, 93, 101, 102, 110, 129, 192, 215, 216, 218, 219, 221, 222, 227, 234, 242*
坂本太郎…*203, 211*
坂本信道…*235*
笹渕友一…*269*
差出人…*18, 25, 26, 36, 46, 56〜58, 61, 63, 88, 101〜103, 109, 118, 121, 126, 128*
冊子…*60, 117, 143*
実忠（源実忠）…*25, 33〜37, 54〜58, 62, 65, 68, 89, 100, 101, 103, 111, 120, 125〜127, 157, 205*
実正（源実正）…*100, 101, 111, 126*
さま宮…*91, 123, 125*
三代実録…*203*

●し

史記…*193, 199, 205*
式部大輔…*122, 162, 183, 188, 206, 207*
滋野真菅…*120*
仁寿殿の女御…*43, 44, 89〜91, 93, 96, 97, 100, 110, 115, 124, 129, 130, 132〜135, 140, 155, 156, 166, 171〜173, 184, 225*
清水宣昭…*259, 270*
釈日本紀…*201, 203, 210*
周易…*199, 210*
首巻…*162, 165, 206, 258*
祝祭…*25, 58, 63, 64*
入内…*50, 51, 53, 54, 56, 59〜63, 90, 91, 93, 94, 98, 99, 110, 162, 190, 205, 249, 251*
春秋穀梁伝…*200*
錠…*91*
上巳の祓…*50*
消息…*106, 107*
正道寺康子…*236, 254*
続日本後紀…*203*
新儀式…*210*
進講…*27, 51, 99, 100, 135, 143〜146, 149, 154, 157, 159, 162, 166, 176, 179〜182, 185, 188〜*

194, 197, 199～208, 210, 222, 223, 227～230, 232, 233, 240, 243, 245, 247, 248, 251
人物像…*25, 55, 62*

●す

季明（源季明）…*54, 103, 127, 139*
杉野恵子…*28, 32, 64*
祐澄（源祐澄）…*90, 91, 98, 136*
朱雀帝（朱雀院）…*27, 43, 51, 89, 90, 93, 99, 100, 110, 121, 122, 127, 130, 131, 135, 142～147, 149, 154, 156, 157, 159, 162, 165, 166, 175～181, 184, 188～194, 197, 205～207, 215, 216, 218, 222, 225, 227, 230, 232, 240, 242～248, 251*
鈴木朗…*259, 270*
涼（源涼）…*42, 44, 50, 51, 54, 56, 91, 118, 123～125, 131, 181, 182, 214～216, 230, 231, 233, 255*
須見明代…*254*

●せ

清涼殿…*202, 206, 210, 218*

●そ

装丁…*117*
孫王の君…*45～49, 52, 53, 57, 66, 112, 117, 118, 122, 128, 138, 154*
承香殿の女御…*90, 93, 110, 129, 136, 160, 193*
袖君…*101*

●た

醍醐天皇…*196, 199, 201, 208, 210*
第三皇子…*53, 59, 60, 150*
第四皇子…*53, 127, 128*
高橋亨…*254*
竹原崇雄…*68*
忠こそ…*44*
忠澄（源忠澄）…*110, 120, 155, 174, 185*
たてき…*120, 155*
田中仁…*28, 32, 33, 64, 109*
田中道麿（田中道麻呂）…*258, 259, 270*
種松（神南備種松）…*42*
弾正の宮…*97, 98, 111, 112, 139, 156*

●ち

千蔭の妹…*102, 124*
中宮…*93*

●つ

使…*16, 46, 47, 49, 50, 103, 109, 110, 117, 120, 125, 126, 137, 138, 149, 158, 179, 189, 255*
塚本哲三…*68, 155, 184, 185*
付け枝…*46, 88*

●て

手…*17, 26～28, 68, 91, 103, 106, 115, 118～121, 129～141, 144, 148, 149, 154～157, 160, 169, 175, 239, 242～244, 246～249, 251, 253, 256*
手本…*26～28, 60, 63, 68, 115～119, 128, 139～141, 143, 145～152, 154, 155, 243～248, 251～253, 256*
田氏家集…*210*
伝授…*146, 150, 154, 157, 175, 188, 223, 232, 238, 239, 245, 247, 251, 253*
天女…*104*

●と

藤英（藤原季英）…*51, 185*
春宮（今上帝／新帝）…*26, 28, 45, 50, 51, 53, 54, 56, 57, 59～63, 89, 93, 94, 98, 103～105, 108～111, 115, 116, 118, 119, 122, 125～127, 131, 138～141, 143～145, 148, 149, 154, 162, 179～181, 188～193, 197, 205～208, 218, 228～230, 232, 240, 244～246, 248, 249, 255*
東宮学士…*118, 122, 234*
俊蔭（清原俊蔭）…*2, 26, 45, 51, 104, 109, 112, 121, 122, 130, 135, 141～146, 148, 149, 158, 160, 162～165, 175, 176, 178, 181～183, 188～192, 194, 206～208, 214, 218, 219, 228, 234, 238, 239, 241～244, 246～248, 250, 251, 253, 255, 256, 271*
俊蔭一族…*149, 158, 160, 162, 188, 207, 219, 222, 223, 225, 227, 232, 239～241, 243, 244, 255*
俊蔭伝来の蔵…*26, 27, 141, 142, 144～150, 160, 162, 163, 165, 166, 174, 176, 183, 188, 195, 197, 205, 206, 214, 225～228, 240～247, 251, 253, 254*
俊蔭の集…*122, 143, 146, 162, 179, 189～192, 208, 230, 245～247*
俊蔭の娘（俊蔭娘／俊蔭女）…*2, 28, 44, 45, 54, 57, 103, 110, 124, 130, 133, 141, 144, 145, 148, 156, 164, 165, 167～171, 175, 184, 214～217,*

222, 223, 225, 231, 238, 239, 242, 245, 250, 251, 253, 254
戸田瞳…255
富澤萌未…235

●な

永井和子…28, 64
中嶋尚…68, 183, 238, 254
仲忠（藤原仲忠）…2, 19, 20, 25〜28, 37〜63, 65〜68, 90〜100, 102, 105, 106, 110〜112, 115〜119, 122〜124, 127〜129, 131, 133〜142, 162, 165, 182, 188, 192, 238, 248, 253
長門…120, 121, 156
中野幸一…2, 68, 155, 156, 158, 183, 185, 222, 234, 235
中丸貴史…208, 214, 234
中村忠行…269〜272
仲頼（源仲頼）…44, 54, 130, 137, 158, 205
仲頼の妹…102, 112, 124, 137
梨壺…60, 103, 105
梨壺の皇子…105, 106, 118, 131, 249

●に

西村宗一…270〜272
西本香子…238, 254
西山登喜…255, 256
日常…51, 63, 64, 112
日本紀…201〜204, 211
日本紀竟宴和歌…202, 204
日本紀略…200, 210
女房…45, 53, 88, 112, 122, 128

●の

能書…130, 142, 149, 244
能筆…130, 143, 144, 146, 149, 243, 244, 247
野口元大…2, 238, 254

●は

長谷部将司…211
原田芳起…68, 2, 155, 185
原豊二…64

●ひ

秘琴…28, 68, 109, 112, 175, 182, 188, 197, 206, 214, 215, 219, 222, 223, 228, 233, 238, 239, 241, 246, 249〜251, 253〜255
筆跡…16, 18, 23, 26, 27, 90, 96, 98, 102, 108, 112, 115, 118〜130, 134, 144, 146〜149, 156, 243, 244, 246〜248, 256
兵衛の君…34〜37, 89, 120, 125
兵部卿の宮…172, 175
披露…28, 109, 112, 142, 182, 188, 197, 206, 214, 219, 222, 223, 228, 230, 233, 243, 246, 249〜251, 253

●ふ

吹上浜…42, 50, 222
藤壺…19, 20, 26〜28, 41, 51, 53, 59〜63, 66, 98, 115〜118, 122, 125〜129, 131〜136, 139〜141, 143, 146〜151, 154, 157, 180, 183, 190, 191, 207, 208, 222, 226, 229, 230, 243〜248, 252
藤本憲信…151
書…27, 28, 116, 139, 142, 145, 146, 148, 149, 159, 163, 175, 176, 180, 182, 193, 197, 205, 206, 214, 217〜219, 223, 229, 230, 233, 234, 239〜251, 253, 256, 272
文比べ…90, 93, 94, 130, 131
文使い（文の使）…91, 98, 101, 108〜110, 155
文体…108

●ほ

本朝文粋…211

●ま

枕草子…28, 64, 111
正頼（源正頼）…45, 54, 89, 90, 92〜94, 97, 110, 115, 118, 129〜131, 134, 135, 139, 140, 147, 169, 173, 184, 185, 222, 226, 227
正頼邸…45
万葉集…208

●み

三浦則子…110, 255
三田村雅子…162, 183, 207, 238, 254, 255
道真（菅原道真）…27, 195〜197, 199, 200, 206, 208, 210, 211
宮田和一郎…1, 68, 155, 184, 185
宮谷聡美…157
宮の君…103, 104, 111, 126, 127, 131, 183, 207, 249〜251, 256
宮の進…103
宮はた…91, 99, 100, 109, 110, 135, 227

●む

武笠三…*1*
室城秀之…*2, 68, 109, 110, 119, 155, 156, 158, 185, 207, 234*

●も

文章博士…*193, 199, 200, 202*
文選…*202*

●や

康富記…*210*
大和物語…*15, 18, 20, 23〜25*

●ゆ

行正（良峯行正）…*44, 51, 185*

●ら

洛中集…*202, 203, 205*
羅列…*107, 108*

●り

六国史…*203, 211*
立坊…*53, 60, 61, 105〜107*

●る

類聚符宣抄…*210, 211*

●わ

若宮（春宮／第一皇子）…*26〜28, 45, 50, 51, 53, 54, 56, 57, 59〜63, 89, 93, 94, 98, 103〜105, 108〜111, 115〜119, 122, 125〜128, 138〜141, 143〜150, 154, 155, 157, 162, 179〜181, 188〜193, 197, 205〜208, 218, 228〜230, 232, 240, 243〜249, 252*
私の后…*110*

著者略歴

武藤那賀子（むとう・ながこ）

1985年9月　東京都に生まれる
2004年3月　お茶の水女子大学附属高等学校　卒業
2008年3月　成城大学文芸学部国文学科　卒業
2010年3月　学習院大学大学院人文科学研究科日本語日本文学専攻博士前期課程修了
2012年4月　学習院 安倍能成記念教育基金奨学生
2014年3月　学習院大学大学院人文科学研究科日本語日本文学専攻博士後期課程修了
博士（日本語日本文学）
現在　学習院大学国際研究教育機構 ＰＤ共同研究員
学習院大学文学部 非常勤講師
学習院大学人文科学研究所 客員所員

論文
「学習院大学所蔵『源氏物語』河内本「帚木」巻　解題と翻刻（第一軸・第二軸）」（『人文』第14号、2016年3月）
「『枕草子』の手紙考」（『人文科学論集』第21号、2012年10月）
「学習院大学蔵『源氏物語』「藤袴」本文考」（共著・代表執筆、『学習院大学大学院日本語日本文学 』第11号、2015年3月）
「学習院大学日本語日本文学科所蔵『源氏物語』「藤袴」巻 翻刻」（共著・代表執筆、『学習院大学国語国文学会誌』第58号、2015年3月）

うつほ物語論――物語文学と「書くこと」

2017年（平成29）2月28日　初版第1刷発行

著者　武藤那賀子

装幀　笠間書院装幀室
発行者　池田圭子

発行所　有限会社 **笠間書院**
〒101-0064　東京都千代田区猿楽町2-2-3
☎03-3295-1331　FAX03-3294-0996
振替00110-1-56002

ISBN978-4-305-70837-3　組版：ステラ　印刷／製本：モリモト印刷